AMOR CONTRA O TEMPO

Myra McEntire

AMOR CONTRA O TEMPO

Tradução de:
Rodrigo Abreu

1ª edição

GALERA RECORD
RIO DE JANEIRO • SÃO PAULO
2012

CIP-BRASIL. CATALOGAÇÃO NA FONTE
SINDICATO NACIONAL DOS EDITORES DE LIVROS, RJ

M429a McEntire, Myra
   Amor contra o tempo / Myra McEntire; tradução de Rodrigo Abreu. – Rio de Janeiro: Galera Record, 2012.

   Tradução de: *Hourglass*
   ISBN 978-85-01-09652-4

   1. Ficção americana. I. Abreu, Rodrigo, 1972-. II. Título.

12-7042.   CDD: 028.5
                                            CDU: 087.5

Título original em inglês:
Hourglass

Copyright © Myra McEntire, 2011

Todos os direitos reservados. Proibida a reprodução, no todo ou em parte, através de quaisquer meios. Os direitos morais do autor foram assegurados.

Texto revisado segundo o novo Acordo Ortográfico da Língua Portuguesa.

Editoração eletrônica: Abreu's System

Direitos exclusivos de publicação em língua portuguesa somente para o Brasil adquiridos pela
EDITORA RECORD LTDA.
Rua Argentina, 171 – Rio de Janeiro, RJ – 20921-380 – Tel.: 2585-2000, que se reserva a propriedade literária desta tradução.

Impresso no Brasil

ISBN 978-85-01-09652-4

Seja um leitor preferencial Record.
Cadastre-se e receba informações sobre nossos lançamentos e nossas promoções.
Atendimento e venda direta ao leitor:
mdireto@record.com.br ou (21) 2585-2002.

Para Ethan,
Por ser meu melhor amigo e me ajudar a vencer.

E para Andrew e Charlie,
Nunca tenham medo de correr atrás dos seus sonhos, porque eles podem realmente se tornar realidade.

O que está atrás de você e o que está à sua frente não é nada comparado ao que está dentro de você.

— Ralph Waldo Emerson

Capítulo 1

Minha pequena cidade natal ao sul é linda da mesma forma perturbadora que uma mulher envelhecida. Os ossos são perfeitos, mas a pele poderia passar por um lifting. Você pode dizer que meu irmão, o arquiteto, é o cirurgião plástico de Ivy Springs.

Eu me arrastava por uma implacável tempestade de fim de verão até um de seus projetos de restauração... nossa casa. E não estava nem aí para a chuva. Não tinha pressa. Meu irmão podia saber o que fazer com feng shui, arcobotantes e outras coisas de arquitetura, mas comigo? Ele não fazia ideia.

Antes de eu sair para descontar minhas frustrações na esteira, Thomas e eu discutimos sobre o meu último ano da escola, que estava por vir. Eu não achava que ir à escola era necessário. Ele, sendo um tradicionalista, discordava.

Cheguei ao nosso prédio e encontrei uma charmosa sulista de olhos arregalados, usando um vestido da época da Guerra Civil, bloqueando a porta da frente. Um guarda-sol de seda e uma anágua armada completavam seu traje. Vesti algo parecido com o que ela usava para ir a uma festa à fantasia uma vez, mas o dela era original. A frustração estava de volta e, agora, no meu caminho.

Na forma da maldita Scarlett O'Hara.

Suspirando, passei a mão por sua barriga para virar a maçaneta, não encontrando nenhuma resistência. Revirei os olhos enquanto ela arfava, batia os cílios e desaparecia em um sopro de ar.

— Sobre Scarlett, Rhett não dava a mínima e, francamente, eu também não.

O estrondo de uma trovoada soou enquanto o vento batia a porta atrás de mim. Subi as escadas com dificuldade e fiz minha entrada triunfal em nosso loft — na verdade um "armazém transformado em loft" — com meu cabelo comprido grudado no rosto e minha capa de chuva cor-de-rosa pingando. Encontrei meu irmão à mesa da cozinha, com um conjunto de enormes plantas baixas abertas à sua frente.

— Emerson. — Thomas levantou os olhos para me cumprimentar, dobrando as plantas ao meio e depois desdobrando-as novamente. Seu belo sorriso era idêntico ao meu, o resultado de três anos de ortodontia de primeira linha, mas hoje eu não estava sorrindo de volta. — Que bom que você está em casa.

Era só ele que pensava assim.

— Achei que teria que pegar uma carona na Arca de Noé.

Sem mencionar meu encontro no andar de baixo com a Srta. O'Hara, sacudi a capa para tirar a água, fazendo-o se encolher enquanto uma poça se formava no chão. Ele provavelmente tinha um guarda-chuva que combinava com a roupa guardado em algum lugar. Thomas, o Escoteiro, sempre preparado. Faltava-me essa parte dos genes da nossa família.

Tínhamos o mesmo cabelo louro e os olhos verde-musgo, mas Thomas herdou o queixo quadrado de nosso pai, enquanto meu rosto era em forma de coração como o da nossa mãe. Ele também foi abençoado com a altura do papai. Eu fiquei em dívida nesse departamento. Uma dívida enorme.

Thomas arrumou as plantas baixas algumas vezes mais do que era necessário, nervoso.

— Sinto muito pelo nosso... desentendimento hoje cedo.

— Está tudo bem. Não é como se eu tivesse outra opção. — Olhei para o chão em vez de olhar para ele. — Ou volto para a escola, ou um inspetor do colégio vai me arrastar para o reformatório.

— Em... podemos tentar uma nova medicação. Talvez isso torne a volta menos difícil, hein?

— Nada de novos remédios. — Na verdade, nada de qualquer remédio. Não que ele soubesse sobre isso. A culpa de guardar um segredo daqueles quase me forçou a uma confissão. Aquilo estava na ponta da minha língua, então abri a geladeira para pegar uma garrafa d'água e esconder o rosto. — Vou ficar bem.

— Pelo menos você tem a Lily.

Lily era minha única amiga de infância que ainda falava comigo e provavelmente a única coisa boa a respeito de ter voltado do colégio interno em que passei o segundo e terceiro anos. A explicação oficial foi que minha bolsa de estudos para o último ano tinha sido cortada por causa das "decrescentes doações dos ex-alunos", mas fiquei me perguntando se talvez a caridade deles para com meninas órfãs que ocasionalmente tinham alucinações e deixavam suas colegas desconfortáveis havia acabado. Eu tinha dinheiro para eventualidades do pequeno fundo de investimentos que meus pais me deixaram, mas não o suficiente para cobrir as despesas do meu último ano da escola. Thomas se ofereceu para pagar meu último ano para que eu pudesse ficar em Sedona, mas recusei. Muitas vezes e veementemente. Eu moraria com ele porque era meu guardião legal, mas não aceitaria seu dinheiro de forma alguma.

Então tive que voltar ao Tennessee. Certamente eu poderia sobreviver a qualquer coisa por um ano, até mesmo ao ensino médio na escola pública.

— Tenho outra coisa que queria conversar com você. — Thomas ajeitou as plantas novamente. Fiquei esperando a hora em que a tinta começaria a desbotar do papel. — Nós... nós temos um novo contato. Um consultor que diz que pode ajudar.

De tempos em tempos, Thomas ouvia um rumor sobre alguém que podia me ajudar. Até agora, todos eram esquisitos ou enganadores. Bati com a garrafa d'água na bancada, cruzei os braços e olhei bem para ele.

— Mais um?

— Dessa vez é diferente.

— Era diferente da *última* vez.

Thomas tentou novamente:

— Esse cara...

— Tem um terceiro olho que você pode realmente ver?

— Emerson.

— Não tenho muita fé nos seus contatos — retruquei, cruzando os braços com mais força, como se pudesse me proteger do violento ataque indesejado de "ajuda". — Tenho certeza de que você descobre os nomes deles nos anúncios daqueles sites sobre assuntos paranormais que vive pesquisando.

— Só fiz isso... duas vezes.

Ele tentou não sorrir. E falhou.

— Onde você achou esse? — Era difícil continuar irritada quando ele estava se esforçando tanto para ajudar. — Ele acabou de sair da clínica de reabilitação?

— Trabalha em um lugar chamado Hourglass. O fundador era membro do departamento de parapsicologia da Universidade Bennett, em Memphis.

— O departamento que foi fechado porque ninguém queria patrociná-lo? Estupendo.

— Como você sabe disso? — perguntou Thomas, surpreso.

Olhei para ele com uma expressão que se traduzia livremente como: sou uma adolescente, sei como usar um mecanismo de busca.

— A Hourglass é um lugar com uma ótima reputação, juro. Meu contato...

— Ok, ok... se eu disser que vou conhecê-lo, podemos parar de falar sobre isso? — perguntei, levantando os braços, fingindo que me rendia. Thomas sabia que ia vencer. Ele sempre vencia.

— Obrigado, Em. Só faço isso porque amo você. — A expressão dele ficou séria. — Realmente amo.

— Eu sei. — Ele realmente amava. E, independentemente de qualquer discordância, eu também o amava. Desejando evitar quaisquer demonstrações de emoção, olhei em volta, procurando minha cunhada. — Onde está a sua esposa?

Thomas e Dru eram o time dos sonhos das restaurações — peças de um quebra-cabeça que se encaixavam —, suas habilidades se complementavam perfeitamente. Uma vez vi Dru bater com uma marreta em uma parede para ajudar a adiantar um trabalho em uma obra. Quando ela terminou, suas unhas ainda estavam intactas.

— No restaurante com o novo chef. Ele queria a opinião dela sobre que vinhos servir hoje à noite.

— Ela vai saber ajudar. — O gosto de Dru era impecável. O celular de Thomas começou a tocar. Vendo minha chance de escapar, joguei a garrafa de água vazia na lata de lixo reciclável. — Está ficando tarde. Preciso de um banho.

Enquanto a porta se fechava atrás de mim, inalei o odor de tinta fresca. Dru tinha recentemente dado um novo acabamento às paredes da sala de estar com gesso veneziano em vermelho-escuro. Sofás de couro confortáveis com almofadas cobertas de seda em tons sépia complementavam o chão de tábua corrida. Uma das paredes era apenas uma enorme janela de vidro, outra estava coberta de estantes com livros de capa de couro e brochuras caindo aos pedaços. Passei meus dedos por suas lombadas, louca para pegar um e me deitar. Mas hoje à noite não seria possível. Thomas e Dru tinham restaurado o prédio da antiga companhia telefônica e o transformaram em um restaurante chique que acabaram decidindo manter e administrar em vez de vender a um investidor. A grande inauguração seria em algumas horas. Minha presença havia sido requisitada, um tipo de reintrodução à sociedade local.

Meu irmão possuía o dom de fazer coisas quebradas ganharem vida. Eu tinha quase certeza de que ele estava esperando que hoje à noite sua mágica fosse funcionar comigo.

Perder nossos pais há quatro anos nos uniu, embora Thomas e eu não fôssemos próximos quando eu estava crescendo. Fui um bebê temporão e temos uma diferença de quase duas décadas. Na época ele não estava exatamente pronto para criar a irmã mais nova e eu tinha feito o que podia para deixar meu tipo particular de loucura fora de sua vida. Receber aquela bolsa de estudos tinha sido uma resposta a uma oração. Eu queria ir embora de minha cidade natal, de todas as lembranças e das obras de restauração de Thomas. Eu não gostava da posição em que estava, agora que minha bolsa de estudos tinha evaporado.

Principalmente por causa do "meu problema".

— Olá.

A voz desconhecida me desequilibrou. Girei e vi um homem parado ao lado da janela, parecendo estranhamente em casa e completamente deslocado ao mesmo tempo. Excepcionalmente bonito, alto e magro, ele estava vestindo um terno preto. Um cacho de cabelo da cor de trigo caía sobre uma sobrancelha, mas não escondia os traços elegantes de seu rosto. Colocando no bolso da calça um relógio de bolso prateado preso ao seu paletó, ele juntou as mãos atrás das costas.

— Posso ajudá-lo? — Tentei manter o som da apreensão afastado da minha voz, mas não consegui. Ele não estava ali há um segundo.

— Meu nome é Jack. — Ele não fez nenhuma menção de se mover em minha direção, apenas ficou parado, seus brilhantes olhos azuis me avaliando. Tremi. Ele estava me causando arrepios múltiplos. Fiquei torcendo muito para que esse não fosse o novo contato de que Thomas estava falando. Ele era um pouco esquisito demais para o meu gosto.

— Você está aqui para ver meu irmão?

— Não, não conheço seu irmão. — Um pequeno sorriso levantou os cantos de sua boca, fazendo meu coração saltar. — Na verdade estou aqui para ver você, Emerson.

O relógio de bolso e o terno podiam ser de outra geração. O corte de cabelo não se adequava a nenhuma era específica. Talvez esse sujeito fosse uma das minhas alucinações, mas se fosse...

Como ele sabia meu nome?

Capítulo 2

— Thomas! — gritei, antes que a ansiedade acabasse com meu suprimento de ar.

Virei a cabeça ao ouvir o som de uma cadeira batendo no chão da cozinha. Pareceu demorar uma eternidade. Quando olhei de volta para a janela, Jack tinha ido embora. Thomas entrou na sala voando, derrapando até parar ao meu lado.

— Por que, por que, por quê? — perguntei, desmoronando contra a lateral da estante de livros, batendo a cabeça nela a cada pergunta. — Por que você tem que continuar restaurando prédios? Por que não pode simplesmente construir um novo?

O queixo de Thomas caiu, uma expressão de choque no rosto.

— Aconteceu? Aqui?

Ele estava perguntando sobre meu problema com aqueles que... não estavam mais vivendo.

Não estavam mortos, exatamente. Eu ainda não havia descoberto *o que* eram as coisas que eu via; só sabia que eu nunca tinha ouvido uma história de fantasmas que envolvesse os fantasmas estourando como balões de festa e desintegrando se alguém tocasse neles. Eu começara a vê-los quando tinha 13 anos, logo antes de meus pais morrerem. Thomas estava restaurando uma velha fábrica de vidro, transformando-a em um prédio de escritórios.

Na minha primeira vez no canteiro de obra, tive uma conversa muito agradável com um homem mais velho que estava usando um capacete de proteção. Ele tinha cheiro de tabaco e suor. Seu nariz era um pouco torto, as veias decorando a ponta em forma de batata indicavam que ele gostava de uma cervejinha. Ele era bastante educado, até se ofereceu para dividir seu jantar. Recusei, mas ele insistiu que eu provasse um pedaço da torta que sua esposa tinha incluído em sua marmita surrada.

Foi aí que as coisas começaram a ficar estranhas. Quando ele tentou colocar a comida em minha mão, percebi que o homem não era sólido. Ele chegou à mesma conclusão, deixando cair a torta e a marmita, gritando como uma mulher que se esqueceu de tirar as calcinhas do varal antes de o pastor visitá-la. Então desapareceu. Puf.

Bem-vindo à insanidade. Ele foi o primeiro de uma longa série de pessoas — pessoas mortas — que apareciam nos lugares mais estranhos e desapareciam apenas quando eu as tocava. Desde a minha cabine no banheiro do Denny's, até o provador da Macy's, nunca me acostumei com isso.

— Não acredito que deixei você me convencer a morar aqui. Eu devia saber que nenhum lugar tão velho assim podia ser seguro. E esse cara sabia meu nome.

Coisa que *nunca* tinha acontecido antes.

Thomas ficou visivelmente tenso.

— Ele sabia seu nome?

Concordei com a cabeça, fechando os olhos. Jack também havia falado que estava aqui para me ver. Thomas não precisava saber daquela parte.

— Em, achei que isso tinha parado.

Meu colégio interno era em Sedona, no Arizona. Os desbravadores não tinham chegado à cidade até a virada do século, então não era muito difícil perceber a diferença entre um velho artesão Yavapai e, digamos, meu professor de educação física.

Eu havia achado que as coisas estavam melhores, mas agora já não tinha mais tanta certeza. A não ser que as roupas fossem obviamente de uma época diferente, eu não conseguia sempre saber se as pessoas eram parte do aqui e agora ou daquela janela do passado. Eu me transformara em uma especialista em história da moda, não porque eu amava roupas, mas por ser capaz de identificar trajes de décadas distintas era útil. Mulheres eram mais fáceis de classificar, mas com exceção dos colarinhos largos e dos smokings azuis dos anos 1970, o vestuário masculino clássico atravessava gerações e se mostrava um problema maior.

Eu evitava ir a parques de diversão ou museus em que os empregados se vestiam de acordo com uma época. Aquilo era um completo pesadelo. Eu também passava muito tempo tentando não tocar em pessoas. A não ser que elas estivessem usando uma anágua armada. E estivessem bloqueando meu caminho.

— Tinha parado. Eu achei que tinha — falei.

Pelo menos até eu jogar meus remédios na privada.

Meu irmão passara maus bocados comigo. Manter a tristeza trancada dentro de mim — tanto por perder meus pais quanto pela insanidade de ver pessoas que não estavam realmente ali — não tinha sido uma boa escolha para minha saúde mental. Internação seguida de um coquetel pesado de remédios para interromper as "alucinações" funcionou por um tempo. Mas no último inverno, cansada de viver em uma névoa zumbi, criei coragem e me livrei dos medicamentos sem contar a ninguém.

Nem mesmo a Thomas.

As visões lentamente retornaram. Em, a Garota Zumbi, era parte do passado, mas Em, a Garota Potencialmente Psicótica, não estava dando muito certo também. Agora eu imaginava novamente se as pessoas com quem eu conversava na rua eram reais.

— Sinto muito, Em.

Olhei para Thomas:

— Você não tem nenhum motivo para se desculpar.

— Fui eu quem comprou o prédio.

As sobrancelhas dele se juntaram tanto de preocupação que parecia que uma lagarta estava se arrastando sobre a testa.

— Bem, que se dane, de forma alguma mude a ocupação para cuidar de sua irmãzinha esquisita. — Eu me afastei da estante. — Como se eu já não tivesse causado problemas suficientes na sua vida.

— Não diga isso. Você ainda vai à inauguração do restaurante, não vai? — perguntou Thomas, a ansiedade evidente no olhar. — Leve a Lily.

Como meu sentimento de culpa já estava à flor da pele, não foi necessário muito para Thomas tirar vantagem da decisão.

— Estaremos lá.

※

Para evitar mais dessas esquisitices acidentais, fui até a casa de Lily para me arrumar.

A maioria das pessoas com quem eu tinha crescido me evitava como a uma herpes. Tudo aquilo se originou no único evento público importante que me comprometeu. Para encurtar a história, tive uma discussão acalorada com um cara no refeitório da escola sobre como ele havia sido grosseiro por tomar meu lugar quando eu tinha levantado apenas para pegar um garfo. Depois cheguei a ameaçar espetá-lo com o tal garfo.

Ninguém mais estava vendo o tal cara.

Para o caso de uma simples discussão aos berros com o ar não ser suficiente para convencer a multidão no refeitório de que eu tinha enlouquecido, o riso histérico que se seguiu seria mais do que suficiente. A cena se transformou em um choro baixinho quando Lily passou o braço em volta da minha cintura e me levou às pressas para o banheiro.

Lily é minha melhor amiga desde o dia em que nos conhecemos no terceiro ano. Ela sempre me aceitou como sou, não importando o que isso envolva. Eu faço o mesmo com ela. Não estava exagerando quando disse a Thomas que ela era a única razão por que voltar à escola em Ivy Springs seria aceitável.

Lily e a avó viviam no apartamento que fica em cima do restaurante delas. Usando a porta dos fundos, entrei sem bater. Encontrei Lily no meio da sala de estar, esticando as pernas compridas em uma posição de pilates. Aquilo parecia doloroso. Eu preferia correr — colocar os fones de ouvido e sair, mantendo os olhos concentrados no chão e tentando não atropelar ninguém — ou lutar. Precisava encontrar a academia de caratê mais próxima de casa. Receber minha faixa marrom antes de sair do Arizona tinha me deixado motivada a treinar e chegar logo à faixa preta. E, como um benefício paralelo, dar umas porradas pode ser muito relaxante.

— Ei, você decidiu o que vai vestir hoje à noite? — perguntei, quando ela contorceu o corpo na minha direção.

— Não fique chateada.

— Se você não vai, é tarde demais. Já estou chateada.

— Por favor! — Ela caiu de joelhos e juntou as mãos como um órfão implorando por mais mingau. — Fui chamada para uma sessão de fotos noturna. Uma caverna que quer fotos para o site.

Lily maneja uma câmera tão facilmente quanto algumas pessoas usam uma torradeira. Seu talento tinha lhe valido um emprego de verão como assistente de um dos fotógrafos de natureza mais famosos da região dos Apalaches.

— Diga que sabe que eu não deixaria você na mão se achasse que podia me livrar disso e manter meu emprego.

Revirei os olhos.

— Sei que você não me deixaria na mão se achasse que podia se livrar disso e manter seu emprego.

— Obrigada, obrigada. — Lily correu pela sala de joelhos para me dar um abraço apertado. — Oh, veja só, estou praticamente da sua altura agora.

Rindo, eu a empurrei na direção do tapetinho de exercício e fui até o quarto guardar minhas coisas, deixando o vestido que minha cunhada me coagiu a usar sobre a cama de Lily junto com os sapatos, a bolsa e as joias. Dru tinha me passado instruções muito específicas sobre como combinar aquilo tudo. Algumas vezes ela me fazia pensar que achava que eu não era capaz de me vestir sozinha. Eu sou capaz; o problema é que sempre fui minimalista. E acessórios me confundem.

Enquanto Lily terminava de se contorcer, tomei uma chuveirada, então usei o computador dela para fazer uma pesquisa rápida na internet sobre a Hourglass. Eu gostava de estar preparada quando o assunto era meu irmão e seu desfile de médicos, terapeutas e curandeiros, mas, tirando uma variedade de resultados de compras e um link particularmente vergonhoso para uma boate de strip-tease, não achei mais nada. Não tive tempo de pesquisar extensivamente porque sabia que Thomas me mataria se eu me atrasasse.

Dru realmente possuía um gosto excelente. O vestido de veludo preto tinha uma cintura drapeada, mangas três quartos justas e uma saia curta que balançava como um sino quando eu andava. Supondo que eu fosse capaz de andar quando calçasse meus sapatos. Eles eram de matar. E não quero dizer que eles eram lindos, embora fossem. Quero dizer que eles eram realmente altos e pontudos e, apesar de eu não ser desastrada, eram potencialmente letais tanto para mim quanto para qualquer um que estivesse ao meu redor.

Lily entrou no quarto no frescor de sua malhação — não exatamente frescor se você estivesse na direção do vento — justo quando eu passava meu batom vermelho-escuro.

— Você está dramática e misteriosa — disse ela, sugando as bochechas e batendo os cílios, da mesma forma que Scarlett tinha feito hoje à tarde. — Gosto de ver você agir de acordo com seu potencial.

— Uau, isso é um elogio enorme, vindo de você.

Ela ficou vesga e começou a bagunçar meu cabelo.

Uma beleza clássica com a pele da cor de caramelo, Lily é o tipo de garota que faz homens baterem em placas na rua e tropeçarem em cadeiras, porque estão muito ocupados olhando para ela para conseguir andar. Se ela não tivesse um senso de humor mordaz e fosse mais leal que um São Bernardo, era provável que eu a odiasse simplesmente por princípio. Estiquei a mão procurando o colar que Dru tinha mandado com o vestido, certa de que eu ia usar, enquanto Lily puxava e balançava mechas de cabelo sobre meu rosto.

— O colar ainda está na cômoda — disse Lily, sem tirar os olhos de cima de mim. — Seus brincos estão na bolsa sobre a cama.

Bati nas mãos dela para afastá-las.

— Como você sempre sabe onde encontrar as coisas? Tem certeza de que não pode ir? Você pode encontrar o garoto dos seus sonhos.

— Não há nenhum garoto vivo como o dos meus sonhos — murmurou ela, olhando para a cômoda, antes de esticar a mão para mexer com outra mecha de cabelo rebelde. — Todos os outros dão trabalho demais.

— Bem, se ele *estivesse* vivo, não seria capaz de suportar seu cheiro. Vá para o banho. — Dei um tapa de brincadeira em seu traseiro.

— Não quero absorver seu fedor.

Ela riu e saiu do quarto andando de modo exagerado como se estivesse em uma passarela, mas botou a cabeça de volta pela porta para mostrar seu sorriso matador.

— Você está realmente linda. Tente não se machucar com esses sapatos.

Virei para observar o produto final no espelho. Depois de borrifar meu perfume predileto, um leve aroma de lilás com um toque de baunilha, peguei minha echarpe e minha bolsa. Tinha quase saído pela porta quando me lembrei do meu guarda-chuva. Ele não combinava com a roupa. Talvez não me deixassem entrar.

Capítulo 3

Não tive tanta sorte.

Quando entrei no Phone Company, recebi dois polegares levantados de Dru e um assobio irritante do meu irmão. Depois de explicar que estava sozinha, educadamente disse oi para todas as "pessoas importantes" a que Thomas me apresentava, as imagens de seus rostos apagadas pelo brilho de mais lantejoulas, contas e diamantes do que devia ser permitido sobre um humano que não estivesse andando no tapete vermelho. Assim que consegui fugir, me escondi atrás do trio de jazz, praticamente sob a escada em espiral perto do bar, bebendo algum tipo de suco de fruta gasoso e tentando me mesclar com a parede. Assistindo ao show.

E tirei os sapatos assassinos.

Eu sempre tive uma inclinação à timidez, mas nunca fui antissocial, até começar a ter visões de pessoas do passado. É uma vida realmente estranha não saber se a pessoa com quem você está conversando está fisicamente ali ou não. Não saber se você está a apenas uma alucinação de ter um surto psicótico. Quando comecei a ter visões regularmente, passei a observar o que estava ao meu redor para ver se alguém não estava recebendo nenhuma atenção, o que era uma grande pista de que aquela pessoa podia não estar ali de verdade. É claro que eu normalmente acabava ficando com pena delas e então falava mesmo assim. Embora eu sempre me assegurasse de que ninguém estava vendo.

Só por precaução.

Há muito tempo decidi que não ia estourar as pessoas que via como se fossem balões. Enfiar minha mão em algo que se parecia com uma pessoa apenas para encontrar ar... aquilo devia assustá-los tanto quanto me assustava. Tentei deixar as visões de lado, a não ser que tivesse que passar no meio delas.

Pelo menos até agora as coisas pareciam normais na inauguração. Eu estava começando a relaxar quando vi um rapaz jovem parado próximo às portas que levavam ao pátio dos fundos no outro lado do salão. Os ombros largos ostentavam um smoking preto muito elegante, que ficava ótimo nele, mas era uma infelicidade para mim. Olhando para ele, cheguei a lista habitual de detalhes que me ajudavam a determinar se alguém estava vivo ou não. Primeiro era o estilo de se vestir. Traje a rigor era bem mais difícil para mim do que roupas do dia a dia. Aquele estilo era chamado de clássico por um motivo, e ele era tão clássico quanto qualquer um podia ser.

Seu cabelo preto estava mais para longo — também não ajudava. Casualmente sexy, mas sem estilo definido. Concentrei meu foco no rosto. Bem barbeado, mas poderia apostar que sua barba crescia rápido. Sobrancelhas intensamente arqueadas acentuavam os olhos escuros amendoados. A pele bronzeada sugeria ancestrais mediterrâneos e suas maçãs do rosto definidas combinavam com os traços angulosos. A exceção era sua boca carnuda. Os lábios me perturbavam.

Eu realmente esperava que ele estivesse vivo.

Dei uma sacudida nos meus pensamentos. O que eu estava fazendo? Lábios não estavam na minha lista de características. E, em se tratando de rapazes — extremamente lindos ou não —, eu nunca era pega encarando. Mas se o sorriso que se espalhava lentamente no rosto dele era alguma indicação, eu tinha acabado de ser pega. Enfiando os pés de volta nos sapatos de salto assassinos, vasculhei o salão à procura de Thomas e Dru, mas não consegui vê-los. Olhei de novo para o Cara do Smoking. Ele estava vindo diretamente na minha direção.

Era hora de sair. Estiquei o braço para colocar o copo na beira do piano, então fiquei olhando, chocada, enquanto ele atravessava o instrumento e batia no chão, milhares de diamantes cintilantes se espalhando nos ladrilhos de cerâmica.

Meu irmão apareceu imediatamente.

— Você está bem?

— Não. A não ser que você esteja vendo o trio de jazz. Por favor, por favor...

— Não estou vendo ninguém.

— Então não, definitivamente nada bem.

Os músicos fantasmas continuaram tocando. Eu não tentara fazer contato físico com nenhum deles — provavelmente a única razão para eles não terem desaparecido.

Eles. Três de uma vez? E um *piano*? Nunca tinha visto uma cena inteira antes. Não estava conseguindo respirar.

— Preciso de ar. Preciso de ar!

— Com licença.

Thomas sorriu para as pessoas reais e vivas ao redor, o gracioso anfitrião auxiliando a irmã levemente histérica. Ele me guiou pelo amplo salão até as portas sanfonadas que levavam ao lado de fora. Foi uma jornada horripilante. Tentei fingir que não vi todos os olhos nos seguindo. Saímos para o pátio, vazio devido ao ar frio causado pela chuva que tinha caído mais cedo.

Respirei fundo, desejando que a descarga de adrenalina que estava correndo no meu sangue se acalmasse.

— Quantos prédios antigos você está planejando restaurar para uso público? Só para eu poder me preparar.

Pelo menos eu não vivia na Europa. Séculos inteiros de pessoas mortas há muito tempo circulavam por lá. Nos Estados Unidos, eu só tinha que lidar com algumas gerações daqueles que podiam ser confundidos por pessoas que vivem no tempo atual. Quando Thomas e Dru tentaram planejar uma viagem de um dia para a Feira Indígena Cherokee que acontece anualmente na Carolina do Norte, recusei de cara. Nada de encenações de fatos históricos. Nunca.

— Não posso acreditar que esteja tão ruim assim — disse Thomas, acariciando meu braço em uma tentativa de passar algum conforto.

Apenas neguei com a cabeça. Agora não era a hora certa de fazer uma confissão a respeito dos medicamentos.

Especialmente porque o sujeito de smoking estava passando pelas portas sanfonadas.

— Você está vendo ele? — sussurrei, cobrindo os olhos com as mãos e espiando entre os dedos trêmulos, abalados pela ideia de outra visão tão pouco tempo depois do trio de jazz.

— Estou vendo quem?

— Ele.

Acenei para que Thomas olhasse sobre seu ombro. Se o Cara do Smoking não fosse um ser humano desse século, que estivesse vivo e respirando, eu ia implorar para ser internada novamente.

— Sim, eu estou vendo ele — respondeu Thomas, as palavras maduras com alívio. — Aquele é Michael.

— Quem é Michael?

— É o novo consultor sobre quem eu te falei.

Capítulo 4

O Cara do Smoking ficava mais bonito à medida que se aproximava de nós — alto, ombros largos, pele lisa, aqueles lábios. Eu não podia acreditar que ele trabalhava para um lugar com um nome que significava ampulheta. Homens de 50 anos que usavam óculos e tinham barrigas enormes deveriam trabalhar para a Hourglass. Não um príncipe lindo demais para andar entre os plebeus. Ele não devia ser muito mais velho que eu. Talvez fosse um estagiário. Talvez Thomas tivesse conseguido um bom preço por ele porque era um peixe pequeno e não estava entre os graúdos.

— Você ia me contar que ele estava aqui? — perguntei, sussurrando para Thomas, minhas emoções ocupando o espaço entre a raiva e o terror.

— Eu ia deixar que ele observasse você primeiro.

— Como algum tipo de experimento? — reclamei. — Onde está minha redoma?

Eu estava pronta para criar um tumulto, mas parei quando percebi que o Cara do Smoking a meio metro de mim se encontrava parado e me observando como se eu pudesse repentinamente começar a pegar fogo.

— Michael Weaver, esta é minha irmã, Emerson Cole. — A mão de Thomas nas minhas costas me empurrou levemente para a frente, o movimento sugerindo que ele achava que Michael e eu deveríamos nos cumprimentar.

Michael olhou de Thomas para mim e esticou a mão, hesitante. Tremi, me virando para esconder o rosto no ombro do meu irmão. Mesmo vendo que Thomas reconheceu a presença dele e que isso provasse que ele estava vivo naquele momento, eu não queria tocar em Michael. Quando olhei de volta, ele tinha colocado a mão no bolso.

A porta para o pátio se abriu novamente e dessa vez era Dru. Imaginei que Thomas não tivesse lhe dado as últimas notícias sobre minhas alucinações, com todos os preparativos para a inauguração que eles tinham feito durante o dia. Eu não queria que ela se preocupasse por minha causa.

— Desculpe, sou muito desastrada. — Acenei para ela se afastar quando começava a se aproximar, o movimento ajudando a disfarçar o tremor da minha mão. — Está tudo bem comigo, pode voltar lá para dentro.

Dru tem o tipo de olhos azuis que a maioria das pessoas descreve como gelados, o que não consigo entender, porque gelo é transparente. Naquele momento eles exalavam preocupação.

— Você não é desastrada; é por isso que estou preocupada — disse ela, ignorando meus protestos e colocando a mão na minha testa antes de movê-la até minha bochecha. — Você está doente? Está se sentindo fraca? Precisa de comida? Precisa se sentar?

— Não podia estar melhor. Sério — menti entre dentes; dentes perfeitos, aliás. O que eu precisava era fugir do trio de jazz que eu ainda podia ouvir e do consultor estonteante parado ao meu lado. Realmente desejei que ele fosse um pouco menos modelo e um pouco mais auditor fiscal. Já estava me sentindo distraída demais.

— Neste caso, Thomas, odeio levá-lo embora, mas Brad, do banco, gostaria de falar com você sobre a propriedade na rua principal.
— Ela levantou as sobrancelhas bem-cuidadas, então eu soube que aquele devia ser um negócio lucrativo. — Posso ficar aqui.

A expressão dolorida de Thomas expunha sua batalha interior. Eu o liberei do anzol.

— Vá. Você também, Dru. Ganhem dinheiro.

— Não, vou ficar com você, querida. Quero me assegurar de que vai ficar bem. — Dru passou o braço em volta da minha cintura para me dar um abraço rápido.

— Não. Sério. Vá. Estou bem — insisti.

— Você fica com ela? — perguntou Thomas a Michael, a voz tão séria quanto se ele estivesse negociando meu dote. Ou um negócio imobiliário. — Não quero deixá-la sozinha.

Olhei para Thomas com uma expressão diabólica. Ele realmente ia me pagar por aquilo mais tarde.

— Com certeza — respondeu Michael.

Tive um sobressalto ao ouvir a voz dele, o som colocando cada célula em meu corpo em estado de alerta. Ela era suave e rouca. Poderia apostar que ele cantava bem. Depois que assegurei mais uma vez a Thomas e Dru que estava melhor, observei as únicas pessoas conhecidas no evento se afastarem e desejei desesperadamente estar em qualquer outro lugar do mundo... exceto, talvez, Colonial Williamsburg.

Soltei o ar longamente, levantei os olhos na direção de Michael e mostrei um sorriso. Quando ele retribuiu o gesto, minha respiração ficou presa na garganta.

Biscoitos amanteigados e mel.

— Você não é o que eu esperava — falei, odiando a forma como minha voz falhou um pouco no meio da frase.

— Já escutei isso antes — disse ele, ganhando muitos pontos por fingir não ter notado.

— Fico feliz que a gente tenha quase a mesma idade. — Por favor, diga que isso é verdade. — Assim eu sinto que estamos jogando em um campo nivelado.

— Não percebi que estávamos participando de um jogo. — Seus olhos escuros se estreitaram de leve. Ele provavelmente já se perguntava se estava recebendo o suficiente para lidar comigo. — Devo chamá-la de Em ou Emerson?

Franzi a testa. Não me lembrei de ninguém me chamando de Em na presença dele.

— Emerson está bom por agora. Você é Michael ou Mike? Ou Mikey?

— Eu *tenho cara* de Mikey? — perguntou ele.

— Hmm... não.

— Michael está bom. Por agora — disse ele, apertando os lábios. Não de uma forma pudica. De uma forma muito sexy, tentando-esconder-o-sorriso.

Ele esticou o braço para passar a mão sobre a cerca de ferro forjado que contornava o pátio e então virou o rosto para mim, sacudindo os dedos molhados de chuva.

— Seu irmão tem um dom. Nunca vi alguém se esforçar tanto para resgatar a beleza de um lugar. Ele restaurou todos esses prédios?

O pátio exibia uma visão privilegiada da restauração ganhadora de prêmios proeminentemente destacada na praça da cidade. Uma luz quente brilhava atrás de várias janelas de lofts no segundo e terceiro andares, lares, em sua maior parte, de jovens profissionais e casais sem filhos, com uma família de vez em quando para equilibrar. Réplicas de antigos lampiões a gás iluminavam ruas cheias de estabelecimentos comerciais pitorescos, lojinhas de antiguidades, cafés e galerias. Plantas nos parapeitos e nos canteiros expunham flores coloridas da estação. Apesar de a cidade ultimamente figurar entre as dez melhores cidades pequenas dos Estados Unidos, era muito fácil imaginá-la como tinha sido há um século, o que estava provando ser um problema para mim.

De forma alguma aquela carruagem puxada por cavalos era real.

As notas iniciais de "Bewitched", de Rodgers e Hart, flutuaram pelo ar com cheiro de chuva, que se misturava ao perfume das ervilhas-de-cheiro roxas que subiam pela cerca de ferro. Afastei meu olhar da agitada praça da cidade e mudei o foco para Michael.

— Sim, Thomas é responsável por cada restauração. Sua visão é muito específica.

E cara... mas ainda assim, sempre lucrativa.

— Como é a sua visão?

Sorrateiro. O tom dele era leve, mas pude perceber a questão mais profunda por trás de suas palavras. Eu me perguntei o que Thomas tinha lhe contado sobre mim.

Estiquei o braço para envolver os dedos nas barras de ferro, evitando as ervilhas-de-cheiro úmidas.

— Por que está aqui, Michael Weaver?

— Para ajudar você. — A preocupação em seu rosto era uma mudança agradável. Ele parecia querer saber qual era o meu problema. E quase quis lhe contar.

Quase.

Em vez disso soltei uma risada debochada. Inclinando o corpo para longe da cerca, me segurei com um braço, enquanto balançava levemente para a frente e para trás, como eu fazia nas barras que sustentavam meu balanço quando eu era pequena.

— "Para ajudar você." Esta frase é tão clichê.

— Quantas vezes já ouviu isso?

— Vamos ver, as duas irmãs que alegaram que podiam ver meu passado e meu futuro. Aparentemente sou uma descendente de Mata Hari, que é, de alguma forma, a próxima na linhagem para o trono da Finlândia.

— Não existe um...

— Eu *sei*.

— Ai! — Uma ruga solidária se formou entre as sobrancelhas dele.

— Obriguei Thomas a me dar o reembolso por aquilo; *e* seu cartão de crédito, para que eu pudesse fazer um pouco de terapia de compras. Tentei com muito empenho levá-lo à falência. — Sorri com a lembrança parcialmente feliz e Michael sorriu comigo. Aquilo quase me fez esquecer o que eu estava falando. — Hmm... então teve um xamã que achou que eu devia ser exorcizada. Esse foi fabuloso; ele alegou que podia fazer aquilo com pepino em conserva e cinzas.

Michael balançou a cabeça, descrente.

— Onde seu irmão acha essas pessoas? É evidente que ele é um empresário astuto. Por que contrataria essas fraudes tão óbvias?

— Desespero, talvez. Meu colégio interno era em Sedona. O que não faltava eram curandeiros espirituais por lá. Acho que a notícia que um irmão preocupado estava disposto a pagar um monte de dinheiro para ajudar a irmã maluca se espalhou rápido. E nenhuma das pessoas usando métodos tradicionais podia me ajudar. Todas queriam me drogar até que eu ficasse em estado vegetativo ou me internar. — Soltei a barra de ferro e mordi com força meu lábio inferior, me impedindo de contar que tinham conseguido me internar, irritada comigo mesma por estar sendo tão sincera. Se eu fosse falsa como todas as outras pessoas, talvez ele se sentisse culpado e fosse embora antes de causar algum estrago.

— Sinto muito — disse Michael.

Nenhuma pena, apenas empatia. A expressão dele era fácil de ler, ou ele era um ator muito bom. Ele me lembrava da Hollywood de antigamente, bem no estilo de Cary Grant, exceto pelo cabelo levemente bagunçado.

— Então, o que é diferente em você? — perguntei, ficando cansada da conversa. Já antecipando a decepção. — Que tipo de promessas você vai fazer?

— Nenhuma que eu não possa cumprir.

O olhar dele era determinado, e a voz, cheia de certeza.

— Quais são as suas qualificações? Você escalou uma montanha e conheceu um guru? — perguntei, provocando. Esperando uma reação. — Você teve uma experiência fora do corpo e agora as pessoas falam com você através de espelhos e poças de lama?

— Olha, posso entender por que você não tem muita fé. — Ele manteve a voz baixa e constante, mas suspeitei um pouco de irritação — Mas e se eu *puder* ajudá-la? Por que você não deixaria?

— E se eu achar que não há nada de errado comigo?

Não algo que eu esperava que ele pudesse consertar, de qualquer forma.

— Eu não falei que havia.

— Se oferecer para me ajudar sugere que eu esteja em perigo, eu não estou em apuros no momento.

— E o que dizer de dez minutos atrás, quando você tentou colocar sua bebida sobre um piano que não estava lá?

— Aquilo não foi um perigo. Aquilo foi...

Respirei fundo.

Ele viu o piano.

Capítulo 5

Dei um soco na barriga dele. Olá, tanquinho. Mesmo com a camada protetora de músculo, ele tossiu e se dobrou, passando os braços sobre a área atingida.

— Desculpe, desculpe — falei, balançando minha mão, que estava formigando, até voltar a senti-la. As luzes da rua pareceram piscar e fiquei imaginando por um momento se teríamos outro temporal. — Eu precisava me assegurar de que você estava realmente aqui.

— E não havia uma forma melhor de fazer isso? — grunhiu Michael. — Ele teve sorte de eu ter mirado mais para cima. Considerei a possibilidade de chutá-lo, mas me lembrei de meus sapatos assassinos no último momento.

— Reação de estresse.

Dei de ombros e tirei os pés das minhas armas de salto alto antes que sentisse um impulso de fazer mais estragos, apreciando a sensação do concreto frio sob os pés.

Michael levantou o corpo, olhando para mim de cima e me examinando com os olhos. Eu não conseguia dizer se ele estava gostando do que via. Fiquei surpresa ao descobrir que me importava com aquilo.

— Por que você estava preocupada em saber se eu era ou não real? Você não quis apertar minha mão há alguns minutos, apesar de seu irmão ter me visto.

— Hoje foi um dia um tanto atípico. Meu mundo virou de cabeça para baixo e do avesso.

— Provavelmente para melhor, de qualquer forma. — Ele sorriu para mim com uma expressão que me fez imaginar o que ele não estava dizendo. — Então, me diga, o que aconteceu de tão diferente hoje?

— Eu nunca tinha visto um trio de jazz inteiro, para começar. Aquilo me deixou confusa. As regras devem estar mudando.

— Quais são as regras?

— Vejo pessoas do passado. — Os sinos na torre do relógio na praça badalaram alto, anunciando a hora, mas mantive a voz baixa. — Elas são como a projeção de um filme, sem substância, e quando tento tocá-las, elas desaparecem. Com certeza nunca tinha visto antes três ao mesmo tempo acompanhados de um piano.

Ou uma carruagem puxada por cavalos.

— Pelo menos eles tocam bem. Aquele baixo estava uma beleza. — Ele inclinou a cabeça na direção do prédio, de onde a música saía pelas janelas abertas. — Ainda está.

— Você não parece impressionado. Ninguém nunca foi capaz de ver ou ouvir o que eu vejo e ouço. Qual é a sua história? — perguntei, apesar de aquilo estar claro. Ele era tão maluco quanto eu.

— Vamos apenas dizer que minha mãe achava que eu tinha um monte de amigos imaginários.

Levantei o queixo para poder olhar melhor para ele.

— Então isso vem acontecendo desde que você era pequeno?

Michael fez que sim com a cabeça.

— E com você?

— Há quatro anos. — Os sinos pararam depois de badalar dez vezes e o ar parecia misteriosamente silencioso. Hora de mudar de assunto. Distraí-lo e desviar sua atenção. — Realmente sinto muito por ter batido em você.

— Está perdoada. — Ele piscou. — Acho que consigo aguentar uma coisinha pequena como você.

Mordi minha língua. Então teríamos que trabalhar naquele chauvinismo dele.

— Se você me ajudar, como é que funciona? Vamos ter... sessões ou algo assim? O que você vai fazer comigo? — Ops. Uma luz muito assustadora brilhou nos olhos dele. Limpei minha garganta. Eu teria que prestar atenção à forma como construía minhas frases. — Quero dizer, *para* mim.

A luz não se apagou quando ele respondeu:

— Gostaria de começar escutando sua história.

— Bem simples. — Como se reviver cada momento aterrorizante fosse fácil. Como se eu quisesse me deixar totalmente vulnerável para um total desconhecido. Esfreguei o nó de tensão se formando na base da minha nuca.

— Emerson. — Amei a forma como ele disse meu nome. Ou talvez eu apenas gostasse de observar seus lábios se movendo. — Sei que isso é difícil para você, mas quero que seja sincera comigo. Pode confiar em mim.

Ele obviamente não tinha ouvido a regra que dizia para *nunca* confiar em alguém que diz "pode confiar em mim".

— Vamos ver como as coisas andam. Quando começamos? — perguntei.

— O que você acha de amanhã?

Muito cedo.

⚜

Na manhã seguinte vesti minha calça jeans favorita e uma camiseta preta justa, colocando meu tênis All Star preto por uma questão de conforto e para criar coragem. Eles sempre faziam com que eu me sentisse destemida. Enroscando meu cabelo e o prendendo para cima, puxei algumas mechas que o sol tinha deixado mais louras que as outras. Dei um pouco mais de atenção à maquiagem do que o habitual, dando vida a minha pele clara. Tudo para um café da manhã com Michael.

Hmm.

Andei pelo centro da cidade lentamente, apreciando a paz. A umidade ainda estava baixa e, depois da chuva de ontem, eu quase podia sentir o aroma do ar fresco do outono que se aproximava. Eu tinha um fraco por folhas caindo, passeios de carroça, espantalhos e, principalmente, o Halloween. Quando seu dia a dia era tão assombrado quanto o meu, o Halloween era realmente apenas uma quantidade ridícula de doces e a Grande Abóbora — contanto que eu ficasse em casa para atender a porta. Minhas visões nunca tinham tocado a campainha de casa, então eu ficava normalmente bastante segura com Charlie Brown na televisão e um estoque contrabandeado de Twizzlers em mãos.

Michael e eu íamos nos encontrar no Lei de Murphy, o misto de bar, cafeteria e livraria de propriedade da avó de Lily. A mulher não apenas é uma santa, como também faz um espresso cubano absurdo e empanadas de maçã que são tão boas que fariam uma freira falar palavrão. Havia apenas um aspecto negativo em relação ao local.

Quando o sugeri na noite anterior, estava afobada demais para me lembrar de que Lily poderia estar presente durante a reunião. Fui salva de ter que desenvolver uma história plausível para contar a ela quando nos encontramos na calçada, saindo do prédio. Ela estava com a bolsa da câmera pendurada no ombro.

— Lily! Como foi a sessão de fotos?

Quando se virou ficou de frente para mim, mas continuou andando para trás.

— Muito boa. A não ser pelos morcegos que o chefe se esqueceu de mencionar. Isso e a equipe de filmagem. Pelo menos foi só um assistente de produção que deu em cima de mim dessa vez.

— Uau, só um cara? Você deve estar perdendo o encanto.

— O chefe de Lily algumas vezes trabalhava em conjunto com diretores de documentários. Ela alegava que a maioria deles demonstrava mais problemas com títulos e cargos do que toda a monarquia inglesa. E grande parte achava que merecia ser o titular no time dela.

— Perdendo o encanto? Quem me dera. — Ela enfiou a mão na bolsa da câmera, procurando um pouco antes de tirar um enorme muffin de blueberry enrolado em um guardanapo e morder um pedaço.

— Você está com pressa? — perguntei, tentando parecer desinteressada. Apontei minha cabeça para sua bolsa. — Outra sessão de fotos?

— Tenho que finalizar o que fizemos ontem, tratar algumas fotos, essas coisas. — Ela parou de andar e olhou para mim. Os olhos de Lily se arregalaram enquanto a boca se abria e me oferecendo a visão de um bolinho mastigado. — Olhe só para você, toda sexy logo de manhã. Aonde está indo? Como foi a festa?

Mentalmente debati comigo mesma a respeito de contar a ela sobre Michael. Não havia nenhuma forma de realmente fazer aquilo sem lhe contar toda a história e Lily não sabia de nada sobre minhas... visões.

— A lugar nenhum, na verdade. E você não perdeu nada. — Tirando um trio de jazz, um pouco de vidro quebrado e o garoto mais lindo que já respirou. — Pode ir. Nos falamos mais tarde.

Lily levantou a mão que estava segurando o muffin para olhar para o relógio. Ela odiava chegar atrasada aos lugares, mas dava para ver o desejo de me interrogar em sua expressão. Fiquei torcendo para que as boas maneiras se sobrepusessem à curiosidade.

— É bom mesmo nos falarmos mais tarde — disse ela por cima do ombro, enquanto virava na rua transversal que levava ao estúdio fotográfico.

Essa foi por pouco.

Parando em frente à cafeteria, senti um frio na barriga, e a toquei para tentar me acalmar. Não conseguia decidir se eu me sentia ansiosa por causa da conversa que estava por vir ou por causa de quem estava prestes a ver. Entrei pela porta da frente, fazendo a sineta presa à moldura tilintar, respirando fundo para inalar o aroma rico de café sendo preparado. E para acalmar meus nervos.

Michael estava sentado perto do fundo, lendo um jornal em alguma língua que parecia ser espanhol. Depois de fazer o pedido, me juntei a ele, colocando minha mochila debaixo da mesa e puxando uma cadeira. Ele não tinha feito a barba e estava vestido quase exatamente como eu, com uma camiseta preta e uma calça jeans bem surrada. Fiquei um momento apreciando o caimento justo de ambas. O rapaz tinha músculos de respeito.

— Você está realmente lendo isso, ou está apenas tentando se exibir? — perguntei, me sentando na cadeira.

Ele olhou por cima do jornal, abriu a boca e uma torrente de palavras estrangeiras saiu.

— Certo, desculpe, era apenas uma pergunta. Peraí, quantas daquelas palavras eram xingamentos?

Michael riu, mostrando dentes brancos e alinhados. Era um som agradável, confortável, como se ele estivesse acostumado àquilo. Desejei poder rir daquele jeito. O sorriso dele estava me distraindo tanto quanto tinha feito na noite anterior.

— Que língua é essa?

— Italiano.

— Como você aprendeu?

— Minha avó. — Michael abaixou o jornal e se inclinou sobre a mesa na minha direção, inesperadamente intenso. — O que você quer?

— Já pedi um espresso — respondi, afastando meu corpo por reflexo.

— Não, estou perguntando o que quer da vida?

— Bom dia para você também. Não está um pouco cedo para filosofia? — Tirei uma mecha de cabelo rebelde do rosto e me ajeitei na cadeira.

— Por que a pergunta a deixa desconfortável?

— Não saio por aí discutindo meus desejos mais profundos com desconhecidos. — A garçonete trouxe minha bebida e a empanada para a mesa. Quando ela se afastou, continuei: — Tecnicamente, você pode não ser um desconhecido, mas ainda assim, eu só o conheci ontem.

— Não sou tão estranho. — Outra amostra desconcertante de dentes brancos. — Vamos começar com algo mais simples do que o que quer da vida. O que você espera de hoje?

Passei minhas mãos em volta da xícara e a levantei para soprar o conteúdo, sentindo o vapor subir até o rosto. Talvez ele pensasse que eu estava apenas... com calor... em vez de corando.

Michael me olhou como se tivesse todo o tempo do mundo para escutar, de uma forma tão genuína que tirou meu equilíbrio. O frio na barriga recomeçou. Eu não estava pronta para ser totalmente sincera com ele. Talvez eu nunca estivesse pronta. Eu não sabia mentir muito bem. Mas evitar?

Eu era mestre na arte de evitar.

— Por que não me fala sobre você? Tenho certeza de que eu ficaria mais confortável com toda esta situação se soubesse mais sobre você. — Pronto. Ele não podia discordar daquilo. E eu realmente queria saber mais sobre ele. Muito mais.

Michael colocou as mãos sobre a mesa. Os dedos eram longos, as unhas um pouco quadradas, porém um pouco mais compridas na mão direita, me fazendo imaginar se ele tocava violão. Ele usava um anel de prata no polegar esquerdo.

— Tenho uma irmã; o nome dela é Anna Sophia. Minha mãe trabalha no ramo imobiliário. Moradias de luxo históricas. Muito bem-sucedida, me lembra muito Thomas. Ela também é minha heroína. Meu pai está fora da jogada desde que eu tinha 8 anos, ou algo assim. — Ele me deu um leve sorriso. Fiquei imaginando como seria o resto da história. — Cresci nos arredores de Atlanta e estou trabalhando para a Hourglass há quase um ano.

Como minha pesquisa na internet não mostrou nenhum resultado satisfatório, eu não sabia nada sobre a Hourglass, mas a imagem mental em meu cérebro envolvia Marlon Brando na sala dos fundos de um restaurante italiano, cercado de fumaça de charuto e homens chamados Paulie e Vito armados até os dentes. Eu precisava de uma imagem mais clara. Ou pelo menos uma que fosse menos assustadora.

— O que a Hourglass faz, exatamente? — perguntei.

— Trabalhos de consultoria e aconselhamento.

— Como você os achou? Ou foram eles que acharam você?

— Eles me acharam. Fui acompanhado por um mentor que me ajudou a aprender sobre minha habilidade. Quando vim para cá para cursar a faculdade no ano passado, comecei a fazer pequenos trabalhos de consultoria. Conversar com crianças que precisavam de um amigo, juntar informações, coisas desse tipo. Então as coisas mudaram. Quando meu mentor morreu — fez uma pausa, respirando fundo. — Pedi para ter mais responsabilidades. Queria compartilhar o que tinha recebido.

Os olhos de Michael e o formato de sua boca expressavam dor e mais alguma coisa, talvez raiva. Eu podia apenas imaginar quanta emoção estava se revirando debaixo de tudo aquilo.

— Sinto muito por seu amigo.

— A vida é feita de perdas e ganhos — disse ele, a dor superando a raiva em seus olhos. — Você sabe disso melhor que ninguém.

Exceto que minha vida era feita muito mais de perdas.

— Que tipo de trabalho eu sou? Consultoria ou aconselhamento?

— Parte do que eu faço é conversar com as pessoas que estão tendo dificuldades em aceitar quem são. Eu escuto. — Ele deu de ombros.

— Como está me escutando.

— Você é diferente.

— Sou?

— Sim. — Ele sorriu e o frio na barriga quase me congelou. — Eu escutaria você de qualquer forma.

Enfiei meu rosto na minha pequena xícara novamente. Depois de tomar outro gole de café, perguntei:

— Então você já está na faculdade?

— Estou me preparando para começar meu segundo ano. E você?

— O plano de Thomas é me matricular na escola pública de Ivy Springs para meu último ano. Só falta mais um semestre, porque estudei no verão nos últimos dois anos. Na verdade eu só quero fazer as provas para tirar meu diploma e acabar com isso de uma vez. Mas Thomas não quer deixar. — Eu ri, mas não havia nada de engraçado naquilo. A última coisa que eu queria fazer era voltar ao cenário do meu colapso mental público. — Eu ficaria muito feliz se ele deixasse. Preciso de um descanso.

— Meu palpite é que se alguém merece um descanso, esse alguém é você — disse Michael, a voz cheia de compreensão. — Talvez consiga encontrar outra alternativa para a escola com que você e Thomas possam concordar.

— Talvez. — Mas eu duvidava. — De qualquer forma, vou tentar me recuperar o mais rápido possível. Então você vai poder seguir com as chopadas, jogos de futebol americano e garotas das irmandades.

— Não bebo, prefiro beisebol profissional e as garotas das irmandades não são realmente o meu tipo.

Aposto que elas gostariam de ser.

— E Emerson — disse Michael, repousando os antebraços sobre a mesa e olhando nos meus olhos —, apenas para que fique claro. Não há nada de errado com você.

Desconfortável com o sentimento e a proximidade dele, olhei para longe.

— Obrigada pelo voto de confiança. Mas discordo. Sem querer ofender.

Eu o ouvi suspirar.

— Sei que você tem mais dúvidas. Por que você não vai adiante e pergunta tudo o que quiser saber?

Tentando ganhar tempo, apertei o guardanapo entre meus dedos debaixo da mesa. Michael podia ver as mesmas coisas que eu podia, mas ele não estava surtando. Ele dava a impressão de ser calmo e confiante. Conversar com ele quase fazia o aperto em meu peito desaparecer. Eu queria confiar nele. Queria fazer perguntas. Queria saber por que era diferente com ele de como era comigo, porque, obviamente, era diferente.

— Como foi a primeira vez que teve uma visão do passado? — perguntei a ele com a voz baixa.

— Minha mãe descobriu uma casa à venda no distrito de Peachtree, em Atlanta. Da época da Guerra Civil.

Pensei na minha experiência de ontem com Scarlett e não consegui impedir que um gemido saísse. Logo depois de começar a ver coisas, fui forçada a participar de uma excursão para uma dessas infelizes encenações da Guerra Civil que são tão comuns aqui no sul. Eu não fazia a menor ideia de quem estava morto e quem estava vivo. Não saí do meu quarto por uma semana depois daquilo.

— As coisas que vemos... o que elas são? — Olhei em seus olhos. — Quero dizer, não sei por que, mas nunca pensei neles como fantasmas. Mas não sei o que são. Você sabe?

Michael se aproximou.

— Eu os chamo de desdobramentos temporais, dobras para encurtar. São tipo estampas de tempo deixadas por aqueles que causam uma impressão profunda no mundo enquanto estão vivos. Essa é a definição básica.

— Isso não é a mesma coisa que um fantasma?

— É um pouco mais complicado que isso.

— Como?

— É um pouco difícil de explicar — respondeu Michael, franzindo a testa e batucando os dedos no tampo da mesa. — Envolve física teórica, mas eu ficaria feliz de...

Levantei uma das mãos:

— Não, obrigada. Prefiro apenas acreditar em você. Por enquanto.

Pensei na definição dele. O homem que vi ontem veio imediatamente à minha mente. Eu tinha certeza de que ele tinha causado impressões à sua maneira.

— Desdobramentos temporais. Pelo menos isso explica por que eu vejo pessoas do passado. Isso faz sentido, como se loucura pudesse fazer sentido algum dia. Desculpe.

— Não se desculpe. — Ele franziu a testa novamente. — Não quero que edite nada do que diz.

— Você não vai ter que se preocupar com isso. — Olhei para ele sem nenhuma expressão. — A maioria das coisas que saem da minha boca é verdade. Meu botão de editar está quebrado.

— Que bom. — Michael recostou na cadeira, cruzando os braços e esticando as longas pernas sob a mesa. As botas pretas de motoqueiro ficavam enormes ao lado dos meus pequenos tênis. — Sou um grande fã da verdade. Odeio quando as pessoas escondem coisas.

Eu sabia tudo sobre esconder coisas.

— Quantas pessoas sabem a verdade sobre você? — perguntei.

— Minha família, a Hourglass. — Ele limpou a garganta e rodou o anel no dedo. — Alguns poucos bons amigos. Um grupo seleto.

Fiquei imaginando se o grupo seleto incluía uma namorada. Quis perguntar, mas concluí que provavelmente deveria manter as coisas no âmbito profissional.

— Foi difícil? Contar a eles sobre as coisas que vemos?

— Na verdade, não. Alguns deles têm suas próprias qualidades especiais.

— As mesmas que temos? — Eu gostava de me colocar na mesma categoria dele. Era perturbador perceber o quanto eu queria ser a única na categoria além dele.

— Não.

— Então existem outras pessoas que têm... coisas... especiais que podem fazer?

— Mais do que você poderia imaginar — respondeu ele, o olhar concentrado em meu rosto.

— Hmm. — Aquilo ficou rolando em minha cabeça enquanto eu me concentrava na empanada. Michael me deu o espaço de que eu precisava, voltando ao jornal.

No momento em que comecei a ver coisas... desdobramentos... me transformei em um show de horrores. Então me tornei um show de horrores, sem meus pais. Quando jovens ficam órfãos — isso acontece — eles podem ficar mal por um tempo, mas acabam se recuperando. Eu não me recuperei. Nem mesmo subi à superfície para respirar até passar um bom tempo em um hospital particular com terapia intensiva e medicamentos com poder nuclear.

Agora Michael estava sentado na minha frente, tão normal quanto a próxima terça-feira, afirmando que ele era como eu. Alegando que existiam outras pessoas "especiais" por aí. A ideia de que existia mais gente com habilidades, pessoas com que eu podia criar relacionamentos — aquela ideia tanto me oprimia quanto me confortava. Eu já conseguia pensar em uma pessoa com quem eu não me importaria de criar um relacionamento — e ele estava me espiando por trás do jornal. Podia quase acreditar que ele me olhava com interesse.

Mas provavelmente estava apenas esperando eu surtar e queria se assegurar de que estaria prestando atenção.

— Certo — quebrei o silêncio. — O que preciso fazer?

— Isso tudo nos traz de volta à minha pergunta original. — Ele dobrou o jornal ao meio e o colocou sobre a mesa. — O que você quer?

— Quero ser normal, mas sei que isso não é possível.

— Ser normal não é tão legal assim. — O sorriso dele era delicioso.

— Bem — hesitei, distraída novamente por sua boca —, se ser normal não é uma opção, acho que apenas quero ser capaz de entender o tanto quanto puder sobre o jeito como sou.

— O jeito como somos — corrigiu ele. — Que tal jantar esta noite? Você pode tirar o resto do dia para pensar sobre mais perguntas para fazer.

Jantar. Hoje à noite. Meu Deus. Sim.

— Vou fazer uma reserva para nós no Phone Company. Tenho um contato lá dentro. Às sete?

— Então temos um encontro — disse ele, sorrindo enquanto se levantava para partir. Tão rápido quanto apareceu o sorriso, sumiu.

— Hmm, não um encontro, exatamente. A Hourglass não gosta muito que seus funcionários misturem negócios com... prazer.

Sorri de volta enquanto ele se afastava, mas o delicioso frio na minha barriga desapareceu.

É claro que a Hourglass não gostava daquilo.

Capítulo 6

No caminho para casa parei no Phone Company para fazer reservas. Thomas tinha decidido que, como todo mundo continuava chamando o lugar de Phone Company, independentemente do nome que ele tentasse ligar ao restaurante, era melhor mantê-lo. Ele usou o logotipo antigo e decorou o lugar com equipamentos do prédio. Muitas antiguidades, usando bastante madeira escura brilhante e metal polido. Bonito, se você gostasse daquele tipo de coisa.

Aparentemente, muita gente gostava, porque, sem minhas conexões, eu não teria conseguido uma mesa para nós. Não fiquei com vergonha de usá-las, também, praticamente forçando a recepcionista a escrever meu nome bem no alto da lista de reservas. De nenhuma forma eu ia perder aquele encontro... jantar. Quase deixei uma risada nervosa escapar, mas a engoli. A recepcionista olhou para mim com o canto do olho. Eu sabia que estava apenas botando mais lenha na fogueira da fofoca da cidade. Mas não estava nem aí.

Com a reserva providenciada, atravessei a praça na direção do loft, desejando manter os olhos no chão e seguir o fluxo. Quase consegui, mas quando saí do asfalto da rua e pisei na calçada de concreto, passei *através* de uma garota hippie dos anos 1970 com um colar de miçangas. Ela estourou e desapareceu em uma pequena rajada de vento, exatamente como os desdobramentos — pelo menos eu tinha um nome para eles agora — sempre faziam.

Pensei em fechar os olhos e ir tateando até chegar ao loft no segundo andar, mas não queria provocar nenhuma contusão desnecessária antes do jantar. O silêncio me recebeu quando abri a porta da frente e fiquei feliz por ter a chance de relaxar e ficar sozinha.

Dru tinha decorado meu quarto logo antes de eu voltar à cidade e ele refletia minha personalidade até o último detalhe. Paredes em um marrom profundo, alguns tons mais claro que meu espresso do café da manhã. A mobília branca com linhas simples era acentuada pelo estofamento em tons suaves de coral que faziam o quarto ganhar vida e fotos emolduradas atenciosamente dispostas lhe davam uma sensação de estar em casa. Uma poltrona e um pufe de couro ficavam entre duas janelas de canto. Reproduções de obras de John William Waterhouse com belas molduras enfeitavam a parede atrás da minha cama. A minha favorita, *The Lady of Shalott*, repousando exatamente no centro. Um grande espelho estava pendurado sobre uma cômoda, coberto por uma pequena luminária.

Dru entrou no quarto sem bater, me assustando.

— Desculpe, Em. Não sabia que você estava em casa. — Ela colocou uma manta felpuda com cor de tangerina, que ainda estava com as etiquetas, na beira da minha cama antes de se afastar na direção da porta. — Vi isso hoje e achei que ia ser gostoso para se cobrir. Vou deixá-la sozinha.

— Fique. Você sabe que não precisa ficar comprando todas essas coisas para mim. — Falei as palavras suavemente enquanto me sentava na cama e puxava a manta sobre o colo. Queria que ela soubesse que não tinha que se esforçar tanto. — Mas eu amei. Obrigada.

Ela ficou com as bochechas coradas, a pele de porcelana brilhando mais que o normal, feliz por eu estar feliz. Eu devia muito a

Dru. Ela não tinha apenas me aceitado em sua vida como uma filha adotiva quando estava casada com Thomas há pouco tempo; ela se desdobrou para se assegurar de que eu me sentisse amada quando tive que voltar para casa. Fez me sentir como se sair do colégio interno não significasse que eu era uma fracassada — me lembrando constantemente de que não era minha culpa a bolsa de estudos ter sido cortada.

— Então — disse ela, se jogando na poltrona de couro no canto do quarto —, vai me contar sobre o Michael? Ele não é exatamente como os outros, é?

Tentei por cerca de meio segundo manter minha opinião só para mim.

— Não consigo parar de pensar nos lábios dele.

Estava na hora de mandar consertar meu botão de editar. Não tinha planejado ser *tão* sincera. Senti meus olhos ficarem enormes e o rosto quente; torci freneticamente para Dru não ter me escutado com clareza.

Ela havia escutado.

— *O quê?* Emerson Cole, nunca ouvi você dizer nada como isso em toda a vida!

Calei minha boca, mas as risadinhas acabaram escapando. Aquilo parecia completamente normal, diferente de mim. Dru se juntou.

— Bem — disse ela, limpando os olhos na manga da blusa —, seu irmão pode não ficar, mas eu fico feliz de ouvir isso. Você lidou com muita coisa nos últimos anos. — A voz ficou mais séria. — Mais do que a maioria das pessoas lida em toda a vida.

Apesar de não querer falar do passado, ele continuava sendo mencionado hoje. Hora de trabalhar um pouco mais a arte de evitar assuntos. Tirei os sapatos e puxei os joelhos até o peito, passando os braços em volta das pernas.

— Michael e eu vamos jantar mais tarde.

— Não é um encontro, é?

Meu olhar era de impaciência.

— Quem me dera. Ele teve o cuidado de deixar claro que a Hourglass não permite *privilégios* entre funcionários e clientes.

Foi a vez de Dru mostrar impaciência no olhar.

— Sei tudo sobre isso. Thomas esclareceu isso com Michael diversas vezes antes de contratá-lo. Mas ainda assim... eu vi Michael olhando para você ontem à noite.

— Derrubei um copo e quase tive um ataque no meio da sua festa. Todos estavam olhando para mim.

— Não, antes daquilo.

Eu tinha visto isso também.

Talvez ele só estivesse feliz por encontrar mais alguém como ele, ou talvez toda aquela história de que os opostos se atraem seja baboseira. Eu não teria como saber. Andei tão ocupada me escondendo nos últimos anos que nunca tive um encontro de verdade. Saídas em grupo, claro, e essas eram um tipo todo particular de inferno se eu não conhecesse todas as pessoas, mas nunca tive um encontro normal e, certamente, nunca um encontro às escuras. Credo. De qualquer forma, independentemente de eu querer ou não, o jantar de hoje à noite não era um encontro.

— O jantar de hoje não é um encontro — falei em voz alta, me lembrando daquilo. — É um jantar de negócios. Ele está sendo pago para me levar para sair. Thomas o contratou. Não é como se Michael tivesse aparecido e pedido para ser apresentado.

Dru não olhou para meus olhos.

— O que vai vestir?

Eu podia praticamente ver seus dedos se contraindo, desesperados para me ajudar na tarefa.

— O que você acha de eu deixar isso por sua conta?

Dois minutos depois ela me entregou outro par de sapatos de salto assassinos e um vestido cor de cobre cintilante.

— Isso. Vai fazer o verde em seus olhos se destacar. Farei uma ligação. Quero me assegurar que vocês fiquem na mesa perfeita. E temos uma entrega de vinho, então vou estar lá hoje à noite. Mas prometo agir como se não a conhecesse. Agora, ande logo!

Deixá-la mandar em mim daquele jeito era uma prova do quanto eu a amava.

Quando estava no colégio interno, eu teria matado por um banheiro como o que eu tinha agora. Paraíso. Todas as vezes que me apertava naquelas cabines de chuveiro mínimas com cortinas de plástico curtas ou esperava por uma pia vazia para poder escovar meus dentes, simplesmente voaram para longe, completamente esquecidas. Eu me deleitava com a potência da água dos chuveiros — três chuveiros, todos ajustáveis. A sensação era incrível depois de aprender como posicioná-los para não me afogar. Resisti à vontade de me demorar no banho. Mesmo sendo sedutor, o chuveiro não podia competir com a noite para a qual eu estava me preparando.

Ou, pelo menos, com a companhia que eu teria.

Entrei no quarto enrolada na toalha e me rendi antes que ela pedisse, sentando na frente de Dru. Ela estava armada com a bolsa de maquiagem e vários instrumentos para o cabelo. Aquilo tudo era arte para ela, desde aplicar maquiagem até vestir pessoas, até decorar prédios. Ela entendia perfeitamente tudo sobre estética. Eu sabia como ninguém que ela se superava em cuidar das pessoas.

Quando ela terminou, coloquei o vestido e me olhei no espelho. Meus olhos pareciam mais verdes que o normal. Meu cabelo flutuava sobre os ombros nus como se fosse seda. Dru passou no meu colo um pouco de pó que parecia meio luminoso e tinha cheiro de algodão doce e, com isso e o vestido metálico, eu me senti realmente brilhante. Ela me maquiou com suaves cores iridescentes que também faziam com que eu me sentisse muito... brilhante. Como uma daquelas bolas de natal espelhadas.

— Você tem certeza disso? — perguntei.

— Confie em mim. — Ela aparentemente também nunca tinha ouvido a regra do "confie em mim". Percebendo meu olhar duvidoso, disse: — Não, estou falando sério. A iluminação no Phone Company é muito suave, muitas luzes de vela. Você vai brilhar.

— Alienígenas brilham.

— Não dessa forma. Aqui. — Ela acendeu a pequena luminária sobre minha cômoda e apagou a luz de cima, tirando agora a cortina de cabelo louro liso do meu rosto. Olhei para o espelho novamente. Uma desconhecida exótica olhou de volta para mim.

— Ele vai pensar que eu me esforcei demais.

— Ele vai estar muito ocupado olhando para você para pensar em qualquer coisa.

E aquilo não me deixou nem um pouco nervosa.

Capítulo 7

Cheguei ao restaurante cedo para esperar por ele, achando que ficaria mais confortável se já estivesse sentada quando ele chegasse. O maître me conduziu até uma mesa reservada para duas pessoas em um canto aconchegante e iluminado por candeeiros de metal escovado. Fiquei me sentindo como algum tipo de sedutora e pensei em trocar de mesa, mas aquilo mudou quando vi Michael de relance andando na minha direção.

Sua camisa branca bem engomada complementava perfeitamente a pele bronzeada. Uma calça cáqui com a cintura baixa acentuava seu corpo musculoso. Na luz suave, ele parecia algum tipo de anjo sombrio, seus olhos quase tão pretos quanto o cabelo. Eles se encontraram com os meus antes de se moverem por meu rosto e meu colo. Fiquei me sentindo desconfortável até ele soltar um assobio baixinho. Então me senti desconfortável de uma maneira totalmente diferente.

— Ei. — A palavra saiu em um sussurro. Parecia que eu estava tentando imitar Marilyn Monroe.

Michael não respondeu, apenas sorriu e ocupou a cadeira. Senti o aroma do perfume dele: leve, seco e cítrico. Fiquei tentada a me aproximar.

Comecei a morder o lábio inferior, pensei no gloss que Dru tinha aplicado com tanta arte e me forcei a parar.

— Como foi sua tarde?

— Produtiva — respondeu ele, colocando o guardanapo no colo. E a sua?

— Também.

— Falei com Thomas sobre alugar um dos lofts no seu prédio. A pessoa que dividia o apartamento comigo no ano passado se mudou e prefiro morar sozinho a tentar a sorte com um novo parceiro.

Fiquei muito feliz de não ter nada em minha boca, porque com certeza teria me engasgado com qualquer coisa. Chá gelado saindo pelo meu nariz? Não seria nada bonito.

— Um loft? No meu prédio? Uau, sério? Uau. — Limpei a garganta. — Então você está planejando ficar aqui por um tempo.

— Tanto quanto for necessário.

Os olhos de Michael examinaram meu rosto, se demorando sobre meus lábios por uma longa fração de segundo. Novamente, lutei contra o desejo de morder o lábio. E tentei com muito afinco não pensar em morder o dele.

— Então — perguntou ele, se aproximando de mim sobre a mesa —, pensou em mais perguntas para mim?

Hora de botar mãos à obra. Minha lista estava no bolso da frente da minha bolsa, mas eu duvidava de que teria que recorrer a ela. Sentindo uma inquietação tomar conta de mim, estiquei a mão para brincar com um botão de rosa em um vaso sobre a mesa.

— Bem, estava pensando sobre o que aconteceu ontem à noite. O que eu vejo está ficando mais forte. Quero dizer... um trio de jazz? Totalmente equipado com um piano de cauda? Isso foi piorando gradualmente para você?

Ele ficou em silêncio por um momento antes de responder.

— Não posso explicar o que você viu ontem. Dobras que vêm com cenário são novidade para mim também. Não me preocuparia com isso. Meu palpite é que tenha algo a ver com a nossa habilidade se fortalecer à medida que ficamos mais velhos.

— Seu palpite? Isso é confortante. — Ri, descrente. — Você está falando sério? Não devo me preocupar quando você não consegue dar uma resposta decente nem para minha primeira pergunta?

Michael se concentrou em um ponto acima do meu ombro esquerdo. A voz dele estava firme quando falou:

— Vou descobrir a resposta. Não se preocupe.

— Certo — falei, a incerteza quase expulsando a curiosidade da minha cabeça. — Alguma das dobras já soube algo sobre você?

— O que você quer dizer?

O olhar dele voltou ao meu rosto.

— Como seu nome, ou... — despistei. Talvez eu devesse manter aquele incidente específico para mim mesma. Visualizei a lista de perguntas em minha mente. — Hmm, quando você sabe que está vendo uma dobra, como se aproxima dela?

— Muito lentamente. — Michael sorriu, quebrando o gelo.

Eu ainda estava mexendo com o botão de rosa. Distraída pelo sorriso, parei de prestar atenção e derrubei o vaso, molhando a mesa.

Foi bom eu não estar em um encontro. Eu provavelmente teria ficado envergonhada.

Esticamos o braço para levantar o vaso ao mesmo tempo e as pontas dos nossos dedos se tocaram. Uma corrente de energia pulsou através da mão dele até a minha. Minha pele pareceu muito pequena, muito esticada, como se estivesse tentando ficar mais exposta à dele. Ouvi diversos silvos e a mesa ficou escura.

Algo estava muito, mas muito errado.

Lentamente levantei os olhos para encontrar os de Michael. Os músculos no rosto dele se retesaram; a expressão estava completamente ilegível. Confusa, talvez assustada, me afastei. Ainda podia sentir a forma como a eletricidade tinha fluído pelos seus dedos até os meus, até chegar às raízes dos meus cabelos. As outras luzes voltaram ao normal.

Eu podia ter jurado que estava me contraindo. Michael colocou a mão debaixo da mesa e ficou olhando para o cardápio.

— Hmm... o que foi aquilo? — perguntei, minha voz voltando a ser um sussurro enquanto observava a água do vaso encharcar a toalha de mesa branca.

— É meio complicado.

Então aquilo realmente aconteceu.

— Nós causamos aquilo?

Ele concordou com a cabeça, seu rosto não mostrando nenhuma expressão.

— Isso já tinha acontecido com você antes?

— Não exatamente.

A garçonete chegou para anotar nossos pedidos. A interrupção não ajudou em nada a aliviar a tensão. Eu só queria que ela fosse embora para que eu pudesse tocar nele novamente. Em vez disso, levantei o cardápio na frente do rosto corado, desejando que meu corpo voltasse à normalidade. Michael pediu o especial e, sem nem mesmo olhar para ver o que era, fiz o mesmo.

— Vou trazer em um momento — disse a garçonete, pegando os cardápios. Ela olhou para os candeeiros sobre a mesa, os belos lábios rosados contraídos. — E vou trazer uma vela para vocês... está escuro aqui, não está?

Nenhum de nós respondeu e ela foi embora. Fiquei me sentindo exposta sem o cardápio para me esconder.

— Nós vamos falar sobre o que acabou de acontecer? — perguntei.

— Você acreditaria se eu lhe dissesse que é melhor deixar isso de lado por enquanto?

— Existe outra opção?

— Provavelmente não. — Ele levantou os cantos da boca em um sorriso, mas seus olhos não receberam a mensagem. — Talvez você pudesse seguir adiante e perguntar as outras coisas que gostaria de saber.

— Que tal "o que diabos foi aquilo"?

A expressão dele praticamente virou uma placa anunciando que o assunto estava fora de questão.

— Certo. — Tentei agarrar um dos pensamentos voando dentro da minha cabeça para ter algo para falar. Não consegui, então peguei minha lista e a abri sobre a mesa. — Como percebe a diferença entre uma pessoa normal e desdobramentos temporais?

— Você quer dizer, além de dar socos em suas barrigas?

Meu rosto corou, não porque eu tinha batido nele, mas porque fiquei pensando em seus músculos do abdômen.

— Além disso.

— Existe a forma como eles desaparecem quando batem em objetos sólidos. — Ele bateu nos lábios com o dedo. — Além disso, eu... hmm... tenho visto dobras por tanto tempo, que tenho uma forma de senti-los.

Eu podia ver como aquilo seria útil.

— Como você os faz ir embora? — perguntei, recorrendo à minha lista novamente. — Quero dizer, não para sempre, mas quando você os vê... se eles estiverem no seu caminho?

— Tento ignorá-los. Como agora eu reconheço o que eles são, fica mais fácil evitar, mas quando preciso que sumam por algum motivo, toco neles. Não que exista realmente algo para ser tocado. E você?

Concordei com a cabeça, incapaz de me impedir de olhar fixamente para os dedos dele. Incapaz de parar de pensar sobre como eu queria que ele me tocasse novamente.

O jantar chegou, me salvando dos meus próprios pensamentos. Enfiei a lista na bolsa. Assim que senti o cheiro da comida, meu apetite voltou; era algum tipo de salmão com crosta e aspargos grelhados. Michael deu algumas garfadas antes de empurrar seu prato para o lado. Colocando os cotovelos sobre a mesa, entrelaçando os dedos como se faz quando a gente ajoelha na igreja, ele disse:

— Lidar com os desdobramentos vai ficar mais fácil. Já não ficou? Desde que você começou a vê-los?

Mais fácil?

— Acho que sim.

— Como começou para você?

Sofri um pouco para tentar prender um talo de aspargo fujão com o garfo.

— Quanto você sabe sobre mim?

— Thomas me contou parte da sua história. Que você começou a ver coisas logo antes de seus pais morrerem. Os canteiros de obra de restauração podem ter desencadeado o processo.

— Mais alguma coisa?

Michael tomou um longo gole do chá gelado antes de falar, parecendo escolher as palavras cuidadosamente.

— Ele mencionou que você teve um caminho bem difícil.

Fiquei olhando para o prato, muito envergonhada para olhar para ele.

— Ele contou que fiquei hospitalizada por um tempo?

— Contou. Mas não me contou por quê. Pedi para que ele deixasse isso para você.

A voz dele era calma, confortante.

— Foi por depressão. Na maior parte. — Mantendo os olhos abaixados, peguei o que tinha sobrado do pãozinho que estava no prato e o parti em pequenos pedaços. — Comecei a ver dobras. Não muito tempo depois daquilo, minha mãe e meu pai... morreram. Eu meio que surtei. Não foi nada bonito. Fui internada e medicada. Medicação pesada. Tudo sumiu. Não apenas o que eu podia ver, as dobras, mas minha personalidade, meus desejos, tudo aquilo. Eu era como uma concha.

Menos que uma concha.

— Foi bom, por um tempo, me sentir vazia. Não doía mais. Contudo, à medida que o tempo passava, era como se eu pudesse me ouvir a distância, implorando por permissão para voltar. — Destrocei o pãozinho em pedaços ainda menores. — Assim que me liberaram do hospital e fui para a escola, achei uma conselheira, Alicia. Ajudou poder conversar com alguém, contar tudo a ela.

Quase tudo, pelo menos.

— Parei de tomar os medicamentos no último Natal. — Não conseguia acreditar que eu estava lhe contando tantas coisas, mas as palavras continuavam fuindo. Algo nos olhos de Michael e a forma como ele parecia olhar diretamente para dentro de mim sem me julgar me faziam falar. — Thomas e Dru não sabem. Não quero que eles se preocupem comigo e eles se preocuparão se souberem que resolvi viver uma vida "toda natural".

— A não ser que esteja tentando fazer uma pilha de migalhas de pão para achar o caminho para casa, você provavelmente deveria dar um descanso a esse pãozinho.

O tom de Michael mal escondia sua preocupação. Meu coração tropeçou um pouco, mas a ternura em sua voz me impediu de ficar envergonhada.

Larguei o que sobrou do pão, cruzei os braços e continuei:

— Enquanto os remédios saíam do meu organismo, comecei a ver coisas novamente. Isso só aconteceu umas duas vezes no semestre passado. Vi uma dobra na casa da minha amiga Lily neste verão. Então ontem vi uma bela mulher sulista da época da Guerra Civil, com anágua e tudo, um sujeito na sala da minha casa e, então, à noite, teve o...

— Trio de jazz, sim. — Ele rodou o anel de prata em seu polegar. — Você se sente feliz por não estar mais tomando os remédios?

— Eu odiava aquilo. Nunca me senti no controle, embora pessoas loucas não costumem alegar que autocontrole seja um traço de personalidade.

— Pare. — A voz de Michael não foi alta, mas a palavra era uma ordem. — Você não é maluca. O que você vê é real, Emerson. É válido; você é válida. As coisas por que você passou foram horríveis... perder seus pais.

Perder minha cabeça.

— Tudo o que quero dizer é... por favor, não seja tão dura consigo mesma. — Ele esticou o braço como se fosse tocar na minha mão, mas o puxou de volta. — Dê uma folga a si mesma.

Aquelas palavras mandaram uma onda de alívio para mim. Não apenas o que ele falou, mas a forma como falou, como se não fosse aceitar nenhuma outra alternativa. Parte da ansiedade foi embora, voando para longe, e restou uma sensação doce. Lágrimas encheram meus olhos.

— Oh, droga. Não sou de chorar, juro. Nunca choro. *Odeio* chorar.

Limpei os olhos no guardanapo antes que qualquer lágrima caísse. Ele acenou para a garçonete e pediu a conta, me dando algum tempo para me recompor.

— É cortesia da casa — disse ela alegremente, os olhos se virando brevemente para mim, antes de dar a Michael um sorriso hesitante.

— Obrigado. — Ele sorriu de volta. Quando ela se afastou, ele colocou uma nota de vinte dólares sobre a mesa.

Generoso com a gorjeta. Sempre um bom traço de caráter.

Depois de alguns segundos, olhei para ele.

— Obrigada.

Ele acenou com a cabeça. Sei que entendeu que eu não estava agradecendo pelo jantar.

— Você quer sair daqui? Ir até a sua casa?

Capítulo 8

Demorei alguns segundos antes de me lembrar de piscar.
Ele não se preocupou em esconder o sorriso.
— Para você poder me mostrar os lofts?
— Ah, claro, sim, os lofts. Bem. Lofts. Você está pronto para ir?
Levantei da cadeira, sabendo que minhas bochechas estavam cobertas por uma ridícula sombra vermelha.

Andamos pelo restaurante até a área do bar e a mão dele acidentalmente tocou a base das minhas costas, o calor era tão concentrado onde ele me tocou que o resto do meu corpo parecia gelado. Olhei para ele de esguelha. Ele colocou a mão no bolso.

Atrás do bar, Dru contava garrafas de vinho tinto enquanto o barman as colocava em uma prateleira de teca.

— Dru? Michael quer ver os lofts. Posso usar sua chave mestra?

— Claro. — Ela pegou um chaveiro no bolso e tirou uma do aro, me entregando a chave. O olhar dela se movia rapidamente entre nós dois enquanto o rosto registrava surpresa, ou talvez preocupação.

Tenho certeza de que Dru notou que a maquiagem perfeita que ela havia feito estava borrada.

Nós atravessamos a praça da cidade em silêncio. Minhas emoções estavam ridiculamente à flor da pele, como se meu interior estivesse virado para fora, mas o sentimento de vulnerabilidade não me assustava. Enquanto eu mostrava a ele os dois lofts, a energia ainda zumbia entre nós, deixando todos os meus sentidos mais aguçados. Apesar de o clima entre nós ser intenso, eu estava experimentando algo desconhecido. Pela primeira vez em muito tempo, eu me sentia... segura.

Entramos no corredor e tranquei a porta do último loft antes de me virar para olhar para ele.

— Gosto dos dois espaços. Thomas e Dru podem me colocar onde quiserem.

Michael ficou balançando para a frente e para trás sobre os calcanhares. Ele olhou fixamente nos meus olhos por alguns segundos, aqueles segundos se estendendo pelo que pareceram horas, enquanto ele esticava o braço até as pontas dos seus dedos estarem a poucos centímetros das pontas dos meus.

— Você tem certeza? — perguntei em um sussurro suave.

— Isso não vai desaparecer — sussurrou ele de volta. — É melhor se acostumar à sensação.

Preparando o corpo para o choque de energia, dei a ele minha mão.

Foi melhor do que eu conseguia me lembrar.

Fiquei feliz pelo fato de as luzes do corredor não serem muito brilhantes. Não sabia para onde olhar quando elas piscaram.

Michael parecia lutar algum tipo de batalha interna, o rosto cheio de indecisão. Comecei a tremer. O choque diminuiu até virar um zumbido baixinho; mesmo assim, com todas as fagulhas que estávamos soltando, talvez pudéssemos iluminar o hemisfério sul.

— Sinto muito — disse ele, a voz agora baixa, cheia de remorso. Sua mão parecia quente e sólida dentro da minha.

— Por quê? É definitivamente diferente, mas estou bem. — Basicamente. Sentir um arrepio no corpo todo com um rapaz que você acabou de conhecer era tão estranho quanto ver pessoas mortas. Porém muito mais agradável.

— Não a... coisa de tocar. A coisa dos desdobramentos. Sinto muito que você tenha tido que lidar com isso tudo sozinha.

— Obrigada, mas sozinha é meio que a forma como funciono. — Cuidadosamente soltando a mão, me afastei lentamente para me assegurar de que meus joelhos estavam funcionando e que minhas pernas me sustentariam.

— Apenas lembre-se de que estou aqui para ajudar. — Michael deixou a mão cair junto ao corpo. — Minha intenção é ficar por perto até você me dizer para ir embora.

Ou até meu irmão parar de pagá-lo.

— Bem, eu provavelmente deveria... — Apontei para minha porta. — Ir. Boa noite.

— Boa noite.

Observei enquanto ele se afastava e me segurei na maçaneta, tentando ficar ereta, sentindo a conexão entre nós se esticar pelo corredor e além da porta da frente do prédio.

Usei a chave mestra para entrar no loft, deixando-a sobre o frio balcão de mármore na cozinha.

Pretendendo apenas tomar uma chuveirada rápida para tirar o pó dos braços e do peito, a ducha quente e o silêncio me seduziram. Minha pele estava rosada e enrugada na hora em que saí do chuveiro e vesti o pijama. Tirei o edredom de penas e passei a mão sobre o lençol branco como a neve, apreciando o conceito de alta contagem de fios.

As fotos de família na cabeceira da cama chamaram minha atenção. Numa delas estavam Thomas e Dru — bronzeados e sorrindo — e na outra estava eu. A minha era oca, vazia. Era de umas férias que foram uma tentativa de me distrair depois que meus pais morreram. Desde a Disney até as Bahamas, nada tinha adiantado.

Outra era dos meus pais, de seu último Natal. Peguei a pesada moldura prateada e olhei para os rostos familiares que eu nunca veria novamente, a não ser que meus pais aparecessem para mim como dobras. Eu não sabia se temia ou desejava aquilo.

A conversa de hoje à noite sobre meu passado tinha aberto uma ferida. O largo buraco que a morte deles deixou havia sido suturado pelo tempo, mas conversar com Michael afrouxou os pontos. Ver a foto os rompeu de vez.

Eu nunca tinha sido tão sincera com ninguém como fui com Michael. Ele me fazia sentir segura, como se eu pudesse ser real — despedaçada, fragmentada e completamente imperfeita —, mesmo que ele fosse o oposto de mim. Intacto, completo e totalmente perfeito.

E totalmente fora de cogitação.

Olhei novamente para a foto, traçando o contorno do rosto de minha mãe com o dedo, imaginando que, se ela ainda estivesse viva, eu iria até seu quarto, me enroscaria em sua cama e pediria seu conselho.

Em vez disso, deitei, apagando a luminária da mesa de cabeceira e segurando a foto perto do coração.

Logo antes de cair no sono pesado, senti a presença de alguém, mas estava muito próxima de dormir para saber se era um sonho ou a realidade. Não conseguia pensar em uma razão por que um homem do passado morto havia muito tempo estaria preocupado comigo.

Mas Jack parecia estar sentado no pé da cama, um olhar de preocupação intensa no rosto.

Pisquei e ele sumiu.

Capítulo 9

Acordei no dia seguinte me sentindo nua, como se minha costumeira armadura estivesse faltando. Minha confortável camada de sarcasmo protetora tinha sumido. Eu precisava dela de volta para ser capaz de lidar com tudo que havia aprendido. Brigar um pouco mais com Thomas era a chave. Ele sempre me obrigava a fazer meu melhor. Com uma boa discussão com ele e meu All Star, eu deveria ser capaz de trazer minha vida de volta ao rumo.

Ele estava sentado à mesa da cozinha com sua gravata de seda jogada sobre o ombro, confortavelmente comendo o mesmo café da manhã que comia todo dia desde que eu podia me lembrar: Froot Loops. O cheiro de açúcar e do aromatizante de frutas permeava o ar em volta dele, colorantes e conservantes começando o processo de embalsamento onde ele estava sentado. Aquele parecia um ótimo lugar para começar.

— É tão encorajador ver um empreendedor como você começar o dia com um café da manhã saudável. — Passei atrás dele, pretendendo jogar sua gravata dentro da tigela. — O futuro econômico de nossa pequena cidade depende de sua taxa de glicose cair ou não antes de seu lanchinho do meio da manhã de bolinhos Ho Hos com leite achocolatado Yoo-Moo.

Thomas esticou a mão e segurou meu pulso antes que eu pudesse alcançar sua gravata.

— Bom dia, irmãzinha. Espero que você não esteja rabugenta porque não ganhou um beijo de boa-noite.

Passei minha mão livre por seu cabelo louro perfeitamente penteado só para irritá-lo.

— Como você sabe se eu ganhei ou não um beijo de boa-noite?

— A segurança nestes prédios é excelente. Vigias, câmeras, sistemas de segurança. — Ele me puxou para eu ficar de frente para ele. — Dessa forma não vou ter que me preocupar com a possibilidade de algo inapropriado acontecer. Porque esse é um relacionamento estritamente profissional.

— Você estava nos espionando? Está querendo brigar? — perguntei, puxando o braço com força para me soltar. A tigela de cereal balançou perigosamente, quase se virando no colo dele. — Qual é o problema se nós fugirmos para Las Vegas e nos casarmos? Tudo que você quer que ele faça é me ajudar a ser "normal", não é?

— Michael e eu temos um acordo. Nada de relacionamentos entre funcionário e cliente. Ele tem um trabalho a fazer e espero que o faça. Não estou de brincadeira, Em.

Meu lábio superior tremeu e tive um desejo irracional de chorar. Qual era o meu problema? Pensei em descarregar minha frustração sobre Thomas, mas ele foi salvo quando Dru entrou correndo na cozinha, vindo do quarto deles, balançando algo na mão e gritando.

Meu irmão pulou da cadeira, o cereal esquecido, enquanto tomava Dru em seus braços. Com todo o riso e o choro, não consegui entender uma palavra do que estavam falando.

— Me coloque no chão, Thomas!

Dando um beijo estalado nele, ela se debateu até que ele colocou os pés dela gentilmente no chão. Finalmente percebi o que Dru tinha em sua mão.

Um teste de gravidez.

Experimentei diversas emoções enquanto a verdade me atingia. Gratidão, porque sabia que eles queriam isso há muito tempo. Felicidade, porque sabia que minha família estava se expandindo da melhor forma. E, finalmente, minha inimiga conhecida, ansiedade, porque onde eu ia morar quando o bebê nascesse?

Dru deve ter lido a preocupação em meu rosto, porque me puxou para um abraço apertado.

— Não se preocupe! Estamos evitando alugar o terceiro loft exatamente por essa razão. Para o caso de precisarmos expandir. Depois de todo esse tempo, não queríamos preparar tudo para depois nos decepcionarmos, mas não conseguimos evitar. Tia Em não vai a lugar nenhum. A não ser que você queira.

— Não! Não, quero ficar aqui. — Era verdade. — Contanto que vocês queiram que eu fique.

— Nós queremos você aqui conosco. Com nós três.

Thomas esticou o braço para segurar minha mão e a apertou brevemente. Eu não o via feliz assim havia muito tempo. A forma como ele olhou para Dru me fez sentir a necessidade de desaparecer.

— Acho que vou sair para correr, dar a vocês um tempo para, hmm, falar sobre as cores do quarto do bebê. Parabéns! Vocês vão ser pais maravilhosos.

Corri para o quarto, as lágrimas brotando, ameaçando minha fama de má. Rapidamente coloquei um top e um short de corrida, peguei um elástico de cabelo, os tênis e meu iPod para botar no lado de fora do apartamento. Dru e Thomas não estavam mais à vista quando atravessei a sala de estar. A porta fechada do quarto deles sugeria que estavam celebrando da forma como achei que celebrariam.

Ainda bem que eu corria longas distâncias.

Aumentei o volume, deixando um pouco de rock alternativo clássico entorpecer meu cérebro. Não queria pensar em mais nada além de correr e respirar. O dia de fim de verão estava perfeito, folhas já começando a mudar de cor, balançando com a brisa suave. Mal podia esperar até elas ficarem totalmente vermelhas e douradas e as vitrines das lojas estarem decoradas com enormes abóboras e crisântemos com cheiro de especiarias.

Eu me perguntei se Michael ainda estaria por aqui quando esse dia chegasse.

Havia uma multidão de pessoas na rua, passeando com cachorros, empurrando bebês em carrinhos, curtindo as próprias corridas. Fui correndo pela calçada na direção do Riverbend Park, estabelecendo um ritmo moderado enquanto seguia o caminho que algum arquiteto genial a quem eu era relacionada tinha desenhado havia alguns anos para agradar as famílias locais e os turistas.

Thomas e Dru trouxeram tanto à nossa cidade. Eles se conheceram quando ele deixou um escritório de arquitetura prestigiado e começou o próprio negócio, com o objetivo principal de restaurar o centro de Ivy Springs. Ela era nova no ramo de design e foi consultora no primeiro trabalho dele. Aquilo começou como um relacionamento profissional, mas não demorou muito para que mudasse. Eles estavam casados havia seis meses quando meus pais morreram.

Eu amava ambos com intensidade e sabia que sentiam o mesmo por mim. A culpa que eu sentia por não ser completamente sincera com eles a respeito da situação dos medicamentos estava me corroendo. Mas eu realmente não queria que eles se preocupassem, e agora que um bebê estava a caminho... muito menos. Eles tinham outras coisas sobre o que pensar, embora Thomas aparentemente se designasse como o dono da minha vida amorosa. Talvez ele agora fosse ficar tão ocupado escolhendo nomes e criando um fundo para a faculdade do bebê que me deixaria em paz. Aumentando meu ritmo, mantive os olhos no chão para evitar surpresas e mantive o passo acelerado.

Até que bati em uma parede sólida de músculos, uma colisão tão forte que meus dentes tremeram. Cerrando os punhos na frente do meu rosto e pulando bem para trás, encarei a pessoa que supostamente estava me atacando.

Michael.

Meu grito morreu na garganta e arranquei os fones do ouvido.

— O que... você não pode assustar as pessoas assim!

A boca de Michael se abriu em surpresa e ele se inclinou, rindo tanto que chegou a perder o fôlego. Olhando para ele, irritada, não consegui deixar de admirar o tônus muscular de seus braços e pernas bronzeados. Quando olhou para mim, seu olhar se tornou apreciativo. Desejando ter colocado uma camiseta em vez de apenas um top, cruzei os braços, esperando que aquilo me fizesse parecer irritada em vez de envergonhada.

Michael tentou uma expressão mais séria no rosto, passando por várias fases até finalmente chegar a uma que lhe satisfizesse.

— Desculpe. Pular na sua frente não foi uma ideia inteligente.

— Está tudo bem. — Na verdade não estava.

— Só não esperava que você fosse dar uma de ninja para cima de mim. — Michael perdeu a batalha e se entregou ao riso novamente. Eu me peguei desejando ter conseguido pelo menos dar um bom chute antes de descobrir que era ele. Olhei-o por mais um momento e então continuei minha corrida.

Demorou alguns segundos, mas logo pude escutá-lo me seguindo. Devia ser difícil para ele, pois suas pernas eram muito mais longas que as minhas, mas não me importei. Michael merecia sofrer. Corremos em silêncio por um tempo até que o olhei de canto de olho, e ele ainda estava rindo. Parei tão rápido que ele passou direto por mim.

Girando, ele colocou uma das mãos sobre a boca. Teria sido inteligente colocar a outra mão sobre os olhos, porque eles estavam entregando tudo.

— Michael, pare com isso.

Ele levantou a mão, passou o braço em volta do meu pescoço e me puxou para seu lado. Fiquei esperando ele me dar um cascudo e tentei não ficar intrigada pelo formigamento em todo meu corpo.

— Desculpe — disse ele, mas notei o tom divertido em sua voz. — De verdade. Você é uma graça mesmo.

— E estou toda suada — falei, olhando para ele de lado.

Talvez fosse nossa proximidade, ou o fato de ele estar com o braço em volta de mim e nós dois estarmos suando e ofegantes. Tudo que sei é que mesmo com muito calor, no segundo em que nossos olhos se encontraram, meu corpo inteiro tremeu com um calafrio gigante. Nossos olhares ficaram presos por um momento infinito antes de ele me soltar e gentilmente me empurrar para longe.

— Trégua? — perguntou Michael hesitante, esticando a mão.

Tive dificuldades para recuperar o fôlego, desejando que os arrepios em minha pele desaparecessem. Quando finalmente recuperei o controle, eu lhe dei um sorriso doce e estiquei a mão para apertar a dele.

Então o joguei sobre meu ombro.

Enquanto ele estava caído no chão, ofegante, andei até ficar sobre ele, olhando para baixo, ainda sorrindo:

— Então, nos vemos mais tarde?

Ele piscou uma vez. Tomei aquilo como um sim.

Capítulo 10

Quando voltei ao loft, Dru e Thomas tinham ido embora. Estava me sentindo ótima. A ousadia estava de volta. Era incrível o que derrubar um homem adulto no chão podia fazer por uma menina.

Depois de um banho, peguei emprestado o laptop de Dru, levando-o para a poltrona confortável em meu quarto para me sentar, apreciando o rico aroma do couro macio. Encontrei uma posição aconchegante — o que foi bom — porque procurei por uma hora antes de achar o que queria: bem quando estava prestes a desistir, me deparei com uma nota no *Bennett Review* sobre uma bolsa de estudos bancada pelo fundador da Hourglass, Liam Ballard. Pesquisei o nome dele.

Bingo.

Arrumei o corpo, que estava enroscado no canto da poltrona, colocando o computador no pufe e me inclinando para poder me concentrar melhor na tela. Quando cliquei no primeiro artigo, uma enorme foto de um prédio completamente devastado apareceu sob a manchete: Nenhuma Resposta sobre o Incêndio no Laboratório.

A matéria questionava a morte de Liam Ballard, um cientista que foi morto quando o laboratório particular foi destruído pelo fogo. Nenhum traço de qualquer material combustível foi achado, nenhum tipo de catalisador. O prédio tinha acabado de passar por uma inspeção dos bombeiros. Sua casa e vários prédios adjacentes, também localizados na propriedade, não foram danificados. Ninguém mais se feriu.

Fiquei arrepiada enquanto continuei lendo. Depois de uma demorada investigação conduzida pelas autoridades, o caso foi encerrado por falta de provas. Não havia uma explicação lógica para o fogo.

Uma batida na porta da frente, e eu praticamente caí da poltrona.

Voltei à página dos resultados da busca e corri para atender a porta, parando para me olhar rapidamente no espelho. Ao abrir a porta encontrei Michael, com um olhar encabulado e segurando um buquê de zínias muito perfumadas.

— Um pedido de desculpas — disse ele, me oferecendo as flores.
— Você *vai* explicar como fez aquilo. Logo.

Estiquei o braço para pegar as flores e nossos dedos se tocaram. A eletricidade produziu um chiado e afastei a mão rapidamente.

— Talvez eu explique, talvez não. — Olhei para ele, antes de dar meia-volta e andar na direção da cozinha. Foi bom ele não poder ver meu rosto; eu sabia que estava ruborizando. Como estava virada de costas, de qualquer forma, enfiei o nariz no buquê e senti a fragrância doce, criando uma memória olfativa.

Nunca tinha recebido flores de um garoto antes.

— Este lugar é incrível — disse ele.

Logo atrás de mim, seus passos ecoavam no chão de tábua corrida.

— Obrigada. Dru é uma excelente decoradora. Ela adora ter projetos. E agora ela e Thomas têm um projeto novo.

Fiz um movimento com a mão, como se a estivesse passando em uma barriga redonda antes de pegar um vaso de cristal em uma prateleira e o colocar na pia para encher de água, feliz por poder me concentrar em uma tarefa.

— Diga a eles que dei parabéns. — Ele se recostou contra a bancada ao lado da pia, me observando. — Esta é uma excelente notícia, especialmente para duas pessoas que parecem tão apaixonadas quanto eles.

— Eles têm sorte de terem achado um ao outro — falei, olhando para ele.

— Sim, têm mesmo. — Concentrados um no outro, o único som no aposento era o da água correndo pela torneira aberta. Tirei meus olhos de cima dele, voltando a atenção ao vaso antes que ele transbordasse.

— Mandaram lhe dizer que você pode ficar com o loft número dois. Mas não vai ser barato. Espero que me ajudar pague bem.

— Por você eu trabalharia *pro bono*.

— Por mim? — Mordi o lábio, desligando a água antes de olhá-lo novamente.

— Você é especial.

— Isso tudo depende da sua definição de especial.

O sorriso de resposta foi lento e proposital. Fiquei olhando para sua boca por alguns breves segundos antes de me beliscar mentalmente e enfiar as flores fortuitamente no vaso.

— Obrigada de novo. Zínias são as minhas favoritas — falei, depois de limpar a garganta.

Duas vezes.

— Fico feliz que você tenha gostado delas — disse ele, o sorriso ficando mais suave. — Elas me fizeram pensar em você.

Fiquei olhando para a boca dele mais um pouco.

Caramba!

Peguei as flores e ele me seguiu até meu quarto, sentando-se em minha cadeira recentemente desocupada. Eu tinha acabado de abrir um espaço na minha cômoda quando ele pronunciou meu nome:

— Emerson?

— Sim — respondi sem dar muita atenção, concentrada em arrumar as flores cheirosas para que as mais altas ficassem na parte de trás.

— Por que você estava fazendo uma pesquisa sobre Liam Ballard?

O tom de sua voz me deu arrepios. Parei de mexer nas flores e respondi cuidadosamente, observando-o pelo espelho.

— Porque ele é o fundador da Hourglass, ora.

Talvez eu tivesse causado algum dano cerebral quando o derrubei no chão. A expressão dele mudou, deixando de ser preocupação para se transformar em raiva na exata fração de segundo que a palavra *Hourglass* foi dita.

— Michael? — Eu me virei. Ele estava tão assustador frente a frente quanto estava no reflexo, os olhos castanhos estavam quase pretos, os lábios carnudos se contraíram. — O que...

Ele me interrompeu:

— Como você achou o nome dele?

— Ele surgiu em um artigo sobre a Hourglass e a universidade Bennett...

— O que mais você achou quando procurou por ele?

A pergunta soava mais como uma acusação, o tom dele ainda era frio como pedra. Eu não conhecia esse Michael.

Eu não gostava desse Michael.

— Que ele... — Fiz uma pausa, forçando minha voz a se manter estável. — Que ele morreu em um incêndio.

Ele se levantou e cruzou o quarto em alguns passos longos. Dei um passo incerto para trás, minhas costas batendo desconfortavelmente contra a cômoda.

Falando cada palavra distintamente, ele se inclinou e olhou nos meus olhos.

— Você precisa cuidar da sua própria vida.

Engoli o nó do tamanho de uma bola de beisebol em minha garganta.

— Por que isso parece uma ameaça?

— É um aviso — disse ele, colocando as mãos sobre a cômoda. Seus antebraços bateram nos meus ombros. Fiquei feliz de estar usando uma camiseta com manga. Não achei que sua pele nua encostando à minha seria útil em uma situação como essa. — Esqueça Liam Ballard.

— Por quê? — perguntei, ofegante, me sentindo presa, encurralada tanto por seu olhar quanto por seus braços.

— Apenas esqueça — respondeu ele, autoritário e desdenhoso, a voz dura como aço. — Eu cuido da Hourglass. Confie em mim.

— Desculpe, chefe — falei, saltando de amedrontada para irritada. — Não costumo acreditar em pessoas que têm que me dizer para confiar nelas.

— Você precisa confiar desta vez.

Michael ficou parado, seu rosto próximo do meu. Manchas douradas se misturavam ao castanho-escuro de seus olhos. A pele era impecável, lisa, com apenas uma sombra de barba que eu não teria notado se não estivesse tão perto. Poderia ter sido uma posição encantadora, se eu não estivesse tão irritada a ponto de tremer.

— Emerson?

A pergunta parecia mais uma súplica.

— Tudo bem — falei, me decidindo. — Agora, *saia de perto*.

Ele se afastou, os olhos vasculhando meu rosto. Fiquei imaginando se ele podia perceber os batimentos do meu coração pelas veias do meu pescoço. Eu podia senti-los. Eu precisava pensar e, quando ele estava perto de mim, tal coisa era impossível.

— Por favor, não me entenda mal... Estou apenas tentando...

Com as pontas dos dedos ainda na beirada da cômoda, ele fechou os olhos, tendo dificuldades para achar as palavras certas.

Vendo uma saída, passei por baixo de seu braço. Havia algumas vantagens em ser baixa.

— Tentando o quê? Me assustar? Me irritar?

— Não tive a intenção de fazer nenhuma das duas coisas. — Ele se afastou da cômoda para olhar para mim. — Sinto mui...

— Pare. — Interrompi-o, antes que ele pudesse dizer qualquer outra coisa. — Independentemente de ter intenção ou não, você conseguiu. E agora provavelmente devia ir embora.

Eu não queria ouvir uma desculpa. Queria apenas que ele fosse embora.

Nossos olhos se encontraram novamente e palavras não ditas pairaram na atmosfera. O rosto dele era uma estranha mistura de emoções — o formato da boca mostrava raiva e o olhar era só remorso.

— Tinha mais alguma coisa para falar? — perguntei, e então prendi a respiração.

Ele negou com um gesto e saiu do quarto sem falar qualquer palavra.

A porta da frente do loft se abriu e fechou antes de eu soltar o ar.

Capítulo 11

Michael se mudou no dia seguinte.

Eu podia ouvi-lo arrastando coisas no apartamento ao lado. As paredes do prédio eram bem isoladas, mas o dia estava fresco e ensolarado, então as janelas estavam todas abertas. O loft que Dru alugou dividia uma parede com o meu quarto.

Magnífico. Já podia imaginar tentar dormir sabendo que ele estava deitado praticamente ao meu lado. Embora ele tivesse me deixado furiosa ontem, não podia negar que a atração ainda existia.

Eu era uma idiota.

O som de John Lee Hooker e sua guitarra flutuavam do quarto de Michael através da minha janela. Tanto em comum — eu também amava blues. Sentei na minha cama para escutar a música, observando as sombras que mudavam de forma projetadas no meu chão pelas folhas do carvalho em frente à minha janela. A tarde estava linda, perfeita para passear no lago e aproveitar o restinho do calor antes que o tempo começasse a esfriar. Se você fosse uma adolescente normal. Como eu tinha abandonado a vida normal havia muito tempo, fiquei em casa, presa em meus pensamentos.

Apesar de ter prometido a Michael cuidar de minha própria vida, estava tentada a recomeçar a busca na internet sobre a Hourglass. Liam Ballard morreu sob circunstâncias misteriosas e Michael não queria que eu fizesse perguntas. Por quê? O que ele estava escondendo?

Olhei para o laptop de Dru, ainda no pufe, zombando de mim. Será que eu quebraria minha promessa se apertasse o botão de ligar e olhasse para o que surgisse na tela?

Estiquei a mão na direção do computador e Jack apareceu na minha frente. Quase gritei com o susto, mas a janela aberta e a ideia de Michael possivelmente me escutar me obrigaram a me controlar. Como estava sozinha, e solitária, imaginei que uma conversa com um sujeito morto não seria uma forma horrível de passar a tarde.

— Olá.

A voz dele ainda parecia suave, vívida.

— Qual é?

— Qual é o quê? — perguntou Jack.

— Esqueça — falei, enquanto andava até a janela para fechá-la. Recostei e encostei meu traseiro no parapeito. — O que eu quis dizer foi como você está?

— Melhor do que você parece estar.

— Sim. — Suspirei profundamente. — Mas não se sinta tão mal por causa disso. Estar melhor que eu não é um grande feito.

— Oh, não acredito nisso de forma alguma. — Jack juntou as mãos atrás das costas. — Não tente se colocar mais para baixo.

— Você está tentando fazer uma piada? — perguntei.

Estiquei os braços e olhei dos meus pés até a ponta dos dedos.

Ele jogou a cabeça para trás, desanimado, antes de cair numa gargalhada aconchegante e contagiante. Não consegui me impedir de rir com ele.

— Seu tamanho a faz parecer delicada, como uma teia de aranha. Mas a mosca inteligente sabe que a teia delicada também pode ser forte.

Fiquei repentinamente muito ciente de que, apesar de não estar *vivo*, ele era um homem e estava no meu quarto. E ele tinha acabado de me fazer o melhor elogio que eu já havia recebido.

— Então... — Fiz uma pausa e conscientemente me esforcei para que minha voz ficasse menos aguda. — Existe uma razão para sua visita?

Jack deu de ombros:

— Queria tirar proveito da companhia humana enquanto posso, a não ser que, claro, você ache minha presença invasiva.

Pesando as palavras dele, tentei decidir se a presença parecia invasiva. Se estivesse vivo, ele provavelmente cairia na categoria de *stalker* assustador. Como Jack era uma dobra, será que aquilo faria dele mais um anjo da guarda?

— Não, está tudo bem. — Andei de volta para sentar na beirada da cama, não confiando nos meus joelhos. Jack era um homem feito. Que por acaso estava morto. Eu precisava me lembrar disso.

— Ter partido há tanto tempo sem ter ninguém para conversar — disse Jack com uma voz tão doce que transformaria vinagre em açúcar —, como tenho a sorte de minha primeira conversa ser com alguém como você?

Não era um anjo.

Lutei contra a vontade de me abanar.

— Hmm... obrigada.

— Não há de quê.

Ele passou o dedo na corrente do seu relógio de bolso, os cantos levantados de um sorriso reprimido eram quase imperceptíveis. Eu não era capaz de manter um contato social nem com um sujeito morto.

— Em? — Dru bateu na porta.

Pega de surpresa, me sentindo como se estivesse fazendo alguma travessura, pulei da cama:

— Sim?

— Com quem você está falando?

— Ninguém, apenas... hmm... — Saí de perto de Jack e consegui tropeçar no pufe no processo. — Estava lendo em voz alta.

— Abra a porta. Quero lhe mostrar a roupa de cama que comprei para o bebê.

— Claro, só um segundo.

Olhando para a porta, percebi que ela não estava trancada. Não importava realmente se Dru entrasse ou não, porque ela não seria capaz de ver Jack. Mas a ideia de tentar ter uma conversa com ela enquanto ele ficava parado ao meu lado... de jeito nenhum.

Levantei com esforço e me virei para dizer que ele precisava desaparecer.

Ele já tinha sumido.

✢

Além da roupa de cama, Dru comprou possivelmente cada artigo de vestuário que independesse do sexo do bebê em toda a cidade de Ivy Springs. Ela os separou em grupos sobre a enorme cama de dossel que ela compartilhava com meu irmão e a manta de renda creme estava completamente escondida debaixo das pilhas.

— Emerson, eu gostaria de me desculpar — disse Dru, dobrando uma camiseta mínima estampada com a frase IH, BABOU.

— Por quê?

— Botar você para correr quando Thomas e eu, hmm, comemoramos a notícia da gravidez. — O rosto dela ficou do mesmo tom de vermelho vivo das paredes do quarto. O meu ficou quente e provavelmente da mesma cor do rosto dela. Apreciei a brisa fresca entrando pela janela aberta e balançando as cortinas pálidas. Dru limpou a garganta e continuou: — Nós podíamos ter sido um pouco mais discretos.

— Está tudo bem — murmurei, abaixando a cabeça e me ajoelhando para pegar uma pequena meia que tinha caído no chão de tábua corrida.

— Não, não está tudo bem. Esta é a sua casa e você deve se sentir confortável aqui.

— Eu me sinto confortável. — Sorri para ela. — Você e Thomas vão ser pais maravilhosos. E eu sei há quanto tempo vocês... querem um bebê.

Dru esfregou a barriga enquanto lágrimas se formavam em seus olhos. Eu me levantei e me concentrei muito em achar o par da meia na pilha de roupas sobre a cama. De acordo com Thomas, eles tinham começado a falar sobre bebês na lua de mel. Aquilo nunca havia sido discutido abertamente, mas eu sabia que os últimos anos foram repletos de decepções.

— Você sabe — disse ela suavemente, a voz tremendo —, decidimos que vamos dar ao bebê o nome de sua mãe ou de seu pai. Clarissa se for menina e Sean se for menino.

Eu não ia chorar. Simplesmente não ia.

— Tenho certeza de que eles adorariam isso — sussurrei. — Quero dizer, tenho certeza de que eles *teriam adorado* isso.

— Então está tudo bem por você? — perguntou Dru, tirando a mão da barriga e pegando um cobertor de chenile.

— Por que não estaria?

Dru ficou mexendo na franja do cobertor, enrolando e desenrolando.

— Você vai ter filhos um dia. Não sabia se talvez fosse querer...

— Eu? De jeito nenhum — falei, tentando rir daquilo e falhando. A única experiência que eu teria com crianças seria indiretamente, como a tia maluca que vivia em uma casa pequena com trinta gatos. E possivelmente algumas pessoas mortas. Os músculos em meu rosto não queriam cooperar com o sorriso que tentei forçar. — Não acho que vou me casar um dia, muito menos ter filhos. Querendo ou não. Isso é tudo tão... normal. Não sou normal.

Ela soltou o cobertor e esticou o braço para pegar minha mão e apertá-la de uma maneira reconfortante.

— Thomas me contou que você está tendo visões novamente.

— Notícias ruins chegam rápido. — Meu estômago ficou todo embrulhado. Puxei a mão e me virei para a cama para continuar mexendo nas roupinhas, procurando a meia fujona com o pintinho amarelo desenhado.

— Talvez essa não seja uma má notícia. Talvez tenha sido sorte, o momento perfeito. Thomas realmente parece achar que Michael vai ser capaz de ajudá-la.

— Ou ele pode acabar sendo tão ruim quanto o resto deles. — Ou pior. Porque desde a nossa primeira conversa tinha esperado tão mais dele, e agora eu não sabia o que pensar. — Como vocês dois o acharam, por falar nisso?

Ela deu de ombros e tirou mais roupas de uma sacola de papel.

— Você teria que perguntar a seu irmão sobre isso. E não mude de assunto.

— Que assunto?

— O assunto do seu futuro. Sua felicidade. — Ela dobrou a sacola, amassando o papel marrom com vontade, e a jogou no chão. — Você é uma das pessoas mais sensíveis e generosas que já conheci, o que significa que, se quiser, vai ser uma excelente mãe. Você tem tanto a oferecer. Não se coloque tão para baixo e se esconda em um buraco em vez de viver sua vida!

Congelei, esperando chover canivete. Dru *nunca* gritava.

— Desculpe. — A mão dela foi voando para a boca. — Eu não devia ter falado nada. Desculpe.

— Não se desculpe. Eu... eu... apenas... obrigada. Por tudo. — Fiz uma pausa, pressionando um lábio no outro com força, piscando furiosamente. — É por isso que sei que você vai ser uma mãe fenomenal. Porque tem sido assim para mim. Então, muito obrigada.

Dessa vez as lágrimas se derramaram. Peguei a camiseta em que estava escrito IH, BABOU e a segurei contra o peito.

— Não acho que essa vai caber. Eles não tinham tamanhos maiores? — Recebi o riso que estava esperando e aproveitei a oportunidade para mudar de assunto. — Parece que as bolsas estão vazias. Todos os produtos de bebê foram considerados aceitáveis?

Ela confirmou com a cabeça, secando as gotas molhadas da bochecha rapidamente, voltando ao trabalho de antes.

— Você vai me ajudar a tirar as etiquetas para eu poder lavar tudo?

— Sem problemas. Não fazia ideia de que bebês precisavam de um sabão em pó próprio. — Entreguei a Dru a embalagem de plástico cor-de-rosa com a foto de uma criança dormindo.

— Nem eu. — Ela riu. — Temos um monte de coisas para aprender. Não é animador?

Era mesmo.

Quando acabamos, a pilha de etiquetas e pequenos cabides de plástico cobria o chão, então enfiei tudo em uma sacola de compras vazia e a levei até a lixeira do prédio. Tirando a poeira das minhas mãos, subi as escadas de metal e bati de frente no peito de Michael, perdendo o equilíbrio.

Ele esticou as mãos na direção dos meus ombros, me segurando antes de eu cair. Eu me desvencilhei rapidamente. Agora não era a hora para me lembrar da nossa conexão física maluca.

— Ei — disse ele, o foco mudando do meu rosto para o chão, enquanto enfiava os polegares nos bolsos da calça jeans.

Cruzei os braços e passei ao lado dele para continuar subindo as escadas, irritada por ele ter estragado meu bom humor.

— Espere, Emerson.

Escutei seus pés darem dois passos atrás de mim, antes de me virar e apoiar minhas costas no corrimão de metal. Nós estávamos praticamente da mesma altura.

— O quê? — falei, tentando parecer entediada, mas minha voz tremeu no fim da pergunta.

— Sobre ontem... a Hourglass... gostaria de poder explicar.

— E por que você não pode?

Ele esfregou as mãos sobre o rosto.

— Simplesmente não posso.

Soltei um grunhido irritado e me virei para continuar a subir as escadas. Ele segurou minha mão, mas eu a soltei enquanto girava.

— Por quê? Eu "não sei com que estou lidando", então devo apenas "cuidar de minha própria vida"... não foi isso o que você falou?

Podia sentir o sorriso malicioso entortando meu lábio superior.

— É mais complicado que isso.

O desejo de chutar a canela dele quando saiu essa resposta que estava começando a se tornar um bordão era irresistível.

— Não.

— O quê?

— Não. — Meus impulsos mudaram de chutar para socar, incitados pela raiva e pelo fato de que, antes do incidente de ontem no meu quarto, eu tinha confiado em Michael. — Não vou cuidar da minha própria vida. Você aparece, diz que me *entende* e que eu devo confiar em você. E então não quer me contar a verdade.

— Emerson, estou sendo tão sincero com você quanto posso, acredite — disse ele, com as palmas das mãos para cima.

— Não ser completamente sincero é o mesmo que ser um mentiroso.

— Não sou um mentiroso — retrucou, com uma veia pulsando na testa.

— Acho que você é — falei, com convicção.

— Não sou. Só estou completamente frustrado.

Michael esticou os braços, colocou as mãos sob meus cotovelos, me virou e me colocou no chão.

— E a culpa é de quem? — gritei, enquanto ele subia a escada até a porta dos fundos, sua coluna tensa. — Minha é que não é. Talvez você devesse ir adiante e me contar o que quer que ache que eu não consigo suportar. Alguma vez pensou nisso?

Mas a porta bateu e eu fiquei falando com o vento.

Capítulo 12

Na manhã seguinte parei no Lei de Murphy para um pouco de energia líquida e uma conversa com Lily. Falta de sono estava se tornando uma ocorrência constante e desagradável em minha vida. Considerei brevemente a possibilidade de pedir chá de camomila. Supostamente, ele ajudava com a ansiedade e eu estava cheia dela.

Lily estava em pé atrás do balcão. Ela me viu chegando e gritou meu pedido habitual:

— *Cubano* duplo e a maior empanada que tivermos.

Camomila?

Quando Lily não me deixou pagar, enfiei o dinheiro no pote das gorjetas e andei até a frente da loja, me jogando em uma poltrona cor de abóbora muito estofada. Do lado de fora, um homem vestindo uma calça cáqui e uma camiseta com a logomarca de um serviço de paisagismo tirava plantas mortas dos canteiros com espaçamento intermitente que se alinhavam na rua. Ele as substituía por mudas delicadas de amor-perfeito em carmesim escuro e dois tons de violeta. Um sósia de Davy Crockett estava parado ao lado, as pernas desaparecendo no meio do canteiro. Dobras e objetos sólidos realmente não se misturavam. Fiquei feliz por Davy estar fora de seu século e não apenas ter problemas com moda.

O chapéu de pele de guaxinim teria sido um exagero.

Enquanto observava os dois notei um cartaz colado do lado de fora da janela de vidro da cafeteria. O sol brilhava em um ângulo perfeito para fazer as letras espessas em preto aparecerem claramente: ESTAMOS CONTRATANDO. O paraíso estava se abrindo. Eu queria um emprego para não ter que pedir dinheiro a Thomas para meus gastos pessoais e minha cafeteria favorita no mundo estava contratando. Será que eu conseguiria um emprego sentindo o cheiro e vendendo o elixir da vida?

Lily trouxe para mim uma pequena xícara de espresso e minha empanada, então se sentou graciosamente na beira da poltrona à minha frente.

— Por que não me contou que vocês estavam contratando? — perguntei.

Ela franziu a testa e apontei para o cartaz. Observei enquanto ela lia as letras ao contrário através do vidro.

— Não sabia que *Abi* tinha decidido contratar alguém. Achei que ia continuar me fazendo trabalhar até morrer para economizar.

— Seus poderes de observação me impressionam. Um de seus muitos superpoderes. — Ela fez uma careta para mim. Precisando tê-la ao meu lado, mudei de assunto: — Você acha que sua *abuela* me contrataria?

— Não consigo ver por que não. Café corre nas suas veias no lugar de sangue. Acho que isso atrofiou seu crescimento. — Procurei algo para jogar nela, mas a empanada era a única coisa que consegui ver e não estava disposta a abrir mão dela.

— Ela está aqui? — Fiz um esforço para me levantar da poltrona. Parecia que ela havia comido metade do meu corpo. — Posso falar com ela?

— Ela foi correndo ao banco pegar troco. E por que está perguntando? Você sabe que, se quiser, o emprego é seu. — Lily torceu o longo cabelo escuro sobre a cabeça, se abanando com o bloco de pedidos, parecendo mais Cleópatra em sua barcaça do que uma *barista* em uma cafeteria. Ela carregava glamour tão casualmente quanto algumas mulheres carregavam uma bolsa. — Você acha que pode começar amanhã? Preciso de um descanso.

— Só se você me livrar deste monstro de poltrona — falei, balançando para tentar pegar impulso. — O que você dá para esta coisa comer? Clientes?

— Relaxe. — Lily deixou o cabelo cair sobre os ombros e sorriu. — Eu meio que gosto de ter um público cativo. Como estão as coisas com Thomas e Dru?

Como eu não ia sair dali sem ajuda, bebi um gole do meu espresso, suspirando com prazer. Rumores indicavam que a Lei de Murphy era o melhor lugar dos Estados Unidos, tirando Miami, para tomar um *cubano*, um shot de espresso adoçado com açúcar enquanto é preparado.

— Melhor do que eu esperava. Eles estão grávidos.

— Grávidos? Isso é ótimo — disse ela, antes de inclinar a cabeça e estreitar os olhos para mim. — É ótimo, não é?

— É. Dru ameaçou me prender em casa se eu tentasse me mudar. Ela disse que conhece alguém na polícia que pode arrumar uma daquelas pulseiras para botar no meu tornozelo.

A voz de Lily ficou melancólica enquanto ela recostava na poltrona. Ela nunca ficaria presa.

— Família é importante.

Nós duas compartilhávamos o lance de não ter pais. Os dela estavam vivos, mas o envolvimento de seu pai com o governo não tinha permitido que ele ou a mãe fugissem de Cuba com Lily e a avó. Tirando alguns primos muito distantes no sul da Flórida, tinha menos familiares que eu.

— Alguma notícia dos seus pais? — perguntei.

— Não. Não desde o último Natal. — Os olhos dela se encheram de uma tristeza que eu reconhecia. Ela mudou de assunto rapidamente, da forma como sempre fazia quando sua família era mencionada. — Você nunca me deu detalhes da inauguração do restaurante. Pode falar... algum avanço no campo social?

— Que nada.

Ela me olhou com uma expressão que indicava claramente que não acreditava em mim.

— Esta foi uma resposta horrivelmente rápida.

— Quando vocês começaram a vender a própria marca de café? — Tentei me esquivar, apontando com a cabeça para o cartaz anunciando o preço dos grãos de café tostados na hora.

— Na última primavera. Conte tudo. Agora. — Ela se empoleirou na beirada do assento, ansiosa pelos detalhes. — Você *realmente* conheceu alguém.

— É verdade. — Lily me conhecia muito bem. Ela não ia parar até arrancar a verdade de mim. — Mas não há motivo para falar sobre isso. Ele está fora de cogitação.

— Por quê? — Ela jogou a cabeça para trás, desanimada. — Não me diga que ele tem namorada.

— É uma das regras do Thomas. O cara meio que trabalha para nós. Além disso, ele é mais velho que eu, mas só uns dois anos. Thomas acha que um diploma do ensino médio já coloca o sujeito na porta de um asilo. O problema é que toda vez que estamos juntos existe toda essa coisa louca... — Incapaz de pensar em uma descrição sólida, produzi círculos silenciosos com minhas mãos. Acho que podia ter contado a ela que quase explodimos a rede elétrica do Phone Company, mas concluí que provavelmente deveria manter aquilo só para mim. — Sinto essa atração na direção dele.

E isso me assusta muito.

— Em, isso é uma coisa muito importante para você — disse Lily suavemente. Ela sabia como eu tinha dificuldades em me relacionar com as pessoas algumas vezes. — Se realmente há uma conexão, você não acha que Thomas entenderia e abriria uma exceção?

— Não sei se é mútuo. Além disso, Michael concorda com Thomas. Foi ele que me contou da regra de não-misturar-negócios-com-prazer.

— Michael — pronunciou Lily de um jeito sensual, antes de rir.
— Bonito nome. Vocês podem sempre dar uma de Romeu e Julieta se precisarem. Mantenham o amor em segredo.

— Sim, porque a história deles funcionou tão bem. Não existe amor ali, Lily. — E para mim provavelmente nunca existiria. Independentemente de quanto Dru protestasse, eu não achava que tinha algo a oferecer.

—*Abi* está de volta. Vamos falar com ela. Aposto que você não vai nem precisar preencher um formulário.

— Não consigo vê-la. — Estiquei o pescoço para olhar na direção da porta da cozinha. Ela entrou segundos depois. Olhei de volta para Lily. — Certo.

Ela riu desconfortavelmente e se levantou da poltrona, mas parou no meio do caminho quando a chamei:

— Lily. — Ela se virou para ficar de frente para mim. Apontei para a poltrona. — Ajuda, por favor?

Capítulo 13

Thomas queria assistir a *O Poderoso Chefão*. Novamente. Eu me recusei a me render.

— Mas *Núpcias de escândalo* é o meu preferido. — Quando ele começou a protestar, mudei de tática. — Sua mulher está carregando uma criança; você deveria cuidar de cada necessidade dela.

— Ela está certa, Thomas. — Dru balançou a cabeça sabiamente. — E violência não é bom para o bebê.

— O bebê não tem nem unhas ainda. Como ele vai saber que estamos assistindo a um filme sobre mafiosos?

— *Ela* vai ser sensível, exatamente como a mãe. — Dru olhou para ele com olhos arregalados. — Você certamente não quer correr esse risco, quer?

Enquanto a música que acompanhava os créditos de *Núpcias de escândalo* começava, a campainha tocou. No caminho de volta da cozinha, tigela de pipoca na mão, gritei "Deixa que eu atendo" para a sala e me arrastei para atender a porta da frente. Provavelmente era a pizza.

Abri a porta para Michael, suas mãos enfiadas no fundo dos bolsos e um olhar de tristeza no rosto.

— Ei. — Não tinha ouvido um pio dele em dois dias e fiquei extremamente constrangida. Apertei mais meu roupão ao redor da calça de pijama roxa com listras e da camiseta sem manga, deixando a tigela entre nós. — Você precisa de alguma coisa?

Ele olhou para minhas pantufas de coelhinho.

— Só de você. Podemos conversar? Por favor, Emerson.

— Me dá uns minutos — falei, mantendo a voz neutra. — Encontro com você lá embaixo.

O pequeno hall de entrada estava deserto, com exceção de Michael, quando o encontrei lá, dez minutos depois. Eu tinha trocado meu roupão por um agasalho de moletom, escovado os dentes e no último segundo borrifado um pouco de perfume.

Mantive minhas pantufas de coelhinho. Só para fazer um charme.

Levei Michael até o pátio na lateral do prédio. Ele tinha a mesma visão da rua que o pátio do restaurante, assim como o mesmo tipo de cerca de ferro forjado. Sentada em frente a ele em volta de uma mesa com o tampo de vidro, esperei que ele falasse.

— Eu estava errado.

Não era exatamente o que eu esperava.

— É nobre da sua parte se desculpar — falei, me contorcendo internamente diante do sarcasmo na minha voz, apesar de que, pela minha experiência, era sempre melhor jogar na defensiva.

Michael recostou pesadamente na cadeira.

— Escute, se você não quiser trabalhar comigo, posso tentar achar outra pessoa para ajudar...

— Não. Não, eu quero você. — As palavras saíram antes que eu pudesse impedir. O sorriso de Michael foi tão largo que ele mostrou uma covinha na bochecha esquerda que eu não tinha percebido antes. — Para trabalhar comigo.

— Que bom. Prometo de agora em diante guardar quaisquer sentimentos que eu tiver para mim mesmo.

Sentimentos? Que tipo de sentimentos?

— Há outro motivo por que eu queria falar com você — hesitou, respirando fundo. — Você disse que queria a verdade e quero lhe contar tudo que posso. Ver desdobramentos temporais do passado é apenas uma parte do seu dom.

Dom era um termo realmente subjetivo.

— Tem mais coisas? — perguntei.

— Isso vai parecer impossível. Apenas me acompanhe. Você viu pessoas do passado. Já viu alguém... do futuro?

— Só vejo pessoas que estão mortas. Pessoas mortas do passado. Pessoas do futuro não estão mortas. Como uma dobra do futuro pode aparecer no presente? Que seria o passado dela, imagino.

Rugas apareceram na testa de Michael e imaginei que era porque ele estava tentando seguir minha lógica. Compreensível. Eu não conseguia segui-la também.

— Não tem muito a ver com passado, presente e futuro. — As rugas ficaram mais profundas enquanto ele tentava explicar. — É mais fluido que isso, quase paralelo.

— Então é inevitável? — perguntei, derrotada. — Vou ter que lidar com pessoas do futuro?

Ele concordou com a cabeça, mostrando que sim. Tive a sensação de que tinha levado um tapa na cara.

— Você já viu pessoas do futuro? — perguntei.

— Comecei vendo dobras do futuro, mas agora vejo as dobras do passado também.

Ótimo. Todo um novo grupo de pessoas para tentar identificar em festas.

— Esta é a coisa mais louca que já ouvi — falei, o tom de voz se aproximando da histeria. — Como você soube que eles eram do futuro? Apareceram em um carro voador? Com um fiel ajudante robô?

— Não. — Ele negou com a cabeça. Sua expressão ficava mais preocupada a cada segundo. — No jantar, você me perguntou sobre a primeira vez que vi uma dobra do passado. Contei a você. Mas a primeira de todas as dobras que vi foi do futuro. Tínhamos ido ao Turner Field ver o Braves jogar contra o Red Sox em um jogo entre times de ligas diferentes. O sujeito na fila na minha frente estava usando uma camisa comemorativa de um campeonato. Algo sobre o ano... e o time que tinha ganho... estava estranho.

Michael ficou olhando para o vazio enquanto revivia a experiência. Então se concentrou em mim.

— Dois mil e quatro ou dois mil e sete? — perguntei.

— Dois mil e quatro. — Ele sorriu. — Quando estiquei o braço para tocar a manga da camisa dele, ele se dissolveu assim que minha mão entrou em contato com seu braço. Surtei e minha mãe me levou ao hospital. Foi assim que a Hourglass me achou. Eles pagam pessoas para pesquisar esse tipo de coisa.

— Pessoas do futuro. Que estranho. Minhas dobras aparecem com chapéus de peregrinos ou perucas empoeiradas. Mas... pessoas do futuro? Que estranho — repeti. — Já viu alguém que você conhece?

— Não exatamente.

Ele olhou para longe. O fato de ter evitado meu olhar colocou meus sentidos já sobrecarregados em alerta total.

— Michael?

Ele não disse nada, mas voltou os olhos para os meus.

— Michael, quem você viu? Diga para mim.

— Acho que isso é um erro — disse ele, inclinando o corpo para a frente para se levantar. — Apenas esqueça isso. Você realmente não vai querer saber.

— Não, acho que quero saber. — Estiquei o braço para impedi-lo, colocando minha mão no ombro dele e então tirando-a rapidamente quando o tremor começou a subir pelo meu braço. Repeti a pergunta suavemente: — *Quem você viu do futuro?*

Ele soltou o ar e se recostou em sua cadeira antes de responder.

— Você.

Capítulo 14

Olhando fixamente para Michael, eu me perguntei qual de nós dois era o maluco. Usei uma técnica de respiração profunda, apesar de não saber realmente nenhuma técnica específica de respiração. Mas a possibilidade de eu desmaiar sem aviso se não tentasse algo era grande.

O tom de voz de Michael era cauteloso:

— Em, está tudo bem.

— Não me chame de Em. — O apelido sugeria familiaridade demais, o que fazia sentido, considerando que ele já me conhecia antes de eu o conhecer. Encostando a testa no tampo de vidro da mesa, bati com ela algumas vezes, resmungando baixinho.

Consegui me convencer a não sair correndo e gritando pelo pátio, principalmente porque acabaria tendo que voltar. Eu morava no andar de cima. Também tinha bastante certeza de que não seria capaz de correr com minhas pantufas de coelhinho. O fato de ele ter visto o trio de jazz na festa lhe deu alguma credibilidade. Só um pouco. Mas agora ele estava falando de pessoas do futuro, especificamente de mim. Levantei a cabeça, tentando não chorar.

— Eu devia ter dado esta notícia com mais cuidado — disse Michael. — É só porque quando me achou, você me disse para...

— Pare! Por favor, não fale sobre nada que eu tenha lhe dito a não ser que as palavras tenham saído da minha boca nas últimas 24 horas. Por mim. — Apontei para mim mesma para enfatizar. — Esta aqui. *Se* isso é verdade — falei, soltando uma risada histérica —, como você sabia quem eu era? Por que acreditou em mim?

— Você foi muito convincente. Sabia de coisas sobre mim, meio como eu sei coisas sobre você agora.

— Que tipo de coisas? — Pensar naquilo era suficientemente intrigante, a ponto de eu esquecer que estávamos falando do impossível.

— Vamos ver. Você é viciada em beisebol, uma torcedora dos Red Sox maluca como eu, mas acha que rebatedores designados são uma piada — explicou ele, observando meu rosto para ver minha reação, claramente apreciando a posição de controle mesmo no meio do meu surto. — Você escuta *bluegrass* quando está sozinha, porque não quer que ninguém saiba que gosta. Você tinha um piercing no umbigo, mas o tirou antes de vir para casa, para Thomas não descobrir. — Ele sorriu e fechou parcialmente os olhos. Fiz um esforço grande para não me contorcer. — E...

Ele estava acertando tudo até agora. Fiquei me perguntando por que tinha parado.

— O quê?

— Não estou pronto para liberar todos os meus segredos. Eu estava errado sobre alguma coisa?

— Não. — Funguei. — Embora a opinião sobre o rebatedor designado ainda esteja em desenvolvimento.

— Você não precisa pensar mais nisso. Agora sabe o que decidiu.

— Que se dane. Então, quando a eu do futuro o encontrou... — Aquilo soava como uma insanidade. — O que eu sabia sobre você?

— Por que devo lhe contar? — Ele estava se divertindo um pouco demais.

— E se esta for a única chance que você tiver? — apontei. — E se a informação que me der neste momento, nesta conversa, for o único momento para me contar o que foi que eu acabei dizendo para que você acreditasse em mim? — Torci para que ele respondesse sem me fazer explicar aquilo novamente, porque eu estava tendo dificuldade em acompanhar meu próprio raciocínio.

O sorriso de Michael se alargou e tive a sensação de que ele estava me entendendo.

— Você me disse que meu sorvete favorito é napolitano, que eu levei pontos quando tinha 7 anos e que minha cicatriz é em um lugar realmente interessante, e você sabia onde era, que eu tinha um urso de pelúcia chamado Rupert de quem não me separava quando era pequeno e que na primeira vez que a visse, agora, no presente, você ia... me deixar sem fôlego.

— Bem. — O calor se espalhou do meu peito até o rosto. Ele olhou para o céu da noite, pronunciando as palavras seguintes tão suavemente que quase não pude escutá-las:

— Você estava certa. Respire lenta e profundamente, Em. Lenta e profundamente.

— Quando o encontrei... eu era um desdobramento temporal? — perguntei, depois de um momento silencioso.

— Isso é um pouco complicado — disse ele, batucando os dedos no tampo de vidro da mesa novamente.

— Por que esta é a sua resposta favorita para tudo?

Ele não respondeu.

Lidando com minha própria ansiedade, descobri que não conseguia manter minhas pernas paradas sob a mesa. Desejei muito que o tampo não fosse transparente. Respirei fundo para me acalmar, sabendo que o que eu estava prestes a perguntar significava que: ou eu estava realmente louca, ou meu mundo estava prestes a virar de cabeça para baixo.

— Você disse que fui até você no futuro. Só posso pensar em uma forma de isso acontecer, se não apareci para você como uma dobra. — Outra risada histérica escapou de meus lábios, dessa vez por uma razão muito boa. Ou uma razão muito ruim. — Christopher Reeve e auto-hipnose? Doctor Who e sua cabine telefônica? Hermione e o Vira-Tempo?

— Doctor Who tinha uma cabine de polícia. — Ele manteve o olhar nivelado. — Mas fico feliz de saber que esse não é um conceito estranho para você.

— Caramba. Você realmente espera que eu simplesmente *compre* essa ideia? — Inclinei o corpo para botar a cabeça entre os joelhos, balançando tanto que a cadeira fazia barulho. Vagamente me perguntei se tinha guardado um pouco dos meus remédios ou se havia jogado tudo privada abaixo. Michael poderia fazer bom uso deles.

— Você me fez a pergunta...

— Eu sei! — Levantei o corpo, fechando os olhos. Antes de falar novamente, diminuí o volume. — Você pode me fazer um favor e me dar *todas* as informações *agora*? Não preciso de material extra para me deixar surtada mais adiante.

Ou para me jogar do alto de uma escada, ou debaixo de um ônibus e de volta para a ala psiquiátrica.

— Certo. Sei que isso parece impossível... — começou ele.

Meus olhos se arregalaram:

— Viagem no tempo? Claro que parece impossível! Como? Por que eu?

Michael franziu a testa.

— É meio que... genético.

— Como uma *doença*?

Deu para ver que ele não gostou da analogia.

— Se você quiser pegar o caminho da doença, você poderia comparar isso a um vício. E vício é genético. O objeto do vício de cada pessoa pode ser diferente, um pouco como se um filho é alcoólatra, o outro é viciado em drogas, o outro é viciado em jogo, e por aí vai. — Ele pressionou as palmas das mãos contra a testa. — Nada disso parece bom.

— Não mesmo.

— Veja a coisa dessa forma. Você tem uma habilidade especial. Ver desdobramentos é como um sintoma. — Ele rosnou de frustração. — Quero dizer, um final. O fato de você só ter visto pessoas do passado até agora indica que é capaz de viajar para o passado.

— A-hã. Então, se quiser ir para algum lugar do passado, eu posso? O que tenho que fazer? Fechar meus olhos e imaginar o lugar aonde quero ir? Bater os calcanhares três vezes e dizer "Período Neolítico"?

— É um pouco mais...

— Se você disser que é um pouco mais complicado que isso, eu *vou* gritar. E você? Pode ir ao passado? — Eu estava tendo aquela conversa mesmo? Belisquei a coxa, realmente com força. Eu *estava* tendo aquela conversa. — Ou você pode ir para o futuro porque pode ver pessoas do futuro?

— Posso ir ao futuro sozinho e viajar de volta ao presente. Você pode ir até o passado sozinha e voltar ao presente. Mas se viajarmos juntos, podemos ir a qualquer lugar no tempo. Somos como... duas metades de um todo.

— Duas metades de um todo? — Pisquei lentamente, duas vezes, e então inclinei o corpo, chegando mais perto de Michael para examinar o rosto dele. — Você usa drogas? Maconha? Ácido? O quê? Perguntei a meu irmão se ele tinha achado você acabando de sair da reabilitação, mas não acreditava que essa era uma possibilidade real até agora.

— Não uso drogas e você não é louca. — Ele se aproximou de mim e colocou as palmas das mãos sobre a mesa. — Considerando todas as outras experiências que você teve, é realmente tão difícil acreditar nisso?

Fiquei olhando para os dedos dele, observando o calor de suas mãos embaçar o vidro. Será que era? Quase quatro anos atrás comecei a ver pessoas de diferentes períodos do tempo que desapareciam quando eu tentava tocá-las. Então, não, viagem no tempo não era algo impossível de se acreditar. Isso não significava que eu *queria* acreditar naquilo.

Exceto pela parte de ser conectada a Michael. Aquela parte ainda me parecia interessante.

— A conexão — falei, olhando para ele. — É por isso que praticamente entramos em curto-circuito quando nos tocamos?

— Nossas habilidades se complementam. Isso pode criar uma ligação profunda. É por isso que há tanta... química entre nós. — Ele se ajeitou na cadeira, olhando para o piso de concreto manchado do pátio.

Uma bem-vinda onda de alívio me inundou. Fiquei feliz de poder ligar meus sentimentos por ele a alguma coisa, mesmo a uma conexão científica. Química. Pensei na quantidade de energia que produzimos quando nos tocamos acidentalmente e tive uma breve visão do que aconteceria se nossos lábios se encontrassem. Será que o mundo explodiria à nossa volta?

Quando ele começou a falar, obriguei-me a ficar concentrada no que ele estava dizendo, afastando pensamentos de fogos de artifício e detonações.

Michael continuou, a vergonha superada ou bem escondida.

— O homem sobre quem lhe falei, meu mentor da Hourglass, ele e a esposa tinham as mesmas habilidades que temos, as mesmas conexões.

Guardando a palavra *esposa* para que eu pudesse pensar sobre ela mais tarde, perguntei:

— Quais são as outras conexões além da física?

— Laços emocionais fortes, uma atração visceral entre os dois.

Não tive nenhuma dificuldade em acreditar naquilo. Eu ficava mais atraída por ele a cada vez que o via. Mais do que estava disposta a admitir, até para mim mesma.

— O que isso tem a ver com a Hourglass? Por que você não me fala nada sobre ela?

— Tenho minhas razões — disse ele. — Existem coisas que você ainda não pode saber...

— Disse que ia me contar tudo — acusei. — Preciso saber *tudo*.

— Já contei tudo. Sobre você. — Ele se levantou abruptamente, olhando sobre a beirada do pátio para a rua. — Você já viu filmes de viagem no tempo. Algumas partes são verdade. Eventos podem ser manipulados, mas normalmente não sem consequências.

Michael se virou de volta e agachou, se equilibrando sobre as pontas dos pés com os olhos na altura dos meus.

— Não estou aqui apenas para ajudá-la a entender o que você vê e por quê. Estou aqui para cuidar de você e para...

Ele parou de falar. Tive a sensação de que ele quase revelou algo que não queria compartilhar.

— Não pare agora — falei.

— É aí que o lance visceral entra. — Ele tomou minhas mãos entre as dele. — Ou você acredita em mim, ou não.

Eu não sabia nada sobre confiar nele. Só sabia que não queria que ele parasse de me tocar. Estava ficando acostumada à intensidade. Ele se aproximou. Fiquei perdida nas profundezas de seus acolhedores olhos castanhos, imaginando se seus lábios também seriam assim...

Michael se inclinou para a frente lentamente, antes de perder o equilíbrio e pender para um lado. Ele praguejou baixinho para si mesmo e se afastou.

— Seu... seu violador de regras! — Meu queixo caiu e me levantei rapidamente, então saí da cadeira, cutucando o peito dele. — Você quase me beijou!

Michael se afastou até a cerca de ferro forjado.

— Não. Não fiz isso.

Ele não estava falando a verdade. Dei um passo na direção dele e falei em um sussurro:

— Mentiroso.

Passando a mão sobre o rosto, ele suspirou, derrotado. Em um movimento, ele se virou, fazendo com que eu fosse a pessoa encostada contra o metal gelado. A parte boa era que a parte da frente do meu corpo estava encostada contra Michael.

Ele se abaixou, enterrando a cabeça em meu pescoço. Estiquei as mãos para trás para segurar as barras de ferro e me manter de pé. Meu agasalho escorregou pelos ombros. Tive quase certeza de que eu estava pegando fogo e, naquele momento, teria jurado que irromper em chamas era uma forma gloriosa de partir.

Eu nunca tinha tocado em bebidas alcoólicas — não combinavam muito com os remédios de maluco —, mas soube naquela hora como devia ser ficar bêbado. Tudo em meu mundo mudou e soube que trocaria cada sopro de ar que já tinha passado por meus pulmões por mais de Michael. Sem nem pensar.

Então, com o canto do olho, vi uma luz vermelha piscando.

Uma câmera de segurança.

Capítulo 15

— Não acho que vai fazer diferença se você destruí-la.

Eu tinha tirado um guarda-sol de uma das mesas e o estava usando, de forma não muito efetiva, para derrubar a câmera presa à lateral do prédio.

— Sério, tenho certeza de que as imagens ficam gravadas em um computador em algum lugar.

Ele estava com dois dedos sobre os lábios, se esforçando ao máximo para esconder o sorriso crescente. Jogando o guarda-sol no chão, botei os punhos fechados nos quadris e olhei para ele.

Michael soltou uma gargalhada profunda. Teria sido contagiosa, se eu não estivesse tão furiosa. Meus sentidos estavam titubeando. Eu me sentia *negada*.

— Querida, escute. — O termo carinhoso me congelou. Nada mais teria conseguido. Eu não conseguia explicar o afeto nos olhos dele porque estava sentindo aquilo também. — Estamos em território perigoso aqui.

— Neste exato momento, a única coisa perigosa aqui sou eu, especialmente quando botar minhas mãos no Thomas.

— Emerson...

Inclinei a cabeça para um lado.

— Acho que você tem permissão para usar meu apelido agora.

Tentei apreciar o sorriso de Michael sem me concentrar em seus lábios.

— Em, foi bom você ter visto a câmera. — Michael soava como se estivesse tentando se convencer daquilo. — Poderíamos estar com um enorme desastre em nossas mãos.

— Neste exato momento, a Terra podia sair do eixo e, ainda assim, eu não daria a mínima.

O olhar de Michael estava sobre meus ombros descobertos e ele esticou o braço para gentilmente puxar meu agasalho sobre eles.

— Eu sabia desde antes de nos conhecermos como as coisas seriam entre nós. Mas saber não me preparou para você. Sinto muito.

— Gostaria de poder dizer que *eu* sinto muito.

— As regras sobre... o modo de se relacionar... existem por um motivo. — Ele apontou para a cerca e então fechou os olhos. — Isso não pode acontecer novamente.

Eu nunca tinha tido um relacionamento de verdade. Antes de o meu mundo ficar da forma de uma pera, eu gostava de ter fantasias ocasionais envolvendo um astro do cinema ou cantor famoso como qualquer outra adolescente normal, mas tinha passado os últimos anos em um relacionamento complicado com os remédios. Eu não tinha nenhuma ideia de como relacionamentos normais funcionavam, para começo de conversa, e Michael e eu estávamos longe de ser normais. Algo como ir de zero a cem em menos de oito segundos. Eu deveria entrar em contato com o *Guinness World Records*, categoria: "aproveitando o tempo perdido".

Michael passou as mãos sobre o rosto novamente:

— Não precisamos ficar confusos quando existe um motivo maior.

— Não estou nem um pouco confusa. — Apenas irritada. — E que motivo maior? Não é como se estivéssemos salvando o mundo.

Ele não disse nada.

— Michael?

※

Pensei em derrubá-lo no chão novamente para me sentir melhor Contei a ele minhas intenções.

— Acho que está na hora de você explicar este truque em particular.

Michael e eu estávamos sentados na parte plana do telhado, do lado de fora das janelas nos nossos quartos; estava tarde, no fim das contas, e eu não queria que meu irmão fizesse nenhuma pergunta. Levando em consideração o hábito de Thomas de espionar, eu já estaria em apuros por causa das provas capturadas pela câmera de segurança. Torci para que ele acreditasse que nada tinha acontecido.

Não que tivesse acontecido. Disso eu estava dolorosamente ciente.

Mantivemos uma distância segura entre nós. Independentemente da distância a que Michael estava sentado, eu ainda sentia uma atração insaciável na direção dele. Ia ficando mais forte o tempo todo, como se nossos centros estivessem conectados. Aquilo tornava muito difícil se concentrar.

— Como você se tornou uma ninja adolescente?

Ele não se preocupou em esconder o tom de provocação na voz.

— Tive aulas de artes marciais como eletiva de Educação Física no colégio. Eu era a melhor da turma. Quando o semestre acabou, comecei a perseguir minha faixa preta em uma academia particular. Passei no teste para a faixa marrom logo antes de vir para casa. — Senti o olhar duvidoso em vez de vê-lo. As luzes da rua não brilhavam o suficiente para iluminar nossa posição e a lua estava no quarto crescente. — Eu sei. Foi um choque para mim também, mas foi uma forma saudável de me livrar das minhas frustrações.

— Não foi muito saudável para mim — disse ele, seu sorriso silencioso no ar.

— Peguei leve com você. Diz aí, minha habilidade para lutar vai servir para algo quando eu estiver "salvando o mundo"?

— Não é exatamente o mundo inteiro.

— Apenas o contingente de 48 estados?

Ele suspirou.

— Não estou falando de geografia.

— Detalhes, por favor.

Michael encolheu as pernas, repousando os antebraços nos joelhos, os dedos compridos entrelaçados.

— Estou tentando mantê-la longe de problemas, Emerson. E isso envolve que eu fique calado por enquanto. Não é fácil para mim, mas essa é a forma que tem que ser.

— Não é fácil para você? — debochei. — Que tal liberar as informações e eu tomar conta de mim mesma?

Ele olhou para a lua prateada pendurada no céu. Fiz o mesmo.

— Michael, você precisa entender que eu passei os últimos quatro anos fazendo perguntas. Na minha cabeça, em voz alta, de toda forma que você puder imaginar. E nunca recebi nenhuma resposta até você aparecer.

— Não podemos compensar quatro anos em uma noite.

Ele esticou a mão sobre o telhado na minha direção, com a palma para baixo.

Estiquei a mão na direção da dele, com a palma para cima, as telhas ásperas contra as costas da minha mão. Nossos dedos mal se encontraram, ainda assim, cada centímetro da minha pele respondeu. O desejo de diminuir a distância para que mais de mim pudesse encostar em mais dele era irresistível. Minha respiração ficou presa no peito e olhei para Michael.

Ele a afastou sem olhar para mim.

Deixei minha mão aberta para o céu estrelado.

— Quanto tempo vai demorar até você me contar tudo?

— Não muito, prometo. Você consegue esperar?

— Tenho escolha?

Ele não respondeu.

— Não faz ideia de como estou frustrada. A respeito de tantas coisas.

— Só me dê até amanhã. Amanhã. Prometo. Quero apenas me assegurar de que vamos fazer isso da maneira certa. Você confia em mim?

— Sim — respondi, quebrando minha própria regra.

Capítulo 16

— Quer uma carona para o trabalho? — perguntou Thomas, enquanto eu pegava minha mochila.

Eu vestia minha confiável capa de chuva cor-de-rosa porque estava chovendo. De novo.

— Não, não é tão longe.

Meu cabelo já estava molhado, de qualquer forma. Tive alguma dificuldade em encontrar motivação para me levantar e tomar banho e acabei sem tempo para secar o cabelo. Depois que entrei pela minha janela na noite passada, ainda podia sentir Michael, podia quase ouvi-lo respirar do outro lado da parede. Demorou muito tempo para o sono chegar, meus pensamentos correndo rápido para meu cérebro acompanhar.

Enquanto andava até o Lei de Murphy, fiquei imaginando por que nunca tinha visto Michael de carro. Como ele se locomovia? Provavelmente ele sumia e aparecia em lugares quando queria. Ou talvez ele viajasse no tempo para onde quisesses.

Ou talvez ele fosse apenas louco e eu estava a um pequeno passo de acreditar naquilo tudo.

Bufei alto, nem me preocupando em ficar envergonhada, quando um homem com um uniforme de soldado Confederado olhou para mim estranhamente. Ele provavelmente não estava ali de verdade, de qualquer forma. Teria gostado de dar um chute nele, apenas para ter certeza, mas não quis correr o risco.

Viagem no tempo? Salvar o mundo? Será que minha vida tinha se transformado em um daqueles filmes que saem direto em DVD? Como eu podia acreditar que Michael estava me contando a verdade? Aquilo tudo era tão louco. Se eu tivesse aprendido sobre as dobras antes de ter visto uma, não teria acreditado nisso também. Muitas coisas inacreditáveis aconteciam. Todo dia. Coisas como a gravidade.

Mas viagem no tempo? Salvar o mundo? Aos 17 anos?

Empurrei a porta da cafeteria com tanta força que quase derrubei a sineta de boas-vindas da moldura da porta.

— Bom dia — resmunguei para Lily, enquanto passava por ela, partindo com disposição na direção da máquina de espresso.

Ela se aproximou para me olhar nos olhos antes de dizer, com uma ponta de desgosto:

— Você está parecendo algo que eu rasparia da sola do meu sapato.

— Ótimo, obrigada. Nem todas nós podemos ser naturalmente lindas. Aposto que você nem consegue perceber quando fica noites sem dormir.

Ela me empurrou para fora do caminho e assumiu o controle.

— Vamos mantê-la afastada do maquinário pesado até você pegar o ritmo. Por que ficou sem dormir?

— A lista é muito longa. — E se eu contasse tudo, ela chamaria os homens com jalecos brancos. — Vamos apenas dizer que estou enfrentando um desafio.

— Isso tem alguma coisa a ver com Michael?

Segurei a xícara de espresso que ela me ofereceu e a virei em um gole escaldante e revigorante. Depois de conseguir sentir minha língua novamente, devolvi a xícara pedindo um refil e disse:

— Mais ou menos.

— Mais ou menos.

— Não estou pronta para falar sobre isso.

— Humpf. — Lily se virou para começar a preparar outro espresso e, como se o dia já não tivesse começado com o pé esquerdo, uma imagem começou a se formar atrás dela.

Logo além da caixa registradora havia uma mesa cheia de adolescentes com saias rodadas e agasalhos com letras. Sabia que eles só podiam ser desdobramentos, porque o Lei de Murphy tinha uma mobília moderna e elegante em vez da cabine de couro com uma mesa de fórmica onde os casais estavam sentados. Eles faziam piadas com uma garçonete com um vestido de nylon cor-de-rosa e um avental quadriculado amarrado em volta da cintura.

Tinha quase certeza de que aquele não era o uniforme padrão.

— Em? Emerson? — Lily estalou os dedos para chamar minha atenção. — Aonde você foi?

— Para os anos 1950, se aqueles sapatos são alguma indicação. Sapato Oxford bicolor. Sério.

— O quê?

Merda. Eu tinha falado aquilo em voz alta.

— Nada. Apenas um filme que vi ontem à noite. Estava pensando nele. Sandy e Danny. A menina que largou o curso de esteticista. *Greased Lightning*.

— Certo. — Lily olhou para mim desconfiada enquanto eu cantava "Shama Lama Ding Dong" para mim mesma. — Vou tirar algumas massas de torta do freezer. Você vai ficar bem aqui sozinha?

Eu estava ocupada encarando o sujeito com o cabelo com tanto gel que chegava a pingar.

— Em?

— Sim. Sim. Pode ir. — Balancei a cabeça serenamente enquanto ela entrava na cozinha. No segundo em que ela se foi, corri para olhar debaixo do balcão. Tive que achar algo comprido o suficiente para alcançar as dobras e fazê-las desaparecer. Eu não poderia, de forma alguma, trabalhar um turno inteiro com todo o elenco de *Grease* a um metro de mim.

— Bingo.

Levantei, joguei o corpo sobre o balcão e comecei a cutucar todas as dobras que pude com um rolo de massa. Não foi fácil — eles começaram a correr, assim que o Garoto do Gel se tornou a primeira baixa. Ocupada espetando dobras como Dom Quixote lutando contra moinhos de vento, estava muito distraída para notar Lily entrando de costas pela porta vai-e-vem que levava à cozinha, equilibrando uma larga bandeja cheia de massas de torta. Um milésimo de segundo antes de ela se virar, estourei a última dobra, escorreguei de volta pelo balcão e joguei o rolo de massa por cima do ombro.

— O que foi aquilo?

Lily quase derrubou os círculos de massa quando virou a cabeça na direção do barulho.

— Ratos. Acho que estamos com ratos. Daqueles bem grandes. — Abri as mãos com uma distância de cerca de meio metro para mostrar o tamanho e então recostei no balcão, tentando recuperar o fôlego. — Enormes. É melhor falar para sua *abuela* cuidar disso.

Lily levantou uma das sobrancelhas, abaixou a bandeja e limpou as mãos em um pano de prato.

— Você obviamente não está bem. Vai conversar comigo ou vou ter que arrancar as informações de você?

Manobra evasiva. Soltei um suspiro.

— Não posso ter sentimentos por ele.

— Por quê?

Tantas razões.

— Número um: não sou do tipo que tem um namorado. Sou o tipo menina maluca na mesa de almoço do refeitório.

— Em, isso foi há muito tempo. Aquilo não tem nada a ver com quem você é agora.

Aquilo tinha tudo a ver com quem eu era agora.

— Número dois: pode ser que ele também seja maluco.

— Maluco, como um assassino em série, ou maluco que vai a convenções de *Jornadas nas Estrelas* com a fantasia completa?

— Isso só é loucura se você se vestir como um klingon — retruquei.

Lily fez uma expressão de tédio.

— Nenhum desses. — Afastei o corpo do balcão, peguei minha xícara de espresso e bebi um gole lentamente. — Talvez ele tenha um segredo e talvez seja muito bizarro para acreditar. Mas todos têm segredos, não é?

— Nem todos. — O corpo dela se enrijeceu e Lily torceu o pano de prato nas mãos. — Não tenho nenhum segredo. Minha vida é um livro aberto. Você tem um número três?

— Hmm... sim. — Peguei o açucareiro e coloquei duas colheres de açúcar na minha xícara, olhando para Lily com minha visão periférica. — Número três: Thomas tem sua regra de "relação profissional" e Michael parece perfeitamente disposto a segui-la.

Ela abaixou os ombros e mordeu o lábio inferior por alguns segundos antes de responder:

— Isso pode ser uma coisa boa. Vai lhe dar tempo de conhecê-lo antes de decidir como você se sente.

— Pode ser.

— Tire proveito disso. Não tem que se apressar. Se ele vale a pena agora, ainda vai valer a pena em um mês. Ou você pode apenas tirar proveito de toda essa frustração reprimida e abrir essas massas de torta para mim.

Lily deu a volta no balcão e foi até o canto da cafeteria, pegando o rolo de massa onde eu o tinha jogado momentos antes. Ela o lavou na pia, o secou e salpicou farinha sobre ele.

Fiquei a observando com o queixo caído.

— Como sabia onde ele estava?

— O quê? Hmm... lá é onde eu o guardo. — Ela corou lentamente no pescoço e nas bochechas. — Por que a pergunta?

Nós ficamos olhando uma para a outra pelo que pareceu serem momentos infindáveis.

— Por nada.

Ela me entregou o rolo.

Arregacei as mangas, peguei o rolo e comecei a abrir a massa.

❦

Quando Lily e eu saímos juntas no final de nosso turno, o sol estava brilhando através de nuvens cinzentas que desapareciam, refletindo nas poças que se formavam no asfalto. A umidade era sufocante, fazendo meu cabelo parecer pesado.

Enfiei minha jaqueta na mochila e peguei um elástico de cabelo no bolso lateral. Parando no último passo antes de acabar a calçada, coloquei a bolsa entre os joelhos e o elástico em minha boca, contorcendo o cabelo com as mãos enquanto tentava manter o equilíbrio.

Congelei no meio do movimento quando vi Michael do outro lado da rua. Ele estava encostado a um conversível preto bem polido com a capota abaixada, dois dedos cobrindo os lábios para impedir em sorriso. Ele fazia muito aquilo. Fiquei imaginando se era um hábito desde antes de me conhecer.

Lily soltou um gemido apreciativo.

— Hmm. Papai Noel chegou mais cedo este ano. E veja a delícia que trouxe com ele. — Ela ajeitou o cabelo e mexeu na bolsa, tirando uma bala de hortelã. — *Adiós*.

— Alto lá. — Estiquei a mão para segurar a alça da bolsa dela, puxando-a para trás. — Aquela delícia não está disponível para teste.

Ela se virou para mim com os olhos arregalados.

— É *esse* o desafio de que você estava falando?

— O desafio que está fora de cogitação. E que ocasionalmente é um chato. — E possivelmente insano.

— Ah, gente. — Lily balançou a cabeça, olhando novamente para Michael com uma admiração evidente. — Realmente sinto muito.

— De qualquer forma, o que deu em você? Nunca aborda os caras. Eu entendo que ele é excepcional, mas... sério? — Ele podia ser um chato, mas era *meu* chato. Mais ou menos.

Lily olhou para mim e deu de ombros.

— Excepcional é pouco.

— Até logo — murmurei, enquanto descia o meio-fio e corria na direção dele, mal olhando ao atravessar a rua.

— Ei. — Aquela coisa de ficar sem ar estava acontecendo novamente, mas não liguei.

— Ei — respondeu Michael. — Queria colocar minhas mãos nele para testar, para ver se a conexão existia em uma rua movimentada no meio da tarde. Estiquei um dedo para bravamente tocar a curva abaixo daquele sorriso.

Ele esticou o braço para segurar meu braço.

— Está tentando me fazer ser demitido? Ou está tentando me matar?

— Você não teria utilidade para mim estando morto. — Apesar disso, não consegui respirar quando ele me tocou, então acho que tudo dependia de quem chutava primeiro o balde. Ele ainda segurava meu pulso e meu braço inteiro vibrava.

Quase desejei que ele estivesse falando a verdade sobre toda aquela coisa de viagem no tempo. Ele era muito lindo para ser maluco.

— Entre. — Michael soltou meu braço, pegou a mochila e abriu a porta do carro para mim. Sentei no banco de couro. Enquanto ele fechava a porta e dava a volta no carro, olhei para trás, na direção da frente da cafeteria.

Lily, com a boca aberta, ainda estava exatamente no mesmo lugar.

Capítulo 17

— Quando foi que serviço de motorista se tornou parte do acordo? — Os bancos esportivos do pequeno carro importado nos deixavam precariamente próximos um do outro. Pelo menos o céu que se espalhava sobre nossas cabeças nos dava uma ilusão de espaço. Ele saiu com o carro, se afastando da praça da cidade e ligou o rádio.

— Tenho que sair da cidade por um dia ou dois. Achei que, se estivéssemos os dois usando cintos de segurança, poderia ter uma conversa de verdade com você antes de partir. É importante. Então não toque em mim. — Ele fez um barulho que lembrou um rosnado. — Quero dizer, não toque em mim de novo.

— Do que estamos falando agora? — Eu estava pronta para fazer algo. Pelo menos começar meu... treinamento de viagem no tempo. Fiz uma nota mental para ter o cuidado de não falar aquilo em voz alta.

— Tenho algumas coisas que quero que você leia. — O vento despenteou o cabelo de Michael, enquanto ele usava uma das mãos para dirigir, se esticando para pegar algo no pequeno banco de trás com a outra. Ele me deu um livro de capa dura com o título *Espa-*

ço-tempo continuum e teorias de buraco de minhoca, além de um fichário grosso de três aros com páginas rasgadas e manchadas de café do lado de dentro. — Concentre-se no fichário. Parta para o livro se tiver tempo. É teoria, não é fato. Os fatos estão no fichário. Não se desconcentre deles.

Um desejo concedido, apesar de ser apenas material de leitura. Talvez os livros trouxessem algum tipo de prova científica que me ajudaria a confiar nele. Como se eu fosse entender se pudesse ver.

Michael virou em uma das minhas estradas secundárias favoritas. Ela corria paralela ao lago. Soltei o cabelo do rabo de cavalo e descansei a cabeça no assento, olhando para as árvores tingidas de cor ao longo da margem da água. O outono sempre me fascinava — tanta beleza na morte. Folhas aguentando até o amargo final, finalmente caindo em uma labareda de glória, quase como se estivessem tentando nos convencer a mantê-las vivas.

Olhei para o perfil de Michael com o canto do olho, tentando pensar objetivamente. Com ou sem a conexão maluca, qualquer garota estaria atraída por ele, como ficou claro pela reação de Lily. Nariz reto, maçãs do rosto e queixo marcantes, e ainda tinha aqueles lábios desconcertantes. Fechei os olhos, curtindo o calor do sol que passava pelas árvores e o vento em meu cabelo. Recitei toda a tabuada em minha cabeça para manter os pensamentos sob controle e minhas mãos afastadas dele.

Não sei quando peguei no sono, só sei que acordei ao escutar o motor sendo desligado. Estávamos estacionados na rua ao ado dos lofts. O sol estava apenas um pouco mais baixo no céu, então não tinha dormido por muito tempo. Espreguicei e virei os olhos para Michael, que parecia sofrer. As sobrancelhas estavam juntas sobre os olhos escuros e o formato da boca expressava seriedade.

Congelei no meio do movimento de espreguiçar.

— O que houve?

— Nada — disse ele, a voz áspera.

Não achei que tinha passado dos limites desde que o toquei antes de entrar no carro e nenhuma das minhas colegas de quarto na escola reclamou alguma vez de eu falar enquanto dormia.

— Sinto muito por mais cedo, na rua...

Ele fez que não com a cabeça.

— Não foi isso.

— Então o que foi que eu fiz?

— Além de dormir?

— Desculpe. Não foi por causa da sua companhia, mas ficamos acordados até muito tarde ontem e o sol estava tão gostoso.

Parei. Por que eu estava me defendendo? Michael não gostava muito de dar explicações, então eu não fazia ideia de por que estava tentando esclarecer algo para ele.

Ele afastou o olhar de mim e focou na lateral do prédio.

— Você parece tão vulnerável quando dorme. Não vejo muito isso em você.

Mudei de posição desconfortavelmente no assento.

— Quase chorei no jantar no outro dia. Aquilo não foi vulnerável o suficiente para você?

— Existe uma diferença. No jantar você estava triste; hoje está... frágil.

Seus olhos voltaram ao meu rosto. O que eu vi neles me fez perder o fôlego.

— Contanto que eu não tenha babado.

Um canto da boca de Michael se dobrou em um meio sorriso.

— Gostaria de não ter que ir.

— Fique.

— Tenho que ir. Provavelmente não é uma coisa ruim. Não sei como eu lidaria com outro incidente como o que tivemos ontem à noite no pátio — disse ele, incomodado.

— Quando você volta?

Estiquei o braço para pegar a mochila e os livros que ele tinha me dado. E para esconder meu rosto pegando fogo.

— Não posso dizer com certeza, mas talvez amanhã mesmo. Espero que você leia rápido.

Abri a porta do carro. Precisava sair, precisava deixar algum espaço entre nós.

— Por favor. Mais rápido que uma bala. Mesmo com toda a coisa de ... — Rodei um dedo em um círculo em volta da minha orelha, fazendo o sinal universal de maluco. — Fiquei entre os cinco melhores alunos da minha turma do colégio. — Fechei a porta do carro enfaticamente. — Na verdade, fiquei entre os três melhores.

— Engraçada, linda e genial. Que pacote. — Ele deu ré na vaga, sorrindo enquanto partia com o carro.

Adorei que ele tenha deixado louca fora da lista.

Adorava ainda mais que ele nunca pensaria em acrescentá-lo.

Capítulo 18

O fichário que Michael me deu transbordava informações detalhadas, me deixando vesga. Dei tudo de mim por meia hora, decidi que precisava de açúcar e cafeína e fui moer alguns grãos de café que eu tinha trazido do Lei de Murphy para fazer uma xícara de café fresco.

Em vez de ficar observando o café pingar, fiz minha boa ação do dia e livrei o balcão de todos os papéis empilhados. Preguei pequenos cartões brancos com datas e horários de consultas no obstetra anotados no quadro de cortiça na parede, joguei fora jornais antigos e guardei contas fechadas. Tinha acabado de limpar o balcão quando um longo bipe soou para me avisar que o café estava pronto. Abaixei para colocar o produto de limpeza debaixo da pia e avistei algo saindo debaixo dos armários.

O chaveiro de Dru.

Talvez a excitação da gravidez estivesse deixando Dru esquecida, porque não era nem um pouco típico dela perder alguma coisa. Ainda assim, suas chaves, incluindo a chave-mestra, estavam caídas no chão bem na minha frente.

Por acidente.

Ou por força do destino.

Eu queria saber mais sobre Michael. Não esperava que ninguém da minha família chegasse em casa por pelo menos mais uma hora e, como Michael estava fora da cidade, o que me impedia de entrar no apartamento ao lado, usando a chave, e dar uma espiada rápida por lá? Talvez Michael tivesse deixado uma vela acesa. Talvez tivesse se esquecido de desligar o ferro de passar roupa, ou o forno. Talvez tivesse deixado a máquina de lavar louças funcionando e ela estivesse inundando o local, ou uma planta sedenta precisando de água.

Talvez eu estivesse passando dos limites.

Levantei o chaveiro, segurando a chave mestra, balançando para a frente e para trás em frente aos olhos. Sim ou não, sim ou não. Fui salva de qualquer contemplação adicional sobre invadir o apartamento quando o telefone tocou. Dru parecia mais perturbada do que nunca.

— Em, graças aos céus você está aí. Eu não tinha o celular do Michael e os entregadores estão vindo do depósito para pegar a chave mestra para entregar o sofá. Mas estou sem minhas chaves, porque não consegui achá-las hoje de manhã e ele não está atendendo o telefone e acho que as deixei...

— Acalme-se — falei, rindo. — Estou com suas chaves.

— Ah, graças aos céus. — Ela respirou fundo. Boa escolha. — Você pode abrir a porta para os entregadores?

Meu sorriso se abriu o suficiente para rivalizar com o do Grinch.

— Claro.

Os entregadores fizeram o trabalho rapidamente. Para justificar a desculpa de ficar por lá, comecei a procurar qualquer planta que estivesse sendo afetada pela seca.

Embora ele morasse ali havia poucos dias, o apartamento tinha cheiro de Michael. Limpo, como roupa saída do varal com um toque de algo mais, talvez feromônios. Senti o cheiro do seu perfume cítrico e quase esqueci o que estava fazendo. Dei um tapa em mim mesma, mentalmente.

Foco. Você está aqui para espionar.

Dru mobiliou a casa de Michael com itens de seu próprio depósito e a decoração era simples. Ela combinava com a personalidade dele. A única concessão era um computador que parecia complicado. Bati com o quadril no canto da mesa onde ele estava, esbarrando no mouse. Quando o computador ganhou vida, o monitor mostrou que ele era protegido por senha.

Todos os lofts tinham estantes de livro embutidas. A maior parte das estantes de Michael era coberta de acessórios decorativos modernos, cortesia de Dru. Duas prateleiras tinham itens pessoais. Na primeira estava um livro de poesia de Byron, junto com romances de Kurt Vonnegut, Orson Scott Card e *Pé na estrada*, de Jack Kerouac. Percebi que nunca tinha perguntado o que ele estava estudando. Provavelmente não era viagem no tempo. Não achava que nossa universidade local era tão progressista.

A segunda prateleira tinha fotografias. Uma era obviamente de sua família quando ele era mais novo — o pai não estava na foto. Outra mostrava um Michael adolescente com um homem mais velho em um lago, com equipamento de pesca espalhado. Olhei mais de perto. Nenhuma semelhança física.

Uma pilha de fotos viradas para baixo também estava na prateleira. Dei uma olhada nelas. Fotos de formatura, um grupo em uma viagem para esquiar, a festa de 18 anos de alguém e, então, a última da pilha, uma garota usando uma fantasia de princesa com cabelo castanho-avermelhado escuro e um sorriso largo. A princípio, achei que era a irmã de Michael, mas algo a respeito do sorriso na foto parecia diferente, talvez o formato perfeito de seu rosto oval, ou da pele de porcelana. O ciúme embrulhou meu estômago. Ela parecia misteriosa, exótica e... alta.

Na cozinha, abri alguns armários e a geladeira. Nada demais, a não ser bebidas energéticas e comida congelada. Uma caixa de Froot Loops estava sobre o balcão. Homens.

Um momento de hesitação me parou na porta de seu quarto. As pessoas tendiam a ser menos cuidadosas com as coisas que deixavam em seus quartos. Eu não fazia ideia do que estava procurando, mas tinha medo do que acabaria encontrando. Respirei fundo e juntei as mãos atrás das costas.

Se o cheiro de Michael ao abrir a porta da frente já não tivesse me preparado, quando entrei no quarto, eu poderia ter simplesmente enfiado meu rosto no travesseiro dele e ficado ali. A cama estava feita e, como eu imaginava, situada diretamente do outro lado da parede em relação à minha. Não era à toa que eu não conseguia dormir.

Mais livros ocupavam espaço em sua mesa de cabeceira, além de caixas de som que estavam ligadas ao iPod. Cheguei mais perto para checar seu gosto musical e vi um bloco de papel com coisas escritas nele.

Bingo.

Olhei para ele de cabeça para baixo por um segundo, então soltei as mãos para pegar o bloco e olhar mais de perto. Quando fiz isso, alguns cartões de visita caíram no chão. Eu os apanhei, levemente em pânico porque não sabia se eles tinham caído de entre as páginas do bloco ou de cima da mesa. Olhei para eles rapidamente. Todos diziam a mesma coisa:

MICHAEL WEAVER
Consultor

the
Hourglass

No verso estava um endereço bem nos arredores de Ivy Springs. Enfiei um cartão em meu bolso, juntando os outros em uma pilha organizada. Tentei decifrar as palavras no bloco, mas elas estavam em algum tipo de estenografia ou código. Michael parecia ser um mestre em esconder coisas.

— O que você está procurando?

Soltei um grito agudo e pulei, quase derrubando o bloco. Jack estava de pé ao meu lado com um meio sorriso nos lábios.

— Você me assustou! — Eu estava envergonhada por ter sido pega no flagra, mesmo por Jack, que não tinha para quem contar. Olhei para minhas mãos e vi meus dedos ainda segurando o bloco. Então o coloquei de volta na mesa de cabeceira, querendo desaparecer quando tive que pegá-lo novamente e virá-lo para que ele ficasse na mesma posição em que estava antes de eu tocá-lo. — Como você entrou aqui?

Jack contorceu os lábios, hesitando antes de responder:

— Posso me mover entre os aposentos.

Fiquei pensando no que aquilo significava e minha pele se arrepiou.

— Como do meu quarto para o meu banheiro?

— Não, não — respondeu ele, negando com a cabeça antes de se explicar. Ainda mantendo distância, ele deu um passo na minha direção. — Apesar de a ideia ser muito tentadora, nunca faria isso. Respeito muito você.

Não conseguia desviar o olhar. Suas pupilas não eram exatamente pretas, apenas um tom mais claras, e a íris estava menos azul hoje e mais cinzenta.

— Então você já esteve no quarto de Michael antes?

— Já — confirmou ele.

Ah, não!

— Já falou com ele?

Minha testa começou a suar. Jack poderia sim ter com quem conversar sobre minha intromissão. E se ele tivesse aparecido para Michael também?

— Não — disse Jack, seus olhos se arregalando. — Só você.

— Que bom. — Não tinha percebido que dobras podiam escolher quando queriam se revelar. Teria que perguntar a Michael sobre aquilo mais tarde. — Viu alguma coisa interessante? — perguntei.

— Como o quê?

— Não sei — falei, dando de ombros. — Com quem ele conversa, o que ele faz.

— Ele parece digitar um bocado naquilo. — Jack apontou para o computador com uma das mãos, deixando a outra atrás das costas. Ele então apontou para o telefone sem fio sobre a escrivaninha. — E ele fala com alguém naquilo muito frequentemente.

— Você ouviu ele dizer algum nome?

— Ouvi ele mencionar você algumas vezes.

Jack falou as palavras cuidadosamente, me observando, como se estivesse medindo minha reação.

— Meu nome? — perguntei. — Em que contexto?

— Apenas que você era ótima... não. — Ele parou, pensando melhor. — Que as coisas estavam ótimas com você... e que tudo estava acontecendo conforme o planejado.

Virei para sair correndo do quarto, cega, irritada comigo mesma por ficar ofendida com aquelas palavras.

— Aonde você está indo? — Ele me seguiu de perto.

— Não é da sua conta. — Parei. Não tinha nenhuma razão para ser tão grosseira. Virei de volta para me desculpar, pegando-o desprevenido. Ele deu um passo para o lado para evitar a mesa de cabeceira.

Congelei.

— O que houve? — perguntou Jack.

Dei um passo hesitante na direção dele.

— Por que você evita objetos sólidos? Eu havia percebido isso antes, mas não tinha me tocado.

— Não evito nada — respondeu ele, se afastando de mim graciosamente.

— Evita, sim. A não ser no outro dia à noite, quando você estava sentado na minha cama. Senti o peso empurrando o colchão para baixo. Como você fez aquilo? E por que está sempre com as mãos juntas dessa forma, como se estivesse com medo de tocar em alguma coisa?

— Não estou com medo — protestou ele, separando as mãos rapidamente, deixando uma cair ao lado do corpo e enfiando a outra dentro de seu colete. — É simplesmente um hábito.

— Não acho que seja um hábito.

Dei outro passo na direção dele, levantando a mão e a esticando cuidadosamente na direção de seu peito.

— Pare. Fique onde você está — advertiu ele, com a voz cheia de medo.

Fechando meus olhos com força e respirando fundo, me movi para a frente para passar minha mão por sua forma.

Capítulo 19

Encontrei resistência.

Não era exatamente matéria sólida, mais como lama espessa ou areia molhada. Jack se contorceu para sair do meu caminho no mesmo momento em que pulei para longe dele.

— Que merda é esta?

Olhei para os traços da substância em minha mão. O que quer que fosse aquilo, ela meio que... brilhava.

Quando levantei os olhos, Jack tinha sumido. Saí do apartamento de Michael o mais rápido possível, nem mesmo me dando o trabalho de trancar a porta. Não tinha ideia do que fazer a seguir.

Além de lavar minhas mãos.

Apesar de eu estar mais do que assustada com Jack e seu estado semissólido, o endereço da Hourglass queimava um buraco em meu bolso. Eu podia chegar lá em menos de vinte minutos.

Eu tinha que arriscar.

Depois de lavar as mãos minuciosamente na pia do banheiro, joguei alguns itens de primeira necessidade e roupas escuras — para o caso de precisar me camuflar — em uma bolsa, com o fichário que

Michael me disse para não perder de vista. Prendi o cabelo para tirá-lo do rosto antes de parar na cozinha recentemente arrumada e colocar o café na caneca de viagem. Escrevi um bilhete curto para Thomas e Dru e saí do loft com o cartão de Michael em minha mão.

Thomas tinha instalado um GPS na caminhonete de Dru como presente de aniversário. Tudo que eu precisava fazer era digitar o endereço que estava no cartão de visita. Cheguei o medidor de combustível, então respirei fundo, passando a marcha a ré. Eu era uma motorista decente, mas não dirigia com muita frequência. Ainda bem que dirigir um carro era como andar de bicicleta.

Ou o que quer que fosse.

Jack. Se ele não era uma dobra, o que ele era? Será que tinha existido por tanto tempo que foi acumulando matéria através dos tempos? Se fosse esse o caso, por que Scarlett não tinha sido semissólida também?

Eu podia perguntar a Michael, mas, por razões que eu não entendia exatamente, queria manter Jack em segredo. Meu rosto ficou quente só de pensar naquilo.

Tinha esperado que a Hourglass fosse em algum tipo de prédio de escritórios. Em vez disso, o sistema de navegação me levou pelo centro da cidade até uma área de fazendas verdejantes e propriedades rurais. Abaixei o vidro da janela para deixar a brisa entrar, com o cheiro de feno colhido e outras coisas da terra. Logo o GPS indicou que eu tinha chegado ao meu destino e parei, percebendo que a propriedade estava cercada por um muro de pedra guardado por um portão de metal. Ele estava aberto.

Carvalhos imensos bloqueavam a visão da estrada principal. Um caminho de cascalho se contorcia entre eles, levando até algo que eu não conseguia ver.

Eu tinha que arriscar.

Um benefício de ser uma sobrevivente é que não havia medo quando o assunto era correr riscos. O que poderia acontecer? Eu poderia ser presa por invasão de propriedade. Não podia ser pior que um manicômio. Quem quer que morasse atrás do muro de pedra poderia me capturar e me manter como prisioneira enquanto fazia experimentos comigo. Não é muito diferente de um manicômio. Hesitei, minha seta piscando tão forte que parecia um sinalizador para os seguranças e cães de guarda que imaginei que estariam escondidos logo atrás do muro da propriedade.

Eu *precisava* de respostas.

Eu precisava saber se Michael estava me contando a verdade — e o que ele ainda estava escondendo.

Respirei fundo e entrei com o carro pelo portão.

Capítulo 20

Eu me perguntava se não tinha digitado o endereço errado no GPS, então olhei para o cartão de visitas novamente para me assegurar de que estava no lugar certo. Uma casa colonial no estilo neogrego se espalhava à minha frente — grande, para todos os lados, e revestida de tijolos vermelhos, com altas colunas brancas ladeando a porta da frente. Nenhum guarda armado, nenhum cachorro, nada como eu esperava. Parte do caminho de cascalho continuava além da casa, criando um pequeno estacionamento sob algumas árvores.

Depois de parar o carro, decidi instintivamente que, se alguém perguntasse, eu estaria "perdida". Esperava que ninguém tivesse a oportunidade de olhar dentro do carro. Perdida e um GPS moderno não combinavam muito. Decidi vasculhar o local — afinal de contas, eu era ou não uma grande espiã?

Saindo do carro para a umidade, corri para me esconder atrás das árvores. O pôr do sol tingia de laranja a borda do horizonte em um belo anoitecer do fim do verão. Com a quantidade escassa de luz natural que tinha sobrado, o contorno de um estábulo, assim como outras casas espalhadas se erguiam contra o pano de fundo de uma floresta sombria.

Caminhei furtivamente naquela direção.

Gotas de suor se formaram na base da minha nuca e escorreram pelas minhas costas enquanto eu deslizava ao longo da lateral da casa, me abaixando quando passava por uma janela baixa. O esforço que fiz para fazer silêncio combinado com o ar pesado me fez agradecer por ter prendido o cabelo. Quando cheguei à quina da casa, usei a barra da camisa para secar a testa. As folhas podiam estar mudando, mas ainda não parecia que o outono estava quase chegando.

Os fundos da propriedade me lembravam de um daqueles programas grandiosos de televisão dos anos 1980 que eu tinha visto em reapresentações. Uma piscina semiolímpica bem iluminada estava cercada de sempre-vivas bem finas em vasos. Quatro colunas se elevavam, uma em cada canto do pátio de azulejos de cerâmica italiana. Uma varanda de pedra em três camadas se estendia desde os fundos da casa. Pequenas mesas de café com cadeiras que combinavam e mobília de jardim com revestimento felpudo estavam espalhadas, junto com postes de luz e mais sempre-vivas em vasos. Certamente não se parecia em nada com o Quartel-General da Ultrassecreta Viagem no Tempo.

Abaixei atrás de um muro de contenção quando ouvi vozes. Mal conseguia distinguir as formas de duas pessoas do outro lado do pátio. Elas estavam encostadas a uma balaustrada e suas vozes pareciam carregadas de seriedade. Perceptivelmente masculinas.

Uma sobressaía.

Michael.

❧

Chegando mais perto, apoiei as costas no muro de contenção de pedra e escorreguei até me sentar. Era melhor ficar confortável. Tão confortável quanto desse encostada a pedras.

— Então, como ela é? — perguntou a voz que não reconheci.

— Frustrante. Inacreditável. — Michael suspirou. — Mais do que achei que fosse possível.

Houve um breve silêncio.

— O que ela sabe?

— Praticamente tudo, a não ser o motivo pelo qual eu preciso dela.

— Como ela reagiu a tudo?

— Como você acha que ela reagiu? Como você reagiria?

Meu corpo enrijeceu. Tinha a impressão de que sabia de quem eles estavam falando.

— Você *tem* que contar o resto a ela. — A voz desconhecida estava carregada de urgência.

— O momento não é bom, Kaleb. Ela está começando a confiar em mim.

— Tem que explicar tudo a ela antes que algo aconteça. — A voz de Kaleb era mais rouca, mais áspera que a de Michael. Queria poder ver o rosto de Kaleb. Fiquei imaginando se combinava com a voz. — Ela precisa saber o que está acontecendo. Você não pode deixá-la entrar nisso às cegas.

— Vou cuidar disso.

Michael parecia falar entre dentes.

— Faça isso — disse Kaleb. Pelo menos ele queria que eu fosse capaz de me proteger, em vez de me manter no escuro. Gostei dele. Quem quer que ele fosse. — Lembre-se, somos uma equipe. Eu cuido dos arquivos; você cuida dela. Há muita coisa em jogo para muitas pessoas.

— Fiz uma promessa e vou cumpri-la. Farei o que for preciso para trazê-lo de volta, não importa o sacrifício.

— Acha que ela vai topar?

Michael fez uma pausa antes de responder.

— Não tenho como ter certeza. Mas não duvidaria disso. Ela é realmente incrível.

O som de um riso surpreso ecoou no muro de pedra.

— Mike! Você gosta dela?

— Não posso. Você conhece as regras.

Kaleb bufou.

— Isso não me impediria.

— Eu sei. Além disso, não gosto dela. — A voz de Michael era firme. Kaleb deve ter olhado como se não tivesse acreditado, porque Michael repetiu: — Não gosto dela. Tenho minhas razões.

Meu estômago embrulhou um pouco.

— Meu irmão, posso *sentir*. Eu *sei*. Se essa garota é tão "inacreditável" quanto está dizendo, você está apenas sendo idiota. Mas sempre me esqueço de que você tem toda essa coisa de cavalheirismo e honra — disse Kaleb num tom debochado.

— Você deveria experimentar isso um dia — respondeu Michael calmamente.

— Apenas, *por favor*, não me diga que você está se segurando por causa da Ava.

— Kaleb — disse Michael, parecendo frustrado —, já te falei como estão as coisas com a Ava...

Ele parou de falar quando uma luz piscou numa das janelas do segundo andar, projetando um quadrado amarelo no chão da varanda.

— É melhor eu entrar — disse Kaleb, apressado. — Conte tudo a ela... não a trate como uma criança.

— Vá!

Escutei Michael soltar um chiado, então uma porta se fechou.

A luz na janela do segundo andar se apagou.

Fiquei sentada por um minuto, tentando processar as informações. Não podia jurar que eles estavam falando de mim; ninguém disse meu nome. Pode chamar de uma enorme paranoia, o que era totalmente possível, ou de uma intuição incrível — tinha quase certeza de que eu era o "ela" da conversa.

Mas quem era o "ele"?

Fugindo da varanda, me movi furtivamente da mesma forma que tinha chegado. Não tive pressa, dando tempo para Michael sair e eu evitar encontrá-lo. Enquanto me aproximava da frente da casa, fiquei curiosa e espiei por uma das janelas baixas.

Em uma parede estavam penduradas várias fotografias. Apesar de serem iluminadas de cima, um estranho reflexo fazia os rostos brilharem, tornando difícil vê-los. Olhando para eles um por um, parei quando cheguei à última foto da fileira. Algo naquele rosto me parecia familiar. Antes que pudesse lembrar de onde eu o conhecia, outra luz se acendeu dentro da casa, projetando com clareza minha sombra sobre a grama. Encostei o corpo à parede até que a luz se apagou novamente, então parti na direção do carro, abrindo a porta com pressa quando cheguei.

Soltei um grito.

Alguém já estava sentado dentro dele.

Capítulo 21

— Fique calada — sussurrou Michael. — Você está tentando acordar os mortos?

— O que você está fazendo? — consegui dizer, colocando a mão no peito, o coração disparado.

Ele desligou as luzes do interior do carro, mas eu ainda conseguia ver sua expressão irritada na luz fraca do fim do dia.

— Acho que a pergunta melhor é o que *você* está fazendo?

Considerei brevemente a possibilidade de contar a ele que estava perdida e tentei pensar rápido. Não, nada. Balancei a cabeça, respirando com dificuldade.

— Como você me achou?

— Não estava procurando você. Estava procurando a Hourglass — falei. — Peguei o endereço nos cartões de visita em sua mesa de cabeceira. — Certo, isso não estava ajudando. — As chaves de Dru. É que... elas meio que estavam no chão da cozinha... precisei abrir a porta para os entregadores deixarem o sofá no seu loft. Desculpe.

Espiões deveriam ser capazes de sobreviver à tortura e ainda manter seus segredos. Os meus se derramaram como moedas de um cofrinho quebrado.

Michael suspirou e descansou a cabeça no encosto do banco.

— Ótimo. O que mais você descobriu.

— Mais nada, na verdade.

Tirando uma foto de uma garota linda e alguns recados escritos em código.

— Não é seguro você ficar aqui — disse Michael, esticando o braço para segurar o volante. — Precisamos tirá-la da propriedade antes que alguém a veja.

— Está falando de alguém como Kaleb?

— Kaleb é a última de suas preocupações neste momento.

— Pelo menos ele acha que eu deveria saber o que está acontecendo — retruquei. — Ele nunca nem me viu e me dá mais crédito que você.

Michael balançou a cabeça, contrariado, e apontou para o banco ao seu lado.

— Entre. — Quando não me movi, ele esticou as mãos para me puxar sobre seu colo, me colocando no banco do carona. — Eles também te ensinaram a escutar a conversa dos outros no colégio interno?

— O que te leva a crer que você pode me tratar desta forma? — O calor do toque dele sobre a minha pele não ajudou a me acalmar. Ele ligou o carro. Olhei para seu rosto, agora totalmente iluminado pelas luzes do painel. — E não era minha intenção escutar a conversa. Estava apenas no lugar certo... bem... — corrigi quando ele levantou as sobrancelhas. — No lugar errado, na hora certa.

Ele negou ainda mais com a cabeça.

Michael dirigiu lentamente pelo longo caminho de cascalho, sem ligar os faróis até chegarmos à estrada principal. Ele virou na direção contrária a Ivy Springs.

— E o seu carro? — perguntei.

— Nós o pegaremos quando estivermos voltando.

— Voltando de onde?

Ah, minha antiga amiga, a ansiedade, se jogando em um liquidificador com uma dose de terror e um pouco de vergonha.

— Minha casa — disse ele, mantendo os olhos na estrada.

— Ela não fica no mesmo caminho da minha?

— Não — respondeu ele, com paciência forçada. — Quis dizer que estou indo para minha casa na faculdade. E você está vindo comigo. Há alguém que preciso que você conheça.

— Isso não pode esperar? Quem é essa pessoa? Você tem uma casa na faculdade?

— Você pode parar de fazer perguntas por um segundo, por favor? Preciso arrumar um jeito de lidar com isso.

Os pequenos músculos do queixo dele se retesaram.

Esperei exatamente um segundo.

— Quando você saiu hoje, por que não me disse aonde estava indo?

Michael soltou um gemido de frustração:

— Não acabei de pedir que você parasse de fazer perguntas?

— Você me pediu para parar por um segundo. Devia ter sido mais específico se quisesse mais tempo. — Ter um irmão mais velho me ensinou um bocado sobre discutir com a intenção de cansar meu oponente. Como no boxe. — Por que você não me contou que estava indo à Hourglass?

— Bem, Emerson, obviamente não queria que você me seguisse.

Ele aumentou o volume do rádio como uma forma perceptível de tentar me silenciar.

— Não segui você. Não exatamente — argumentei, abaixando o volume.

— Não, apenas invadiu minha privacidade e então acabou aparecendo no único lugar que queria que você evitasse. — Ele manteve a voz controlada, mas a raiva estava à flor da pele. — Não deveria ter ido lá.

Por um momento, me perguntei se deveria estar com medo em vez de irritada. Michael tinha praticamente roubado meu carro e estava indo para algum lugar desconhecido, contra minha vontade. Aquilo era a mesma coisa que sequestro. Procurei mais fundo, tentando achar alguma indicação de que eu estava com medo.

Nada disso. Só irritada.

Viramos em uma pequena rua secundária atrás do campus. As casas que eu podia ver eram bangalôs do começo do século XX, todos bem preservados. Entramos no estacionamento em frente a um dos mais bonitos. Ele ostentava um telhado triangular levemente inclinado, persianas pretas e uma ampla varanda frontal.

Michael deu a volta no carro para abrir minha porta. Não me movi ou falei enquanto ele pegava minha bolsa e partia na direção da casa. Quando ele percebeu que eu não estava com ele, se virou de volta para o carro e soltou um sopro de ar que levantou o cabelo em sua testa.

— Emerson? Não me faça ir aí buscar você.

Eu o segui até a porta da frente.

Andei na ponta dos pés atrás dele por uma entrada que dava em uma sala de pé-direito alto com acabamentos elaborados e chão de madeira. Uma mesa de mogno comprida ao fundo estava coberta de laptops e várias canecas de café em diferentes estágios de uso. Ele colocou minha bolsa em uma mesinha lateral e se jogou em um dos sofás de couro.

— Devo me sentar? — perguntei, apontando para a almofada ao lado dele. O couro me lembrava uma luva de beisebol surrada. — Ou você prefere que eu fique esperando na varanda?

Ele esticou o braço para alcançar minha manga e me puxou. Caí um pouco mais perto dele do que teria desejado naquele momento, mas não me movi.

— Imagino que você ainda esteja chateado.

Michael virou a cabeça para olhar para mim, seus lábios contorcidos com desaprovação.

— Essa coisa toda é tão injusta — protestei. — Você está mantendo segredos. Segredos sobre *mim*. Eu sei disso, você sabe disso. Por que não estamos falando sobre isso?

— As informações sobre sua habilidade não são o suficiente para você digerir por enquanto?

— *As informações estão digeridas*, Michael. Para falar a verdade, tão digeridas que estão começando a ficar prontas para sair como uma enorme pilha de mer...

— Não banque a espertinha comigo. — Seus olhos piscando como um aviso.

— Não estou bancando a espertinha, *estou puta* — respondi entre dentes. — E sua saúde está em perigo se você não se explicar sobre o que está acontecendo.

— Eu *realmente* subestimei você.

— O que *isso* quer dizer?

Michael olhou para mim por um momento.

— Você é muito corajosa para manter o próprio bem-estar. Não tem ideia do tipo de situação em que se meteu esta noite. — Ele se levantou, andando de um lado para o outro em frente ao sofá. — Ver você naquela casa...

— Do que você está falando? Preencha as lacunas — reclamei.

Seus ombros largos caíram, derrotados. Em um momento toda a raiva desapareceu.

— Se algo tivesse acontecido a você hoje à noite, teria sido minha culpa. Kaleb me avisou para não a tratar como criança. Fiz isso mesmo assim e sinto muito.

Lutei para achar palavras, mas nenhuma surgiu.

— Não posso dar outro passo sem envolvê-la. — Ele juntou as mãos atrás da cabeça, fechando os olhos. — Hoje, quando você escutou Kaleb e eu conversando, estávamos falando sobre...

— Michael? — Uma voz suave chamou da entrada da casa.

Ele abaixou as mãos e seus olhos se abriram rapidamente.

— Dra. Rooks?

Uma mulher entrou na sala. Uma mulher estonteantemente linda. A pele bronzeada era perfeita, o cabelo preto cortado bem rente à cabeça. Provavelmente ela não se preocupava com ele porque nada podia competir com seu rosto. Eu sabia que a encarava e esperei que minha boca não estivesse escancarada.

— Emerson, esta é a Dra. Rooks, a pessoa que queria que você conhecesse. Ela é uma especialista em física teórica e dá aula na faculdade. Ela também é uma espécie de supervisora do alojamento.

Duvidei seriamente de que na história do mundo existiria uma especialista em física teórica e supervisora de alojamento que se parecesse com essa. Ela parecia ter pouco menos de 30 anos, era alta, tinha traços delicados e olhos grandes. Quando ela virou a cabeça para sorrir para mim, o pequeno piercing em seu nariz brilhou na luz, me pegando de surpresa.

— Prazer em conhecê-la, Emerson. — Algo na cadência de sua voz me fez pensar em raios de sol aconchegantes e brisas tropicais. — Você está visitando? — perguntou ela, intrigada.

Eu não sabia como responder, então olhei para Michael. Ele olhou para o relógio de pêndulo no canto da sala.

— É quase meia-noite — disse ele para mim. — Você provavelmente deveria ligar para Thomas.

Não me movi.

— Por favor. Não quero que nenhum de nós se meta em encrenca.

— Vou ligar, mas não acabamos aqui ainda. Direi a ele para não me esperar até amanhã de manhã. — Levantei para pegar o telefone celular na bolsa, silenciosamente o desafiando a me contradizer e ao mesmo tempo chocada com minha própria rebeldia. — Algum problema?

— A vida é sua.

A Dra. Rooks sorriu quando pedi licença.

Michael não.

Fui até o corredor fazer a ligação, minhas mãos tremendo enquanto eu discava. Thomas não atendeu. Aliviada, deixei uma mensagem de voz curta. Como dizem, é melhor implorar por perdão do que pedir permissão. A Dra. Rooks e Michael estavam cochichando furiosamente quando entrei na sala de novo.

— Hum, estávamos apenas discutindo onde você deveria dormir — explicou Michael enquanto eles se afastavam, mas a descarga de tensão arrepiando a nuca dele contava uma história diferente. — A Dra. Rooks vai colocar um colchão de ar no quarto dela.

— Lá em cima. — Ela apontou para minha bolsa. — Podemos ir agora?

Olhei para Michael. Não queria criar caso, mas não ainda não tinha terminado minha conversa com ele.

— Pode ir — disse ele à professora. — Vou levá-la em um instante. Temos algumas coisas a discutir.

Capítulo 22

— Aqui. — Michael me entregou um copo longo com água gelada que ele tinha trazido da cozinha, então se sentou no sofá ao meu lado. — Tem certeza de que não quer nada para comer?

— Pare de enrolar. Tudo o que quero são respostas. — Repousei o fundo do copo na coxa, vendo as gotas condensadas escorrerem pelas laterais do vidro e formarem um anel gelado e molhado em minha calça jeans. — Você estava se preparando para me dizer algo sobre Kaleb.

— Sim, Kaleb. — Ele soltou um longo suspiro. — O sobrenome dele é Ballard. Ele é o filho de Liam Ballard.

Levei um segundo para ligar os pontos. Quando percebi, meu queixo caiu.

— O mesmo Liam Ballard que fundou a Hourglass?

— O mesmo. Liam Ballard foi meu mentor. Foi ele quem morreu há seis meses.

— Michael...

Soltei o ar. Não lhe falei que sentia muito. Nunca adiantava quando pessoas tentavam dar desculpas a respeito de coisas sobre as quais elas não tinham nenhum controle.

Seus olhos se apertaram e a mesma mistura de tristeza e raiva que eu tinha visto em seu rosto na primeira vez em que ele me falou sobre a morte de Liam reapareceu.

Deixando a cabeça cair para trás para olhar o teto, ele me ofereceu fatos em vez de sentimentos:

— Anos antes da Bennet fechar seu departamento de parapsicologia, uma subdivisão se formou.

— Li sobre o fechamento do departamento da Bennett. — Passei a ponta do dedo na borda do copo. — Falta de dinheiro ou prestígio.

— Liam abriu a Hourglass para servir ao setor privado. Por um propósito moral. — Ele levantou a cabeça, mas não me olhou nos olhos. — E ela contava com um até que morreu. Você sabe como é ter uma habilidade sem ter ideia de o que ela é ou de como usá-la. Liam queria um lugar seguro para que pessoas como nós pudéssemos buscar ajuda. Um lugar onde pudéssemos encontrar uma forma de fazer diferença no mundo, em vez de causar estragos a ele.

— Você saiu. Você não é mais parte da Hourglass — concluí.

— Quando Liam morreu, Jonathan Landers assumiu. — Até mesmo o perfil de Michael mostrava raiva. — Apesar de eu querer me manter fiel à Hourglass e à memória de Liam, me recuso a ser parte disso com Landers no comando.

— Por quê?

— Para começar, ele é obcecado com a ideia de colocar as mãos na pesquisa de Liam. Kaleb a mantém em segurança, tentando tirá-la escondido da casa quando pode, mas Landers ou seus comparsas estão sempre atrapalhando. Há algo específico que ele quer, com algum interesse escuso. Dá para *sentir* isso.

— Por que você não ficou na sede da Hourglass para ficar de olho nele?

— Eu tinha outras coisas para cuidar. — Ele olhou para mim e me senti como uma criança que precisava de uma babá. — Além disso, Kaleb tem uma razão melhor para ficar lá do que eu. A casa é dele.

— Se vocês dois são amigos, por que estava tão preocupado de ser visto lá hoje?

— Porque Landers não sabe onde estou ou o que estou fazendo, e não quero que ele saiba. Tenho tentado manter você longe do radar dele. — Michael levantou as pontas dos dedos até as têmporas, esfregando-as como se estivesse com dor de cabeça. — E você praticamente foi até a porta dele e bateu.

Não mencionei como passei perto de fazer exatamente tal coisa.

Michael inclinou a cabeça para os dois lados, esticando os músculos da nuca. Fiquei imaginando se os dele estavam tão tensos quanto os meus e o que ele faria se eu esticasse a mão e fizesse uma massagem para aliviar a tensão. Em vez de tocar nele, encarei os fatos e me desculpei:

— Desculpe. Por ir à Hourglass, por não confiar em você e por espioná-lo. — Levantei as mãos em um gesto de rendição. — Tudo isso.

— Desculpe por agir como algum tipo de maluco superprotetor sem lhe dar uma boa razão. Mas gente como nós tem um valor inestimável para alguém como Landers. Se ele pudesse, me usaria para viajar ao futuro e manipular o presente. Encontrar curas para doenças, a economia, a crise energética.

— É por isso que estava preocupado sobre ele me encontrar? Acha que ele me mandaria de volta no tempo para... comprar ações do Google ou algo assim? — Certamente não foi isso que o deixou tão cheio de segredos. Ou tão angustiado. — Você achou que eu compactuaria com isso?

— Não, não tem absolutamente nada a ver com isso. — Mexendo-se sobre o sofá, ele inclinou o corpo na direção do meu, ficando perto o suficiente para fazer meu coração saltar. — É uma sensação que eu tenho. O sujeito é obcecado com o passado e fiquei com medo de que ele a persuadisse a ver as coisas da mesma forma que ele.

Esperei que esse não fosse o caso, mas não podia ter certeza até conhecer você, passar um tempo ao seu lado.

Olhei para os olhos dele, imaginando o que ele tinha visto quando olhou de volta para mim. Virando a cabeça para o outro lado, prendi o lábio inferior entre os dentes antes de fazer a próxima pergunta:

— E qual é o veredito?

— Confio em você — disse ele. — O suficiente para pedir sua ajuda.

— Como posso ser capaz de te ajudar?

— Preciso de você para impedir Jonathan Landers.

— Impedi-lo de quê?

— De assassinar Liam.

Capítulo 23

— *Você precisa de mim para fazer o quê?*

— Preciso de você e de sua habilidade para viajar ao passado para impedir Jonathan Landers de matar Liam. Não posso fazer isso sem você.

Recostei no sofá, pegando uma almofada e a segurando contra o peito como um escudo. Tremores começaram em minhas pernas, subindo pelo corpo, passando pelo estômago, pelos braços, chegando até as pontas de meus dedos.

— Não estou entendendo.

— Se pudermos impedir que Liam morra, Landers não poderá tomar o lugar dele como o cabeça da Hourglass.

— Como? Isso já aconteceu. Se tentarmos mudar algo... isso não criaria alguma coisa como um... um paradoxo ou algo assim? — Eu não sabia nada sobre viagem no tempo, a não ser o que aprendi nas maratonas de *De Volta Para o Futuro* na TV a cabo e nas reprises de *Lost*, mas paradoxos pareciam ser o básico. E, até então, produto da ficção. Segurei a almofada com mais força. — Como você pode impedir que alguém morra? Especialmente se ele já estiver morto.

Meu peito doeu com a possibilidade.

— Existe uma teoria chamada Princípio Novikov. É uma brecha científica que nos permitiria salvar Liam sem alterar o tempo. Sem paradoxos. Liam foi morto em um incêndio em seu laboratório. Aquilo queimou tudo a ponto de nada poder ser reconhecido.

— Quando você achou a pesquisa que eu tinha feito em meu computador... — Parei. Nunca teria achado os fatos de que precisava em um artigo de jornal. — Eu tinha acabado de ler sobre aquilo.

— Você leu sobre como o prédio foi completamente queimado? Nenhuma parte do corpo que pudesse ser identificada foi encontrada. — Os tendões nas articulações de Michael se projetaram contra a pele dos dedos. — Apenas alguns ossos carbonizados.

Fiquei enjoada. Que horrível morrer daquela forma.

— Não cheguei tão longe.

— O Princípio Novikov não nos permitiria mudar o passado, apenas afetá-lo sem produzir nenhuma inconsistência.

— Não estou conseguindo acompanhar. Que tipo de inconsistência?

— Todos acreditam que Liam está morto. Para impedir que ele morra, voltaremos no tempo. Antes de algo acontecer, tiramos ele do laboratório. — Suas mãos relaxaram enquanto ele explicava. — Para manter a aparência de que ele está morto, podemos substituí-lo por outra pessoa. Então ele se esconde e fica longe dos olhos de todos.

Eu estava engolindo saliva com força, mas a náusea aumentava, subindo pela garganta. Acho que eu não estava ouvindo ele direito.

— Você está sugerindo que deixemos *outra pessoa morrer* no lugar dele?

— Não! — Ele virou para mim. — Como a Dra. Rooks é professora de física teórica e é parte do departamento de ciências da faculdade, ela tem as chaves, o que me dá acesso a cadáveres....

— Pare. — Precisei de um momento para respirar. Quando estava certa de que não ia perder o conteúdo em meu estômago, fiz um gesto para que ele continuasse. — Por que temos que manter as aparências de que ele está morto?

— Para que nada mude. Ainda existirão ossos para servir de prova. E, contanto que Liam fique completamente escondido por seis meses, até o exato momento no tempo em que voltarmos para salvá-lo, o fato de ele estar na verdade vivo não afetará a linha do tempo. Provavelmente.

Senti um tímido tom de esperança brilhar na voz dele.

— Então, se um dia existiu um evento que poderia ser alterado sem algum tipo de efeito colateral de mudança cósmica do mundo, é esse? — perguntei, tentando não pensar sobre a parte do cadáver.

— É esse. Especialmente porque ninguém nunca foi capaz de provar conclusivamente que os poucos ossos achados no laboratório eram dele.

Esticando a mão para pegar o copo, bebi um gole de água lentamente, pensando:

— Salvar Liam não é só para impedir Landers, não é mesmo?

— Liam era como um pai para mim. O único pai que eu realmente tive.

— Posso entender por que você gostaria que ele estivesse vivo. — O pai verdadeiro de Michael o abandonou e então seu pai adotivo foi assassinado. Eu também ia querer justiça.

— Não quero fazer isso só por mim. É pela esposa dele, pelo filho, por todas as pessoas na Hourglass que ele ajudou, todas as pessoas que ele tinha o potencial para ajudar. Nunca soube, até conhecê-lo, quanto bem uma pessoa podia fazer.

— Eu entendo.

Ele inclinou a cabeça e olhou para mim através de seus cílios escuros.

— Eu sei. A Emerson do futuro também entendia. Quem você acha que me contou sobre o Princípio Novikov?

Apesar de eu realmente entender — provavelmente melhor que a maioria das pessoas — por que Michael queria salvar a vida de alguém que ele amava, não conseguia fazer meu cérebro processar aquelas palavras. Soltei o ar, os tremores correndo por meu corpo tornando a respiração trêmula.

— Você queria respostas. Acabou de tê-las — disse ele com preocupação, se aproximando, não ajudando nem um pouco minha respiração. — Você se arrependeu de ter perguntado?

— Está falando de trazer alguém de volta dos mortos — falei com calma.

— Sei que é inacreditável. — Michael segurou minhas mãos entre as dele. — Mas é verdade.

— E eu que achei que o conceito de viagem no tempo era estranho.

Tentei pensar claramente, mas descobri que era impossível com as mãos dele em mim. Envolta em uma corrente elétrica, olhei para ele e mil palavras não ditas passaram entre nós. Quanto mais ele segurava minhas mãos, mais intensa ficava a conexão.

— Preciso pensar nisso.

Soltei as mãos e me afastei até o outro lado do sofá, respirando fundo e fechando os olhos. Meu cérebro tinha se expandido tanto nos últimos dias que eu não conseguia ver como ele poderia absorver mais qualquer outra informação.

A possibilidade de alterar o tempo continuava rondando meus pensamentos. Trazer de volta dos mortos alguém que você amava. Imaginava se até mesmo a ideia desafiava o universo e o tentava a um destino mais cruel do que nunca.

Exausta física e mentalmente, caí no sono.

Capítulo 24

A porta giratória de vidro roda, cada vez mais rápido, trazendo com ela o ar ártico e o perfume de pinho. Eu a observo enquanto ela se destaca do prédio, ainda rodando, se transformando em um trenó coberto de neve puxado por cavalos tão negros quanto a morte. Tão rápido quanto ele aparece, também tomba sobre a borda da montanha, não deixando nada além de sons de gritos pairando no ar e o cheiro amarelo-mostarda de enxofre. Ao meu lado está parada uma pessoa, um corpo sem rosto, apenas buracos onde os olhos deveriam estar, substituídos por carvões incandescentes.

— Não! Não! — Levantei sobressaltada e o suor acumulado na base de minha coluna ficou frio. Michael ainda estava sentado ao meu lado. Rastejei até o colo dele, tremendo violentamente, muito assustada para ficar envergonhada. A corrente elétrica voltou. Dessa vez ela foi reconfortante em vez de perturbadora. Concentrada em respirar em vez de apenas engolir ar, eu me forcei a ficar calma até chegar a um ponto em que conseguiria formar palavras.

— Desculpe — consegui dizer. — Está tudo bem.

— Mentirosa.

Michael me balançou para a frente e para trás, me consolando. Pela primeira vez ele não pareceu se importar com o fato de estarmos tão próximos. Eu sabia que eu não me preocupava.

Descansei a testa no ombro de Michael. Ele esfregou minhas costas fazendo pequenos círculos enquanto eu me concentrava em regular minha respiração. O relógio de pêndulo no canto da sala bateu duas vezes, ecoando pelo recinto.

No silêncio que se seguiu, a vergonha substituiu o medo.

— Não faça isso.

— O quê?

Pressionei o rosto contra o peito dele, me escondendo.

— Posso perceber que você está envergonhada e não quero que fique. — Ele levantou meu queixo. — Tenho certeza de que você teve esse sonho antes. Como ele era?

— Não é que eu não queira contar, eu apenas... não consigo.

— Em? — Meu cabelo tinha se soltado do elástico. Ele passou a mão pelos fios sobre meu ombro antes de colocar os dedos em minha nuca. — Se você precisar falar, estou aqui para te ouvir.

A dor refletiu de volta para mim, vindo das profundezas de seus olhos. A parte emocional da nossa conexão me pegou pelo pescoço. Tive a sensação de que ele já sabia o que eu ia dizer.

— Meus pais. O dia em que eles morreram.

Ele ajeitou meu corpo, me apoiando com firmeza na dobra do braço, e a eletricidade entre nós se acalmou até chegar a um zumbido sutil.

Respirei fundo, tremendo enquanto soltava o ar.

— Estávamos de férias, em uma estação de esqui. Tinha começado a ver as dobras alguns meses antes de irmos. Meus pais não sabiam o que fazer. Acho que eles queriam me tirar da cidade para ver se aquelas coisas parariam.

Ele estava escutando, me observando cuidadosamente, talvez imaginando se eu ia surtar.

Eu me perguntei a mesma coisa.

— Estávamos com pressa para pegar o ônibus que levava até a pista avançada. Eu não conseguia achar um dos meus bastões de esqui. Falei para minha mãe ir com meu pai, porque eu era velha o suficiente para andar de ônibus sozinha. — Encolhi o corpo quando me lembrei do tom de voz que usara. — Ela havia começado a agir como uma mãe superprotetora desde que sua caçula passou a mostrar sinais de que estava ficando maluca.

— Você não me parece o tipo de garota que aceitaria uma atitude superprotetora.

Ele segurou minha mão.

— Eu odiava aquilo. Mas ela não queria ir sem mim. Nós ainda discutíamos quando passamos pelo saguão. Eu não estava prestando atenção e alguém esbarrou em mim. Deixei minha mochila cair. Minhas coisas se espalharam por todo lado. Minha mãe ficou frustrada e eu disse a ela para ir em frente. Ela foi.

Quase como se fosse ontem, eu podia sentir o vento frio enquanto a porta giratória rodava. Podia ver minha mãe entrar nela, seu cabelo louro balançando sobre o rosto, a expressão em algum lugar entre pena e decepção.

— O máximo que as autoridades conseguiram descobrir foi que eles escorregaram sobre um pedaço de gelo ou foram jogados para fora da estrada por alguém. O ônibus que fazia o traslado desceu a encosta da montanha e caiu em um lago parcialmente congelado. — Meus lábios começaram a tremer. — O gelo quebrou. Levaram três dias para recuperar todos os corpos.

Michael não disse nada, apenas segurou minha mão com mais força. Encostei a bochecha no ombro dele. Mas não parei de falar:

— A última coisa que eu disse... A última coisa que disse à minha mãe... foi que eu não precisava dela. Disse a ela que não precisava dela me rondando, que eu podia tomar conta de mim mesma.

Falei que não precisava dela. Nunca havia dito aquilo a ninguém. Nem mesmo ao Thomas.

Tinha sido muito horrível repetir aquilo em voz alta. Compartilhar a lembrança significou viver tudo novamente.

— Mas você os amava — disse ele. — E eles amavam você.

— Eu sei.

Ficamos sentados, imóveis — os únicos sons na sala eram nossa respiração e o tique-taque do relógio. Eu podia sentir seu peito subindo e descendo.

— Oh, não, Emerson. — Michael se ajeitou no sofá. A pele ficou pálida sob seu bronzeado. — Sou tão idiota... Liam... se alguém tem o direito de mudar algo no próprio passado, é você.

— Pare. — Neguei com a cabeça.

— Podemos tentar achar uma forma...

— Existe? — Minha voz falhou. — Existe uma forma?

— Eu não... não sei. — Dava para ver nos olhos de Michael que ele sabia. Sabia que aquilo era impossível. Engoli em seco, mordendo o interior de minha bochecha, esperando que as lágrimas não caíssem.

— Se você mudasse aquela trilha, ela também mudaria outras. Paradoxos não podem acontecer, não é? Além disso, houve funerais. Corpos.

Tentei manter o tom leve e falhei miseravelmente.

— A não ser que exista outra teoria em sua manga.

— Não. — Com o polegar, ele secou uma lágrima solitária em minha bochecha. A preocupação por trás do gesto quase acabou comigo. — Gostaria que pudesse ser diferente. Gostaria de poder mudar as coisas.

— Eu contei tudo porque quis, não porque queria que você me ajudasse a mudar nada. — Sorri timidamente para ele. — Além disso, posso cuidar de mim mesma. Tenho feito isso há anos.

— Emerson, você acabou de compartilhar seu segredo mais profundo comigo. Dou muito valor a isso. Não aja como se não fosse nada.

Se ele já não estivesse segurando meu coração na palma da mão, eu o teria tirado e lhe dado naquele momento.
Fechei os olhos e respirei fundo.
Eu também gostaria que as coisas pudessem ser diferentes.

Capítulo 25

Acordei com o sol lutando para entrar pelas frestas entre as tábuas de madeira horizontais que cobriam as janelas, quase declarando vitória. O ambiente possuía luz suficiente para me dizer que tínhamos perdido nossa volta cedo a Ivy Springs.

Que pena.

Eu havia passado a noite na cama de Michael. Contorci os dedos, agradecida por ele ao menos ter tirado meus sapatos para me acomodar na cama — ainda totalmente vestida —, antes de voltar para o andar de baixo para dormir no sofá. O rapaz era um exemplo de correção. Inspirei profundamente, notando que o travesseiro cheirava tão bem quanto ele. Resisti ao desejo de afundar o rosto na fronha.

Enquanto meus olhos se ajustavam, fiz o reconhecimento dos arredores. Definitivamente não tão chique quanto o loft, mais estilo universitário, porém um universitário arrumado e limpo. Um edredom quadriculado de azul e verde combinava com o azul-marinho das paredes. Sua escrivaninha tinha uma luminária ajustável, além de um laptop moderno como o do seu loft. Um violão colocado sobre um apoio no canto do quarto estava ao lado de uma estante cheia de livros. Aquela combinação toda parecia muito... Michael.

Cedi ao desejo, virando o rosto para o lado e inalando profundamente o perfume do travesseiro. Uma batida suave soou na porta. Ficando quente de vergonha, eu me abanei por um segundo antes de dizer:

— Entre.

Michael abriu a porta, sorrindo.

— Ei.

Acordar e ver aquele rosto pareceu muito pessoal. Talvez tivesse sido porque na noite anterior eu havia me aberto com alguém que não era um membro da família pela primeira vez em quatro anos. Ou talvez fosse simplesmente porque era ele.

Ou podia ser o lance do travesseiro.

— O chuveiro fica naquela porta. As toalhas estão debaixo da pia. Vou ver se o café da manhã já está pronto.

Ele deixou minha bolsa dentro do quarto e saiu antes que eu pudesse dizer algo.

Tomei banho e me vesti rapidamente, feliz por sempre carregar uma escova de dentes de viagem e itens básicos de maquiagem em minha bolsa. Voltei ao quarto para encontrar Michael sentado na cama, segurando duas canecas de café. Ele olhou para meu modelito todo preto.

— Você virou emo sem que eu percebesse? — perguntou ele, com o sorriso ainda no rosto.

Passei a mão na camisa e de forma afetada disse:

— Não sabia como seria a Hourglass. Trouxe estas roupas para o caso de precisar me camuflar na escuridão.

— Você está parecendo um assaltante em miniatura.

— Não se esqueça de que eu posso bater em você.

— Desculpe — disse ele, de maneira falsa.

— Eu me sinto mal de expulsá-lo de seu próprio banheiro — falei, enquanto pegava a cadeira vazia em sua escrivaninha.

— Não tem problema. Há muitos outros chuveiros por aqui. — Percebi que ele estava com o cabelo úmido quando me ofereceu uma das canecas. — Desculpe por não ser um *cubano*.

— Não tem problema. Cafeína é cafeína — falei, pegando a caneca, feliz por ele ter se lembrado da minha preferência em bebidas matinais, acometida pela estranheza da manhã seguinte. Não sabia o que falar em seguida. Ele interrompeu o silêncio.

— Tem comida na cozinha quando você estiver pronta para descer.

— Parece uma boa ideia. Eu também provavelmente deveria ligar para o Lei de Murphy. Não posso acreditar que já faltei ao trabalho e esta é apenas minha primeira semana no emprego.

Lily provavelmente estava louca de preocupação. Ou convencida de que Michael tinha me sequestrado para me transformar em escrava sexual. Se a resposta fosse tão simples.

— Já liguei para lá. Disse que ficamos presos aqui. Eles deram o dia de folga, mas isso pode ter tido algo a ver com a menina ao fundo, gritando que renderia você caso ainda estivesse com o "Delícia".

— Obrigada.

Coloquei um grande gole de café na boca e engoli, apesar de ele ainda estar escaldante, me concentrando no carpete.

— Pronta para voltar? — perguntou ele. Não levantei os olhos, mas pude escutar o prazer em sua voz. — Ou você tem alguma coisa para fazer hoje?

— Sou toda sua. — Aquilo saiu antes que eu pudesse evitar. — Hmm... quero dizer, acho que vou ter problemas de qualquer forma porque passei a noite com você... aqui, quero dizer, passei a noite aqui. — Parei de falar e soltei um suspiro profundo. — Tenho tempo.

Podem me matar agora.

— Que bom. — Michael se levantou, seu sorriso largo o suficiente para dividir seu rosto ao meio. — Porque precisamos contar à Dra. Rooks sobre quem você é realmente.

Capítulo 26

Uma escada nos fundos levava a uma cozinha ensolarada com chão de carvalho e paredes pintadas de amarelo-limão. Michael se juntou a dois rapazes em uma mesa, mas parei quando vi a Dra. Rooks em pé em uma ilha na cozinha com tampo de cerâmica, fatiando frutas. Nunca tinha visto alguém cortar a casca marrom e grossa de um abacaxi com tanta habilidade. Pedaços grossos formavam pilhas, fazendo o ambiente cheirar como um bar na beira da praia e me dando água na boca.

— Bom dia.

— Para você também — disse ela com sua voz melodiosa, pegando uma enorme laranja de uma cesta ao seu lado. — Michael disse que você e ele tiveram uma conversa que varou a madrugada.

— Hmm... Sinto muito por você ter preparado a cama para mim e eu não ter usado.

Ela colocou a faca sobre o azulejo e olhou para mim por baixo de seus cílios ridiculamente longos.

— Eu nem tirei o colchão da embalagem.

Meu queixo caiu e ela riu.

— Não é o estilo dele e devo dizer que fiquei muito surpresa, considerando tudo isso. Mas não se preocupe. — Fiquei imaginando o que ela quis dizer com "considerando tudo isso". Ela sorriu e me deu um pedaço de fruta. — Ele é um garoto especial.

O calor se espalhou pelas minhas bochechas. Inclinei o corpo para a frente para impedir que o abacaxi doce pingasse em minha blusa, colocando a mão sob o pedaço de fruta. O gosto era ainda melhor que o cheiro. Mastiguei enquanto tinha dificuldade em pensar no que falar a seguir.

— Não foi isso... quero dizer, nós não... não é... *assim*... conosco.

— Desculpe. Não devia ter feito suposições. — Ela furou a casca fina da laranja com a faca. — Achei que o que senti entre vocês era muito forte. Talvez tenha me enganado.

Um suporte para papel toalha na forma de um coelhinho estava sobre o balcão, orelhas saindo do tubo de papelão, pés enormes mantendo o rolo no lugar. Arranquei uma folha para limpar o caldo de minhas mãos.

— Só gostaria de me desculpar por qualquer inconveniente, Dra. Rooks.

— Cat. — Sorrindo, ela voltou a cortar a laranja. — Não houve nenhum inconveniente.

Ela era tão bacana que quase considerei a possibilidade de estudar física. Quase.

Uma discussão se ergueu na mesa:

— Batman ganha. Nenhum poder sobrenatural, apenas pura vontade, o desejo de consertar os males. — Um rapaz com dreadlocks e olhos expressivos cravou o garfo em uma pequena panqueca. Estava vestindo uma camisa com estampa havaiana. — Tudo que ele precisava era determinação.

— Esse é um argumento tão fraco, Dune. Super-Homem, com certeza. Ele é o *Super-Homem*. Quem é melhor que o Super-Homem? — Um rapaz com cabelo preto espetado, rajado com faixas em verde-neon, comeu uma garfada do maior prato de ovos mexidos que eu já tinha visto. Ele levantou os óculos pretos de armação grossa.

— A não ser que você considere os X-Men uma pessoa em vez de uma equipe...

— Ei, pessoal — interrompeu Michael quando me viu assistindo —, odeio interromper esta brilhante discussão de café da manhã, mas quero apresentar vocês dois à Emerson. Estes são Nate Lee e Dune Ta'ala.

— Oi. — Ainda bem que minhas bochechas continuavam coradas da conversa com Cat. Fiquei me sentindo como uma participante de um concurso de beleza, à mostra e esperando julgamento.

A boca de Nate se escancarou, me concedendo a irresistível visão dos ovos parcialmente mastigados. A expressão de Dune era parecida com a dele — tirando a parte da comida. Eles não estavam olhando para mim, mas para algo atrás de mim.

O que havia de errado com aqueles dois?

Obtive minha resposta quando ouvi uma voz feminina atrás de mim:

— Ora, ora. É um enorme prazer conhecê-la.

Eu me virei para ver quem era capaz de despejar uma quantidade tão grande de sarcasmo tão cedo.

A garota da foto.

Eu tinha um dilema. Não conseguia encontrar absolutamente nenhum motivo para dar um tapa no rosto da garota parada na porta da cozinha.

Mas queria muito um.

Suas pernas eram muito compridas. Magras, mas com curvas. Muitas curvas. O rosto era perfeito como se fosse de cirurgia plástica, mas eu tinha uma sensação horrível de que a maior parte dele era natural.

Ou todo ele.

Ela usava saltos impossivelmente altos e uma saia impossivelmente curta, e o cabelo castanho-avermelhado escuro estava preso para trás pelo óculos de sol de marca empoleirado sobre a cabeça.

Michael se levantou, colocando-se entre nós duas.

— Emerson — disse ele, a voz contida —, esta é Ava.

Sorri, mas tinha quase certeza de que estava apenas mostrando os dentes.

— É um enorme prazer conhecê-la também.

Enquanto nos encaramos, percebi que eu estava sendo mesquinha, imatura e ciumenta sem motivo, mas qualquer garota que já competiu por um cara sabe como é quando você bate de frente com sua adversária.

Tive a horrível sensação de que eu ia me dar mal.

Girar na direção da ilha na cozinha para pegar uma fatia de laranja me deu um momento para me recompor. Quando me virei novamente, Ava e Michael estavam sentados juntos à mesa, a mão dela sobre o joelho dele. Virei novamente para o outro lado.

Tinha espremido a laranja até virar suco.

Pegando outra toalha de papel no suporte de coelhinho, usei-a para limpar o suco grudento que escorria pelos dedos. Dune quebrou o silêncio com a voz grave:

— Então, Emerson, vai se mudar para a Casa dos Renegados?

— Apenas visitando — respondeu Michael. — Nate, feche a boca.

— Achei que vocês tivessem chegado aqui ontem à noite. Ouvi vozes tarde — disse Nate depois de engolir fazendo barulho.

Virei o corpo a tempo de ver Michael colocar a mão de Ava de volta no colo dela. Ava espichou o lábio inferior e me perguntei o que eu não estava captando.

— Cat, há algo sobre o que eu gostaria de falar com você — disse ele. — Em particular. Você tem tempo hoje?

— Tenho. — A testa de Cat se enrugou levemente quando ela olhou de Michael para mim, então para Ava. — Só preciso cuidar de algumas coisas lá em cima e já vou descer.

Dune se levantou e empurrou a cadeira. Ela fez barulho no chão de tábua corrida, coisa que me deixou irritada. *Mais* irritada.

— Tenho que juntar nosso equipamento. A água está esperando. — Ele desapareceu por um segundo antes de passar a cabeça de volta pela porta. — Prazer em conhecê-la, Emerson.

Ele olhou para Ava e sumiu novamente.

— Água? — perguntei. — O que ele quis dizer com isso?

— Ah, é só que Dune tem algumas habilidades quando o assunto é aquático — respondeu Nate. — Habilidades lendárias.

— Ele também tem as próprias habilidades lendárias. — Michael apontou para Nate. — Ele não só é um consumidor em massa de proteínas, mas também...

— Ah, vamos guardar os detalhes para outra hora. Quanto à proteína, estou tentando ganhar massa. Não está adiantando muito. — Nate apontou para seu peito ossudo e sorriu. Ele se levantou da cadeira, com seus braços e pernas finos, e seguiu Dune. Me deixando sozinha com Michael e Ava.

Ela me encarou friamente antes de jogar o cabelo sobre o ombro e voltar a atenção para Michael. Não havia nada de frio na forma como ela olhava para ele.

— Preciso falar com você. No meu quarto.

Ela *morava* aqui?

Meu estômago se embrulhou. Agora eu podia entender o comentário de Cat. Ela estava surpresa que Michael tivesse me trazido aqui, levando em consideração que Ava morava na casa. Ontem à noite eu tinha me aconchegado no colo dele e aberto minha alma.

Eu tinha me despido emocionalmente para ele no sofá enquanto Ava estava dormindo no andar de cima.

E pela forma que ela olhava para ele, os dois eram bem mais que apenas amigos.

Capítulo 27

O olhar de Michael se moveu de Ava para mim, se demorando sobre meu rosto, provavelmente calculando os estragos.

— Me deixe cuidar da Em... erson. Subirei em um segundo.

Cuidar de mim? Foi isso que ele tinha tentado fazer ontem à noite?

Ele ainda estava olhando fixamente para mim quando Ava se levantou.

— Não demore. — Ela passou ao meu lado sem olhar para mim. Pensei na foto dela na estante no loft de Michael e meio que tive vontade de tê-la roubado.

Porque eu realmente queria jogar dardos nela.

Caí em uma poltrona vazia, cruzei os braços e as pernas e esperei Michael dizer algo.

— Hmm... acho que devo explicar.

— Explicar o quê? — Um toque sutil, mas perceptível, de algo desagradável em minha voz traiu meu tom calmo.

— Quem são todas essas pessoas. Eu lhe disse que a Hourglass fazia trabalhos de consultoria e aconselhamento. — Ele puxou uma cadeira até o lado da minha poltrona e começou a se sentar. Olhei de cara feia para ele, que botou o pé sobre o assento em vez disso, repousando um antebraço na perna, enquanto explicava. — Você viu ontem à noite como a casa e o terreno são grandes.

— Vi.

— Dune é de Samoa, Nate é de Nova York e Ava é da Califórnia. Eles são alunos que vieram para estudar na escola que Liam montou. — Ele manteve os olhos nos meus. — Outras pessoas estudam lá também, mas a maioria delas se mudou para cá com as famílias.

— Existe uma escola ligada à Hourglass? — perguntei, gostando da ideia, mas não muito feliz por causa do timing da descoberta.

— Liam contratou a equipe. Sermos educados por professores que nos entendem foi a única forma que muitos de nós conseguimos para ter um ensino decente. Nate e Dune foram convidados a sair da escola depois que Landers percebeu que eles não iam concordar com a forma como as coisas estavam indo. Foi então que eles se mudaram para cá.

Eu não conseguia acreditar naquilo. Nunca ter que explicar nada, porque todos à sua volta possuíam qualidades tão estranhas quanto as suas. Sem precisar dar desculpas para sair da sala porque uma jovem rebelde dos anos 1920 resolveu dançar charleston ao lado de seu professor enquanto ele ensinava sobre as qualidades reprodutivas dos sapos.

— O lugar deve ser incrível.

— Na maior parte do tempo. Todas aquelas habilidades variadas no mesmo lugar... — Michael sorriu. — Vou te contar algumas histórias um dia.

Depois de conhecer Ava, não conseguia prever muito tempo com Michael no meu futuro. É claro que ele sabia muito mais sobre o futuro que eu, apesar de não compartilhar nenhuma informação.

— Nate chamou este lugar de Casa dos Renegados. Por quê?

— É o nome daqueles que, como nós, foram expulsos por Landers. Como estamos trabalhando contra ele, somos renegados.

— Mas Ava foi expulsa? E vocês começaram a namorar antes ou depois que começaram a morar juntos?

— Opa! — Michael jogou a cabeça para trás, surpreso. — Não é nada disso. Só a convidei para se mudar para cá há duas semanas.

— Ah. — Mordi o interior da bochecha, me concentrando em manter o rosto sem expressão. — Bem, então...

— Quero dizer... — Ele tentou se corrigir. — Ela ainda estava na Hourglass tentando ajudar Kaleb, mas eu não queria mais que Landers tivesse acesso a ela. Precisava mantê-la afastada dele.

— Você não é mesmo um cavaleiro em uma armadura brilhante? — Minha voz pingava uma doçura melada e quaisquer sentimentos aconchegantes e confusos que haviam sobrado da noite anterior desapareceram completamente em um vácuo. — Onde você deixa seu cavalo? E quem limpa a merda que ele deixa pelo caminho?

Ele se apressou para explicar.

— Não, não, não... Não é a mesma coisa que nós...

— Pare. — Não havia nenhum nós. — Você não é obrigado a me dar nenhum detalhe, Michael. Realmente não é.

— Mas Em...

— Não. Sério. — Tentei controlar minhas emoções. Não tinha nenhuma razão para estar tão irritada. Se alguém tinha o direito de estar chateada, era Ava. Aparentemente agora era eu a outra mulher. E estava me metendo no território dela.

Cat enfiou a cabeça no canto da sala, efetivamente dando um fim à conversa.

— Podemos conversar agora, Michael?

— Ele pode sim. Vou sair. — Levantei e saí na direção da porta dos fundos.

— Espere — disse Michael com urgência.

Parei, mas não olhei para trás:

— O quê?

— A coisa que eu lhe dei ontem... trouxe com você? — perguntou ele.

— Você me falou para não perder aquilo de vista. — Olhei para ele por cima do meu ombro. — Está na minha bolsa.

— Você poderia pegá-la e trazê-la aqui para baixo? E... — Ele fez uma pausa, olhando para Cat com o canto do olho. — Não precisa ter pressa.

— Claro.

Corri até o quarto de Michael, mas desci a escada silenciosamente com o fichário, parando logo ao lado da porta da cozinha.

— Você a encontrou?

— É mais como se ela tivesse me encontrado — disse Michael suavemente.

Encostei meu corpo à parede que dava para a cozinha.

— Como ela aceitou tudo? — A ansiedade marcava sua voz.

— Ela só ficou sabendo há dois dias.

— É da mesma forma que era com Liam e Grace? A química entre vocês dois?

Ele não falou nada.

— Eu sabia. Dava pra sentir. Michael...

— Antes eu nunca entendi, mas agora que conheci...

— Ela sabe?

Michael ficou em silêncio novamente.

Percebi que estava prendendo a respiração. Eu sabia o quê?

— Por que ela está demorando tanto? — perguntou Cat.

Um som de algo se arrastando chegou aos meus tímpanos. Tomei um susto e segurei o fichário mais apertado contra o peito.

Fiz barulhos de quem estava descendo a escada e entrei na cozinha, tão esbaforida quanto se estivesse correndo. Cat estava parada ao lado da mesa e praticamente arrancou o fichário de minhas mãos, ninando o objeto contra o peito, como se ele fosse incrustado com pedras preciosas. A forma como ela o segurou me fez imaginar por que Michael tinha confiado em mim para guardá-lo. Eu gostaria de ter entendido mais do que li. Virei as costas para sair da cozinha.

— Em, espere. Sente-se. — Michael apontou para a cadeira vazia ao lado dele. Olhei para ele por um momento. Ele puxou a cadeira. — Por favor.

Ocupei a cadeira que ele ofereceu, juntei as mãos e as coloquei sobre a mesa. Cat disse:

— Michael acabou de me contar o que você pode fazer.

As palavras dela soaram como uma acusação, e depois que ela tomou o fichário de mim daquela forma, não pude evitar ficar na defensiva.

— Eu me desculparia, mas também não estou feliz com isso.

— Não. — Ela esticou o braço para tocar minha mão, seus olhos arregalados, cheios de espanto. — Desculpe. Estou... chocada. Isso muda tantas coisas. Abre tantas possibilidades. Mal posso acreditar.

Muito frustrada para escutar ela falando sem objetividade, perguntei:

— Que tipo de possibilidades, especificamente?

— Você é metade de um par único. Jamais conheci ninguém, além de Liam e da esposa, que pudessem fazer o que você e Michael podem. Isso muda as coisas para mim, para meu dom. — Ela tirou a mão de sobre a minha e a colocou no fichário. Notei uma ponta de tristeza em seus olhos enquanto ela se sentava. — Você teve a oportunidade de ler as informações explicando como você e Michael viajam?

— Tentei, mas não entendi a maior parte.

— Vou tentar simplificar para você. Uma das muitas teorias sobre viagem no tempo é a teoria do buraco de minhoca. Buracos de minhoca conectam dois pontos no espaço, como uma ponte. — Cat abriu o fichário com reverência e virou as páginas até chegar a um diagrama que podia muito bem ter sido desenhado com tinta invisível. Ela passou os dedos por uma série de equações. Eu me perguntei se não deveria estar fazendo anotações. — Entendeu?

Senti meus olhos se arregalarem como discos voadores e ela parou, fechando o fichário.

— Desculpe, não foi minha intenção tornar tudo tão técnico. Aqui estão as informações básicas. As pontes podem conectá-la a um tempo diferente, mas elas precisam se manter estáveis e abertas para que a viagem aconteça. Isso é possível usando matéria negativa, também conhecida como matéria exótica. Foi simples o suficiente?

Claro.

— O que isso tudo tem a ver com a sua habilidade? — perguntei.

Cat ficou em silêncio por um momento.

— Eu crio matéria exótica.

— Em um laboratório ou algo assim?

— Assim. — Ela fechou os olhos e então juntou as mãos como se estivesse carregando água nelas. Alguns centímetros acima das palmas de suas mãos, uma esfera roxa apareceu rodopiando. Não era sólida, era mais como gás, pulsando e girando, soltando uma leve bruma. Tudo mais na sala ficou escuro. Eu só conseguia me concentrar na energia nas mãos de Cat. Inclinei o corpo para a frente, cada vez mais perto, atraída por aquilo de uma forma que não conseguia explicar.

Eu meio que estraguei a demonstração quando me aproximei tanto que caí da cadeira.

Cat arfou e juntou as mãos. A bola giratória desapareceu e a sala estava cheia de luz novamente.

Michael se aproximou para me ajudar. Eu estava muito chocada para ficar envergonhada ou responder ao toque.

— Emerson meio que precisa de um aviso antes de você despejar coisas assim sobre ela.

Agora eu entendi a discussão sobre super-heróis no café da manhã. Os habitantes desta casa estavam discutindo seus colegas fictícios.

Sem problema.

— Como... — Parei por um segundo. — Você fez aquilo?

— Química corporal? — Cat agia como se aquilo não fosse nada de mais. — É difícil explicar. A ciência sempre me intrigou, especialmente o estudo de matéria positiva e negativa, buracos de minhoca, buracos negros...

Ela havia acabado de produzir matéria. *Matéria*. Com a *mão*. Eu mal podia acreditar naquilo, mas não vi uma forma daquela esfera roxa giratória ser um truque.

— Criar matéria exótica verdadeira, ou negativa, geralmente é considerado impossível. É uma substância muito volátil. — Cat parecia estar repetindo uma palestra que ela dera centenas de vezes. — Liam me ensinou o que podíamos fazer ao juntar nossos talentos particulares. Usando os termos mais simples, eu abria pontes e ele viajava por elas.

— Acredito em você, sobre todo esse lance científico. — Afastei o pensamento com a mão. Apesar de estar interessada em aprender como ela e Liam Ballard juntaram todas as peças, naquele momento eu estava mais intrigada pela jornada pessoal de Cat. — Como você descobriu que podia fazer aquilo? Criar matéria.

— Cresci em uma ilha. Quando era pequena, costumava fugir da cama no meio da noite e deitar em uma rede que ficava pendurada entre duas palmeiras em nossa propriedade. — Os olhos escuros de Cat se tornaram sonhadores e eu a acompanhei, ouvindo as ondas batendo na areia, sentindo a brisa quente me acalmar enquanto eu balançava. — Eu ficava olhando para as estrelas acima de mim e imaginava como seria flutuar entre elas.

"Uma noite sonhei que podia segurar uma galáxia em minha mão. Observei enquanto ela se formava, a senti orbitar, como se eu mesma a tivesse criado. Soprado vida nela. Quando acordei, o que você acabou de ver estava girando em minha mão como se ali fosse mesmo o seu lugar de direito.

— Quantos anos tinha? — perguntei.

— Onze. Eu sabia que o que eu podia fazer era especial e precisava ser testado. Aprendi tanto quanto pude no segundo grau, me formei aos 16 anos e fui direto para a faculdade com uma bolsa de estudos para estudar física. Fiz trabalho voluntário como assistente de um professor para ter acesso ao laboratório. — Ela fez uma pausa, os lábios divididos em um leve sorriso. — Foi lá que encontrei Liam pela primeira vez.

— Como ele sabia o que vocês dois podiam fazer juntos? A coisa toda da viagem no tempo.

— Ele tinha alguns... recursos externos. — O leve sorriso desapareceu e a voz voltou a ter um tom profissional. — Você e Michael não falaram absolutamente nada sobre a logística das viagens?

— Não. — Porque até o momento em que a bola roxa se formou na mão de Cat, eu havia esperado que ele tivesse inventado aquela coisa toda, então não tinha perguntado. Agora eu esperava que ele estivesse dizendo a verdade, porque, se não estivesse, minhas alucinações tinham tomado um rumo completamente novo. Para pior.

— Dê o anel para ela — disse Cat, inclinando a cabeça na direção da mão de Michael.

Ele tirou o anel que trazia no polegar e o passou para mim. Eu o levantei na luz e, pela primeira vez, percebi uma série contínua de pequenos números oito gravada no aro.

— O que o número oito gravado em um anel de prata tem a ver com viagem no tempo?

Michael pegou o anel de volta, com o cuidado de não tocar minha pele enquanto fazia aquilo.

— É o símbolo do infinito, não o número oito, e o anel não é de prata. É de durônio, um metal que não foi identificado em nenhuma tabela periódica.

Pensei por um momento:

— Então, se estou entendendo tudo isto corretamente... nossos genes, mais o anel de durônio, mais a matéria exótica de Cat são iguais a viagem no tempo?

Ele confirmou com a cabeça.

— Moleza. Nem um pouco assustador. — Olhei fixamente para o anel por um longo momento. — E como faço para arrumar uma belezinha destas? Imagino que não dê para comprar algo assim na internet.

— Vamos cuidar disso — disse Michael.

— Por favor. — Voltei minha atenção para Cat. — Michael me contou que existiam outras pessoas por aí com habilidades especiais. Que tipo de habilidades?

— Todos os tipos. — Ela inclinou a cabeça na direção de Michael enquanto perguntava. — Você quer explicar essa?

Seu tom indicava que não era uma questão de quem queria esclarecer a pergunta, porém, mais que isso, se a pergunta devia ser respondida ou não. Mais segredos.

— Sim — respondeu ele, enquanto batucava com os dedos na mesa. — Existem outros lugares como a Hourglass. Não muitos, mas existem — disse ele. — Alguns deles têm certas... áreas de especialização. Eles podem atrair aqueles que têm talento para caçar espíritos ou habilidade de transformação...

Respirei sobressaltada. Ele continuou, se virando para olhar para mim. Enquanto ele se mexia em sua cadeira, toda a extensão da perna se encostando à minha debaixo da mesa. O fato de que eu não estava hiperventilando era uma prova de como eu estava estupefata por causa do que tinha acabado de ouvir.

— Sinto muito — falei sem forças, balançando a cabeça para o caso de meus ouvidos precisarem de limpeza —, mas você acabou de falar... talento para caçar espíritos ou *habilidade de transformação*?

— Maus exemplos. Não devia ter falado disso — disse Michael precipitadamente, se levantando. Fiquei imaginando se o toque acidental o fez levantar ou se foi o assunto da conversa. Ele se afastou da mesa para andar de um lado para o outro, girando o anel no polegar enquanto andava. — Não é meu objetivo assustá-la.

— Que pena — respondi —, porque você estaria se saindo muito bem se fosse.

— Emerson, nada do que fazemos é simples ou totalmente definido. — A voz de Cat carregava uma ponta de impaciência, fazendo eu me sentir um pouco burra. — Apenas escute o que temos a dizer e pelo menos tente compreender. Não pode ser tão difícil assim.

Michael virou a cabeça rapidamente para Cat. Ela se endireitou e o olhar impaciente desapareceu.

— Desculpe. Vivo nesse mundo há tanto tempo que esqueço como pode parecer estranho olhando de fora.

Michael continuou a encarar Cat, sua expressão tão intensa que me deixou nervosa. Ela moveu os olhos e ele se virou para mim.

— A Hourglass tem uma especialidade também. Todos ligados a ela têm uma habilidade que envolve manipulação do tempo.

Eu ainda estava tentando interpretar o olhar que ele tinha direcionado a Cat, então demorei um segundo para entender as palavras de Michael.

— Achei que você havia dito que éramos os únicos que podíamos viajar.

— E somos. — Ele se sentou ao meu lado novamente, mas afastou um pouco a cadeira. — Mas tempo é um conceito fluido. Ele pode ser atrasado, acelerado, parado.

Pensei na possibilidade mais impossível que passou pela minha cabeça, algo que pudesse ter saído de um filme.

— Então se alguém estivesse atirando em mim e eu tivesse a habilidade de parar o tempo, daria para segurar a bala no ar antes de ela me atingir? — perguntei, rindo.

Ele nem sorriu.

— O fato de algo desse tipo ser possível a irrita?

— Não mais que o resto das coisas — resmunguei, o riso morrendo em minha garganta. Deixei a cabeça repousar sobre as mãos. — Por que de repente passei a sentir que estou na extremidade mais normal do espectro da loucura?

— Eu sempre tento te dizer que normal é relativo — disse ele. — Você precisa de um tempo?

Eu precisava de um milênio.

— Eu posso... eu posso fazer aquelas outras coisas? Parar uma bala?

— Todas as indicações são de que sua habilidade é viajar para o passado.

— Isso é suficiente — falei, me sentindo um pouco melhor. Embora parar uma bala fosse uma habilidade útil para uma garota. — E quanto a todos os outros?

— Nate é como uma mistura de Oliver Twist e David Blaine. — Michael balançou os dedos como se estivesse tirando um coelho de uma cartola. — Habilidades de ladrão com talentos de ilusionista. Ele pode atrasar e acelerar coisas, incluindo ele próprio... tudo de acordo com suas necessidades.

— Como ele veio parar aqui? — perguntei, franzindo a testa. — Esse não parece ser o tipo de habilidade que Liam teria encorajado.

— Ele não a encorajou. Não para ganho financeiro, pelo menos. Mas há outras razões para se precisar dessas habilidades.

— E os outros?

— Dune pode influenciar a água. É mais útil do que parece. Ava... bem. Ela ainda está tentando descobrir algumas coisas. — Michael me deu um sorriso em tom de desculpas que desapareceu quando ele olhou na direção da escada nos fundos. — Por falar nisso, tenho que conversar com ela. Então poderemos voltar a Ivy Springs.

— Estarei bem aqui.

Fervendo de inveja.

Ele desapareceu pelo portal que levava à escada. Pelo som, ele estava subindo dois degraus de cada vez. Concentrei minha atenção em Cat:

— O que Nate e Dune estão fazendo hoje?

— Um trabalho de consultoria que eu arranjei. Dune pode controlar coisas como a maré e a direção em que um rio flui. É útil quando estamos procurando certas coisas, mas não é algo que ele possa usar com muita frequência. Ele também é um gênio da pesquisa, o que acaba sendo bem útil...

Ela continuou e tentei prestar atenção, mas minha mente seguia Michael até o quarto de Ava. O que eles estavam fazendo lá em cima? Ela disse que precisava conversar com ele. Eu realmente esperava que eles estivessem conversando. Realmente gostaria que ela não fosse tão linda. Realmente gostaria de subir e ficar escutando do lado de fora da porta do quarto. Eu não havia contado a Michael quando ele me perguntou no dia anterior, mas eu *tinha* aprendido a escutar a conversa dos outros no colégio interno. Com os outros alunos. Não com os professores.

Percebi que Cat estava em silêncio e esperando uma resposta para algo que ela dissera.

— O quê? Ah, meu Deus, me desculpe.

Ajeitei a postura, horrorizada, minhas mãos voando para a boca.

— Está tudo bem... sério. Sei que sua cabeça está em outro lugar.

— É tão óbvio assim? — Cobri o rosto para esconder que estava começando a corar.

— Entendo como são as coisas entre vocês — disse ela com sua voz cadenciada. — Era da mesma forma entre Liam e a esposa.

— O que você quer dizer? Como era?

— Cataclísmico. — Cat soltou uma risada ao ver minha expressão e bateu de leve em meu ombro.

Ouvi passos pesados descendo a escada, mais lentos do que tinham sido quando subiam. Michael entrou no aposento sozinho com o rosto cansado:

— Se não formos logo, seu irmão vai mandar uma equipe de busca.

— Levando em consideração que não falo com ele desde ontem, pode incluir tochas e tridentes.

— Está pronta? — Ele olhou na direção da porta dos fundos. — Quero sair daqui.

— Vamos.

Acho que estávamos com problemas no paraíso.

Torcia para que fosse verdade.

Capítulo 28

Deixei Michael no carro e planejamos nos encontrar no Lei de Murphy assim que voltássemos a Ivy Springs. Eu devia uma explicação a Lily. Antes de entrar na cafeteria, cheguei meu correio de voz. Sete mensagens de Thomas.

Meu irmão mais velho ia acabar com a minha raça.

Estacionei o carro e atravessei a praça, tentando pensar no que dizer a Lily. Parei do lado de fora do Lei de Murphy para tentar arrumar uma boa história. Ou pelo menos uma mentira decente.

Pela janela de vidro eu podia vê-la encostada ao balcão, olhando para o vazio. Estava segurando um lápis que se movia em um ritmo alucinante sobre um bloco de papel. Abri a porta da frente e a sineta soou chamando sua atenção. Ela enfiou o lápis e o desenho no bolso de seu avental e colocou as mãos na cintura.

— Garota.

A ênfase que ela deu à palavra fez uma centena de perguntas ao mesmo tempo.

— Não é o que você está pensando — falei, na defensiva.

— Então estou muito decepcionada com você.

Éramos duas.

— Eu não fiquei com ele desde que ele me buscou aqui! Ontem à noite, tive que sair para... fazer um negócio, encontrei com Michael, ficou tarde e perdemos a noção do tempo e...

— Você não precisa explicar nada para mim. — Ela pegou o pano de prato no ombro e começou a polir o balcão sem necessidade. — Seus segredos são só seus.

— Lily, por favor. — Estiquei o braço e tirei o pano da mão dela. — Não estou tentando esconder nada de você. Essa... coisa... com Michael é mais do que complicada. Por favor, acredite em mim.

— Está tudo bem. Eu entendo. Mas você tem que me dar uma colher de chá e dizer se a personalidade é tão boa quanto a embalagem.

Fui mostrando um sorriso devagar antes de fingir que estava tendo um ataque cardíaco, segurando meu peito e dando alguns passos para trás. Caindo sobre o balcão, escorreguei até o chão, me contorci algumas vezes e então caí na gargalhada.

— Você não está bem — disse Lily, mas ela riu e me ajudou a me levantar. — Entreguei o pano de prato a ela e fui para trás do balcão para pegar um copo de café para viagem. Estava começando a me arrastar depois da longa noite. Ficar perto de Michael mantinha minha energia à toda e agora que ele não estava por perto, eu me sentia como se estivesse saindo de uma descarga de adrenalina.

— Posso falar sério com você por um segundo? — Puxei a alavanca na máquina que derramava a poderosa mistura, inalando profundamente quando o líquido começou a encher meu copo.

— O que houve?

— Você alguma vez já se perguntou como seria sua vida agora se seus pais estivessem aqui e não em Cuba?

— Sim. — Ela puxou os bancos altos que guardava atrás do balcão para o caso de o movimento estar fraco e ela ter um momento para se sentar. — O tempo todo. Você está se perguntando como seria se os seus ainda estivessem vivos?

— Estou. — Eu me sentei no banco. Lily e suas pernas compridas faziam tudo parecer tão fácil. Eu praticamente precisava de uma escada. — Fico imaginando sobre todo o lance da depressão também. Se o acidente nunca tivesse acontecido, se meus pais estivessem presentes para me apoiar... será que eu teria sido capaz de lidar com tudo melhor do que lidei?

— Você nunca vai saber. E não pode voltar no tempo. Ninguém pode.

Não vi por que corrigi-la.

— O que acontece, Em, é que você não sabe se lutou contra a depressão por causa das circunstâncias ou se foi algo químico. Você pode ter que fazer isso de novo. Então faça tudo que puder para se manter bem, independentemente de ser tomar remédios, ou ter um aconselhamento, ou... o que quer que seja. — Ela jogou as mãos para o alto. — Exercício pesado... não sei.

Nós duas rimos. Lily sabia que eu não gostava de falar sobre minha depressão, mas sempre que eu falava, ela fazia um esforço tremendo para me dar força e apoiar minhas escolhas. Outra razão para amá-la.

— O que você acha do sobrenatural?

Ela franziu a testa.

— Você está falando de lobisomens e fantasmas?

— Talvez, mas principalmente coisas de super-heróis. Habilidades especiais como ler a mente ou premonições.

Ou manipular o tempo.

Levantando uma sobrancelha de forma cética, ela perguntou:

— Você se afastou da sua bebida ontem à noite? Alguém colocou algo nela?

— Lily, estou falando sério.

Ela mordeu a unha do dedo mindinho e ficou em silêncio por um momento, com a testa franzida:

— Não tenho uma opinião formada.

— Tem que ter — respondi. — Você realmente vai me dizer que nunca pensou nisso?

— Não, nunca pensei nisso. E realmente não quero pensar nisso agora — disse ela firmemente.

— Ei, está tudo bem. — Nunca tinha visto Lily reagir daquela forma a uma pergunta simples. — Só tava pensando.

— Quando você vai ver o Delícia novamente?

Lily se mexeu sobre seu banco, dobrando ao meio o pano em sua mão.

— Ele vai me encontrar aqui para irmos falar com Thomas. Ele não estava muito feliz por sua irmãzinha ter passado a noite fora de casa.

— Seu irmão tem uma arma? Se tiver, arrume um colete à prova de balas para o Delícia. Aquele garoto é bonito demais para ter um buraco enorme no corpo.

— Não — falei, rindo da ideia do meu irmão certinho com uma arma de fogo. — Thomas não tem uma arma. Tenho certeza de que tudo vai ficar bem assim que explicarmos.

Pelo menos eu esperava que ficasse.

— Explicar sobre como vocês simplesmente perderam a noção do tempo — disse Lily. — Certo?

— Hmm... certo.

Eu vinha sendo minha própria confidente havia anos. Não sabia como era realmente confiar tudo a uma amiga, e aqui estava eu, esperando que pudesse contar tudo a Lily. Eram muitos os segredos em minha vida.

A sineta tocou novamente quando alguém entrou na cafeteria. Soube que era Michael quando meu nível de energia aumentou dez pontos. Ele andou até o balcão, sorrindo para Lily.

— Michael — falei —, esta é Lilliana Garcia.

Lily, normalmente articulada e equilibrada — o exemplo perfeito da graciosidade —, apenas se sentou em seu banco e riu.

— Prazer em conhecê-la, Lilliana.

— Pode me chamar de Lily.

Sua voz também saiu como uma imitação de Marilyn Monroe e fiquei imaginando se Michael tinha aquele efeito sobre todas as garotas a quem era apresentado.

— Prazer em conhecê-la, Lily. — Ele deu outro sorriso e eu a ouvi suspirar baixinho. Quando ele me olhou, a expressão dele se suavizou. — Em, está pronta para enfrentar o problema?

— Tão pronta quanto possível. — Lily olhava para Michael como se fosse escalar o monte Everest e atravessar a nado o canal da Mancha se ele pedisse. Estalei os dedos para chamar a atenção dela. — Lily? *Lily?*

— Sim? — Ela arrastou os olhos para longe dele e limpou a garganta antes de falar. A voz aveludada acabou sendo desperdiçada comigo. — Sim?

— A não ser que Thomas me tranque no quarto, te vejo amanhã.

— Boa sorte. — Os dedos dela balançaram em um aceno feminino. — Tchau, Michael.

Viramos para sair e percebi Lily fazendo gesto de tigresa para atrair minha atenção sem Michael ver. Quando olhei por cima do ombro, fui agraciada com os gestos caricatos de mãos por toda parte do corpo. E talvez alguns beijos de língua, mas fechei os olhos antes de ter certeza.

Arrastei Michael para fora da loja e para o calor da tarde, antes que Lily passasse vergonha. Ou me fizesse passar vergonha. Andamos pelo meio da praça da cidade, passando por uma fonte e por diversos bancos de ferro forjado até chegar ao carro de Dru. Eu tinha, por milagre, conseguido pará-lo em uma vaga gratuita. O conversível de Michael estava estacionado logo atrás.

— Você acha que pode fazer um pouco da sua mágica com o meu irmão? — perguntei, enquanto esperava uma caminhonete passar antes de atravessarmos a rua.

A fumaça do cano de descarga pairou no ar e torci o nariz quando passamos por dentro dela.

— De que você está falando?

Apertei o controle para abrir a porta e o carro fez um barulho.

— Nem tente me dizer que você não reparou na reação da Lily. Ela *nunca* age daquele jeito ao redor dos caras.

Ele fez uma expressão de tédio e esticou a mão para abrir a porta do carro para mim.

— Estou falando sério sobre a mágica — falei, enquanto entrava no carro, o calor do couro esquentando a parte de trás das minhas pernas.

— Acho que você está sendo um pouco otimista em relação às minhas habilidades. Não vejo seu irmão muito animado com a ideia de você ter passado a noite comigo, mesmo se eu me metamorfosear no Houdini.

— Não passei a noite com você. Quero dizer, não *passei a noite* de verdade. — Agora meu rosto estava tão quente quanto minhas pernas. Fiquei em silêncio por um momento, olhando fixamente para o volante e esperando meu constrangimento diminuir. — De qualquer forma... essa coisa de voltar para ajudar Liam. Isso não é seguro, é?

— Definitivamente há uma enorme quantidade de risco envolvida — respondeu ele, se inclinando para repousar a mão na moldura da porta aberta, os ombros largos bloqueando a luz do sol.

Recostei no banco, feliz de não ter mais que apertar os olhos para olhar para ele. Preferia a visão que tinha de Michael com eles bem abertos.

— As pessoas na Hourglass sabem o que você é capaz de fazer. E se a notícia de que você encontrou um parceiro se espalhar? Alguém que possa ajudá-lo a mudar as coisas?

— Lembre-se que Kaleb ainda está lá dentro e ele não ouviu ninguém falando nada — disse Michael, batendo com as articulações dos dedos na janela do motorista. — Nesse momento, Jonathan provavelmente está preocupado demais em esconder qualquer prova para dar ouvidos a qualquer rumor.

— Então ele está ocupado — falei, sentindo pequenas gotas de transpiração se formarem na minha testa e sobre meus lábios. — Isso não quer dizer que ele não sabe nada a meu respeito.

— Tomamos precauções — prometeu ele. — Não existe nenhuma possibilidade de alguém na Hourglass saber algo, exceto Kaleb, e ele não vai falar uma palavra.

Ficando com mais calor a cada segundo, dei a partida no carro, ligando o ar-condicionado e ajustando as saídas do ar frio.

— E quanto à esposa de Liam?

— Quando você tem um laço como o deles... tão próximo... Depois que ele morreu, ela ficou realmente doente.

Michael olhou para o outro lado da rua, na direção da fonte.

— Ela está bem? Ela morreu? — Não conseguiria imaginar sair do esconderijo e descobrir que a pessoa que eu amava não estava mais no mundo.

Ele olhou para mim:

— Não doente dessa forma.

— Ah. — Meu tipo de doença.

— Se conseguirmos trazê-lo de volta, ela vai ficar bem — insistiu Michael. Uma brisa soprou pela porta aberta do carro, acabando com o que tinha restado da fumaça da caminhonete e trazendo o perfume de crisântemos. — Tudo vai ficar bem. Tenho que acreditar nisso.

Torci para que ele estivesse certo.

— Você acha que Jonathan Landers vai parar se salvarmos Liam?

— Não. Ele provou do poder. Acho que o que o motiva tanto é o desejo de ser como nós, embora ele saiba que não pode. Se ele souber que você está envolvida, não posso prometer que ele não virá atrás de você. — A expressão de Michael foi ficando ameaçadora. — Mas posso prometer que vou fazer tudo que for possível para impedir que ele chegue até aqui.

A forma como ele falou as palavras fizeram um arrepio se alastrar sobre minha pele. Foquei minha atenção no para-brisa, batucando com os dedos no volante.

Pesando as opções.

Se tudo que Michael e Cat me contaram fosse verdade, minha habilidade ia permitir que eu salvasse um homem, um homem com uma esposa e um filho. Um homem cuja vida tinha sido dedicada a ajudar os outros. Ele não apenas havia criado uma escola para pessoas como eu, mas também dava emprego a essas pessoas. Um futuro.

E agora lá estava Jonathan Landers. Se acreditássemos em Michael, Landers explorava aqueles que tinham habilidades, os usava. Imaginei que ele não tivesse nenhuma objeção a alimentar a insegurança e o medo para convencer pessoas a fazerem o que ele quisesse. Antes de conhecer Michael, eu seria um alvo perfeito.

Era uma escolha óbvia.

Olhei para os olhos de Michael, tocando em seu braço para me assegurar de que tinha sua total atenção.

— Pode contar comigo.

Michael pulou, não sei se por causa do choque dos meus dedos sobre a pele, ou se por causa das palavras.

— Você tem certeza?

— Como posso me negar a salvar a vida de uma pessoa? — Tirei a mão do braço dele e a coloquei debaixo da perna. — E se eu ajudar... bem, essa é uma boa razão para ser uma aberração.

— Em, você não é uma...

— Michael. Sou uma aberração. Você também é, Cat também. E Dune e Nate, e também... qualquer outra pessoa que a Hourglass já ajudou. — Não quis que Ava fosse parte dessa conversa. — Mas, pela primeira vez na minha vida, estou me sentindo bem a respeito disso. Agora sou uma aberração com um propósito.

— Então me diz por quê. Por que você quer ajudar?

Senti o peso que ele deu ao "Por quê". Era quase como se a razão para ajudar fosse mais importante que o ato em si.

— Não foi porque você me pressionou, ou por causa de qualquer coisa que disse. Talvez seja apenas a ideia do que a vida de Liam significou quando ele estava vivo. Ele era exatamente como eu e foi capaz de fazer a diferença.

Aquela parecia ser a resposta que ele estava esperando. Os olhos dele vasculharam meu rosto:

— Prometa que você tem certeza.

— Já disse que pode contar comigo. Cem por cento. Não me pergunte mais uma vez. Certo?

— Sim, senhora. — Michael fez uma saudação de brincadeira, mas senti admiração debaixo da provocação. — Se você está dentro, precisamos contar para o seu irmão. Sobre tudo.

Bati com os dedos na minha perna.

— Tenho mesmo que fazer isso?

— Thomas confia em mim. Tenho muitas razões para não trair essa confiança. — Michael esticou o braço e colocou a mão sobre a minha, me fazendo parar de bater com os dedos. Um calor começou a subir por meu braço. — O que você acha que ele vai dizer?

— Ele provavelmente vai se esquecer bem rápido do fato de eu não ter dormido em casa. Quero dizer, comparativamente... Não há como competir. — Sorri para ele. — Mas, falando sério, Thomas não vai se meter em nenhuma decisão que eu tomar.

— Mesmo decisões perigosas?

— Acho que vamos descobrir em breve.

Ele apertou minha mão.

— Muito bem. Você está pronta?

— Não. — Apertei a mão dele de volta. — Vamos lá.

Capítulo 29

Eu precisava dar crédito ao meu irmão. Talvez ele tivesse achado que eu havia experimentado algum tipo de recaída e, de alguma forma, tinha usado meus encantos femininos para convencer Michael a se juntar às minhas alucinações. Talvez ele estivesse fingindo calma para impedir que eu me afundasse mais em minha loucura. Ou talvez ele estivesse todo preparado para acabar comigo por passar a noite com Michael e minha notícia o deixara catatônico. Qualquer que fosse o caso, ele parecia estar levando toda aquela coisa de "aparentemente posso viajar no tempo e, por falar nisso, não estou tomando meus remédios" numa boa.

Dru foi um pouco mais difícil de convencer.

— Você está dizendo — disse ela, olhando para mim e depois para Michael, com seus olhos azuis intensos — que juntos vocês podem romper as fronteiras do tempo?

Ela manteve a voz comportada, mas aquilo soou forçado, da mesma forma que um pai falaria com uma criança levada em público.

Respondi que sim com a cabeça. Dru sabia que eu podia ver pessoas mortas aleatórias desde a primeira vez que aquilo tinha acontecido, porém enquanto Thomas acreditou em mim imediatamente, ela levou mais tempo para se acostumar.

Ela ficou em silêncio por um momento enquanto o garçom limpava a mesa ao nosso lado. Quando ele apagou a vela no centro da mesa e saiu, passando pelo trio de jazz no seu caminho para a cozinha, ela continuou:

— Então você está tentando me dizer que as coisas que viu não eram fantasmas, mas pessoas do passado?

— Mais ou menos.

— *Mais ou menos?* — A voz ficou mais aguda que o habitual, enquanto mais um pouco da calma dela ia embora. Dru levantou a mão. — Preciso de um minuto.

Michael tinha escolhido o restaurante como o lugar para contar as novidades. Ele esperava que estar em público ajudaria a diminuir a intensidade de quaisquer reações fortes. Não parecia estar funcionando com Dru.

A fumaça da vela apagada flutuou até nossa mesa, abafando brevemente o cheiro de molho de tomate e pão sendo assado que vinha da cozinha. Minha barriga estava roncando e pensei em pedir uma cesta quando os pães saíssem do forno.

Em vez disso, eu me mantive firme no trabalho que tínhamos começado. Esperando ter dado tempo suficiente a Dru, tentei explicar com mais clareza, percebendo novamente como aquilo tudo soava inacreditável.

— O fato de eu ver desdobramentos temporais é um sintoma de que sou uma viajante do tempo. Digo, é um indicador.

O olhar dela deixou meu rosto e foi para o de Michael.

— E você também pode viajar no tempo?

— Sim.

— A-hã. — Ela se recostou na cadeira, saindo da conversa.

— Dru ou eu poderíamos ver dobras? — perguntou Thomas.

Olhei para o trio de jazz e respondi por Michael:

— Não.

— Então quando você viu Emerson pela primeira vez, quando ela veio até você do futuro, como você sabia que ela era uma viajante no tempo e não um desdobramento temporal? — perguntou Thomas, mantendo a voz baixa.

Pelo menos ele parecia estar entendendo.

— Dobras desaparecem se alguém tocar nelas. Viajantes no tempo sabem exatamente o que são e onde estão. E são sólidos.

Ajeitei minha postura na cadeira.

— Quão sólidos?

— Tão sólidos quanto somos agora.

Um pensamento inquietante invadiu minha mente. Se dobras eram vapor e viajantes no tempo eram sólidos...

O que era Jack?

O pensamento desapareceu quando Thomas fez a próxima pergunta a Michael:

— O que aconteceria se alguém que não tivesse nascido com a habilidade para viajar tentasse fazer isso? Levando em consideração que eles pudessem arranjar matéria exótica e algo feito de durônio. Dru ou eu poderíamos fazer isso?

— Apenas pessoas que nasceram com a habilidade genética inata podem viajar sem consequências sérias.

— Que tipo de consequências? — perguntou Thomas.

O rosto de Michael ficou sombrio.

— Morte por desintegração.

— Uau — disse Thomas, recostando e afrouxando a gravata.

— O que você viu? Quando você viajou para o futuro? — interrompeu Dru. Ela havia ficado tão quieta que eu quase tinha esquecido que ela estava na mesa. — Em que tipo de mundo vivemos?

Eu sabia que ela estava pensando no bebê.

— Não posso dizer. Tenho que manter o que vi em segredo. Mas bebês ainda estavam nascendo, todos os dias. — Michael sorriu para ela de forma reconfortante. — E então continuavam crescendo e tendo vidas espetaculares.

— Qual é o próximo passo para vocês dois? — perguntou Thomas, mas não antes de esticar o braço e colocar a mão sobre a de Dru. — Vocês têm um plano?

— Preciso contar à Dra. Rooks o que quero fazer — disse Michael, virando os olhos sérios para meu irmão. — Se ela concordar e Emerson tiver sua permissão, vamos tentar salvar Liam Ballard.

Thomas olhou para mim com preocupação.

— Você está de acordo com isso?

Fiz que sim com a cabeça.

— Se... e isso é um se muito, muito grande... tudo isso for... verdade — disse Dru, a preocupação nublava seu semblante —, espero que vocês estejam completamente cientes do que estariam arriscando.

— Estou totalmente ciente. — Mais uma vez precisei me assegurar de que as palavras de coragem que eu dizia eram verdadeiras. Voltou a mesma resposta. — Sei que estou fazendo a coisa certa.

Thomas esticou o braço para tocar levemente no meu.

— Você acha que podemos falar por um segundo? Em particular?

— Dru — disse Michael, ficando de pé e dando a volta na minha cadeira, se equilibrando ao colocar as pontas dos dedos sobre a mesa. — Queria te perguntar sobre as fotos artísticas em meu loft. Fiquei imaginando se você teria o contato do fotógrafo. Podemos ir lá dar uma olhada nisso?

— Sem problemas. Mas se é uma fotografia, posso imaginar quem a tirou. Você conheceu a amiga da Em chamada Lily? — perguntou Dru, enquanto eles deixavam a mesa ao mesmo tempo.

Ela olhou por cima do ombro com preocupação enquanto eles andavam até a porta, o cabelo escuro escondendo metade do rosto, mas nada da inquietação. Os músicos fantasmas suavemente fizeram a transição de um clássico de Cole Porter para um standard de Billie Holiday.

Assim que a pesada porta de madeira se fechou atrás de Michael e Dru, Thomas olhou para mim atentamente.

— Hora da verdade.

— Estou contando a verdade desde que nos sentamos, Thomas. Você acha que eu inventaria isso tudo?

— Não isso. — Ele pegou um pacote verde de adoçante de um pote de cerâmica na mesa. — Sabe que eu acredito em você, pelo menos espero que saiba. Estou falando é da forma como soou quando vocês dois estavam explicando tudo.

Cruzei os braços e esperei.

— Apesar de eu ser seu guardião legal há quatro anos, você tomou praticamente todas as decisões sobre como tocar sua vida. A única exceção foi quando foi...

Ele fez uma pausa, a expressão cuidadosa enquanto ele tentava descobrir como falar aquilo delicadamente.

— Internada — falei por ele. — Tudo bem. Não é um palavrão.

Thomas reconheceu a palavra, mas não se estendeu no assunto, apenas continuou dobrando e desdobrando o pequeno pacote verde nas mãos.

— Você é quase uma adulta. Não posso mais realmente lhe dizer o que fazer.

— Não estou entendendo.

— Você e Michael. — Ele rasgou o pacote e jogou o conteúdo sobre a mesa em um monte granulado. — Escutar vocês dois, observar, acho que a conexão entre vocês vai mais longe que compartilhar uma habilidade sobrenatural.

— Não rompemos o limite profissional. — Afastando os olhos dele, senti meu rosto corar. — Não é assim.

— Não é assim *ainda*, é o que você quer dizer. O que houve ontem à noite?

Havia esperado que tivesse me livrado de ontem à noite.

— Thomas. Por favor. — Queria me arrastar para debaixo da mesa e me esconder. Qualquer coisa para não ter essa conversa. — Nada está acontecendo.

— Ei, foi você quem tentou quebrar uma câmera de segurança na lateral do prédio. Isso é muita frustração reprimida.

Eu me perguntei quando ele ia tocar no assunto.

— Você não tem nada com que se preocupar. Nenhuma regra foi violada.

Thomas fez um círculo com os grãos brancos sobre a mesa antes de olhar para mim.

— Mas você sente alguma coisa por ele?

— Existem muitas complicações.

Regras. Confiança. Ava.

— Achei que algo assim poderia acontecer. Foi por isso que me assegurei de que Michael seguiria as regras, tanto as da Hourglass quanto as minhas. — Thomas se recostou na cadeira, olhando para mim da mesma forma que ele avaliaria as fundações antes de comprar um prédio. — Não quero que você se magoe.

— Não vou — falei. — Meu relacionamento com Thomas é profissional. Nós nem nunca chegamos perto de...

Parei quando Thomas franziu os lábios.

— Bem, tirando aquela única vez no pátio, nunca nem chegamos perto de fazer algo inapropriado. — Olhei para o adoçante, então limpei a mesa jogando tudo no chão, sem pensar muito no assunto, imediatamente me sentindo culpada por fazer bagunça. — Apesar de ele ser incrível e atencioso...

Os lábios de Thomas se contraíram tanto que quase desapareceram.

— De qualquer forma, nada está acontecendo. — Limpei as mãos e as coloquei sobre a mesa, olhando Thomas bem nos olhos. — Então não importa.

— Mas, veja bem — disse Thomas, esticando o braço para segurar minhas mãos entre as dele —, acho que isso poderia importar. Seja sincera, Emerson. A forma como se sente em relação a ele tem alguma coisa a ver com o motivo de você o estar ajudando?

— Não. Não tem — protestei quando ele me olhou com uma expressão de irmão mais velho compreensivo e superior. Apertei as mãos em volta das dele para dar ênfase. — Liam Ballard tem uma família, uma esposa e um filho. Eu poderia salvá-lo. Depois de tudo, você tem que entender...

— Sei por que isso atrai você. Só me preocupo contigo, não fisicamente, apesar de ser parte disso. — Seu rosto se contorceu com dor, refletindo o meu. — Como você pode voltar para salvar a vida do pai de alguém sem pensar em voltar para salvar as vidas dos seus próprios pais?

— Michael e eu já tivemos essa conversa. — Mantive o foco no lustre bem no centro do teto, não querendo que ele visse o desespero que eu sentia. E para impedir que as lágrimas caíssem. — Não há forma de fazer isso. Essa é uma oportunidade única e maluca. Sei que é impossível mudar o passado. A não ser desta vez.

Ficamos sentados em silêncio por um momento, os dois perdidos nos próprios pensamentos, relembrando nossa perda. Thomas limpou a garganta.

— Você sabe o que papai costumava dizer toda vez que encarava uma decisão importante.

Resisti à tentação de fazer uma careta para ele enquanto falamos as palavras juntos:

— Faça o que puder fazer.

— Exatamente. O que quer que seja o que *você* puder fazer, Em, vou apoiá-la.

— O que posso fazer é ajudar Michael. Depois disso... — Se houver algo depois disso. — Vamos ter que esperar para ver.

Thomas soltou minhas mãos e olhou na direção da porta da frente.

— O que pode estar fazendo eles demorarem tanto?

— Vou checar — falei, grata pela oportunidade de escapar da conversa antes que dissesse algo que não deveria. Apontei com a cabeça na direção da cozinha. — Por que você não faz algo útil e me arruma um pouco de pão e molho marinara? Você não é dono deste lugar ou algo assim?

Enquanto cruzava a praça, escutei novamente tudo que Michael tinha dito a meu irmão e Dru em minha cabeça, a mente travando em um assunto em particular.

Viajantes eram sólidos e dobras eram vapor.

Jack. Não era sólido, não era vapor, mas algo entre os dois.

Michael, Dru e Thomas teriam que esperar. Eu precisava cuidar de algumas coisas. Agora.

Capítulo 30

— Apareça, apareça, onde quer que você esteja! — falei suavemente, quando abri a porta do quarto. — Jack? Não me diga que você está ficando tímido agora.

Silêncio.

Abri a porta do closet, do banheiro, olhei debaixo da cama.

Nada.

Eu me sentei na poltrona para pensar. Ao contrário do couro do carro de Dru mais cedo, ela estava fria contra minhas pernas.

E se, quando toquei em Jack, eu o tivesse espantado para sempre? Enrolei um cacho de cabelo em volta do dedo, pensando. Se fosse isso; aquilo resolveria um grande problema, porque eu ainda não tinha decidido se deveria contar a Michael sobre ele.

Além do mais, o que eu ia dizer? Por falar nisso, tem um sujeito parcialmente sólido que brilha no escuro e gosta de ficar no meu quarto? Será que eu ia admitir por que eu nunca o mencionei a Michael? A atenção e o interesse de Jack me faziam sentir bem. Agora que estava pensando nisso, talvez bem o suficiente para compensar o fato de Michael ter a adorável Ava como uma alternativa, quando eu não tinha ninguém.

Sendo Jack que quer que Jack fosse.

Como eu poderia explicar aquilo sem parecer uma completa babaca?

Se Jack desaparecesse, isso não seria um problema e eu poderia voltar a me preocupar com outras coisas, como a possibilidade de morrer enquanto tentava viajar no tempo para poder evitar um assassinato.

Coisas desse tipo.

Tantas coisas tinham acontecido desde que voltei a Ivy Springs. Eu me recostei na poltrona e fechei os olhos. Meu mundo inteiro parecia de cabeça para baixo. Há um mês, eu não sabia o que eram dobras. Não sabia o que minha habilidade significava. Não sabia que Michael existia. As coisas eram muito mais simples.

E muito menos interessantes.

Esperei alguns minutos. Imaginando que Jack não ia aparecer, bati na porta do loft de Michael. Ninguém atendeu. Voltei ao restaurante e encontrei Thomas e Dru na mesa. Sozinhos.

— Onde está Michael? — perguntei, olhando para o relógio pendurado sobre o bar.

Eu havia ficado fora por apenas 15 minutos. Certamente o homem tinha mais paciência que aquilo.

— Ele foi embora. — Os olhos de Dru correram para encontrar os de Thomas antes de olhar de novo para mim. — Uma, hmm, mulher foi até o loft dele para encontrá-lo. Ela disse que houve uma emergência.

— Mulher? — Por favor, esteja falando de Cat. — Alta e linda? Cabelo muito curto?

— Não — disse Dru, se desculpando. — Alta e linda, mas com cabelo castanho-avermelhado e longo.

Ava.

— Que tipo de emergência? Ela falou?

Dru negou com a cabeça.

— Ela mencionou um nome antes de eu os deixar sozinhos... Kaleb.

— Michael insistiu para que você ficasse aqui. — Thomas limpou a garganta e pegou meu telefone celular do mesmo lugar da mesa onde eu o tinha deixado quando fui ao loft. Ele o colocou no próprio bolso. — Para que você não tentasse contatá-lo e que não chamasse atenção. Ele ressaltou que isso era para sua segurança e nos disse que, se você tentasse segui-lo, deveríamos impedi-la.

— É claro que ele disse isso — resmunguei.

Caí em minha cadeira, tomada de ciúme. E preocupação. O que quer que tivesse acontecido deve ter sido importante para que Ava viesse até Ivy Springs para buscar Michael.

Cruzei os braços sobre a mesa e coloquei a cabeça sobre eles, lutando contra as lágrimas e a exaustão. Havia acabado de tomar uma decisão importantíssima, concordando em ajudar Michael a salvar Liam e estava me coçando para partir para a ação. Tinha me sentido tão conectada a ele quando nos sentamos para conversar com Thomas e Dru. Agora ele tinha voltado a esconder coisas de mim.

Senti que Dru estava gesticulando furiosamente para Thomas. Quando olhei para cima, eu e ela estávamos sozinhas na mesa.

— Michael falou que ligaria para você assim que o problema fosse resolvido. Tenho certeza de que tudo vai ficar bem.

Concordei com a cabeça.

— Se isso faz você se sentir melhor, ele não pareceu feliz de vê-la.

Não fazia.

Eu me sentia magoada por ele ter ido embora sem se despedir e irritada por meu irmão e Dru parecerem estar tão de acordo com as "ordens" de Michael. Eu me sentia muito derrotada para discutir. Por enquanto.

Dru suspirou e esticou o braço para fazer carinho em minha mão.

— Quando foi a última vez que você comeu algo?

O abacaxi na Casa dos Renegados.
— Café da manhã.
— Me deixe cuidar de você, tá? — sugeriu Dru com a voz delicada. — Sei que você odeia isso, mas preciso praticar para quando o pequenino chegar.
— Não é justo. — Mencionar o bebê era o pior tipo de chantagem.

Deixei Dru me levar para casa, me alimentar com o molho marinara e o pão cujo cheiro estava saindo da cozinha do restaurante e até mesmo fazer a cama para mim no sofá, sabendo que aquilo era só para poder ficar de olho em mim.

Embora meu corpo tivesse atingido o ponto de exaustão, meu cérebro não desligava. Tantos pensamentos mantinham minha mente girando: Jack e quem, para não mencionar *o que*, ele realmente era. Lily e os segredos entre nós. Michael e onde ele estava. O que fazia. E com quem.

Rodando e rodando, nunca encontrando nenhuma resposta, lutei contra o sono, mantendo a esperança de que o telefone tocaria.

⚜

Imagina alguém com muita raiva...

Acordei confusa. Tinha dormido em três camas diferentes nos últimos dias. Preferia a de Michael a todas elas. Provavelmente por causa do travesseiro.

Ele não tinha ligado. Ou tinha ligado e Dru ou Thomas atenderam porque eu estava dormindo. Talvez algum deles tivesse tirado o volume do toque do telefone. Estiquei o braço para pegar o telefone sem fio sobre a mesa de centro, me atrapalhando para olhar para o visor.

Nada.

Eu podia não saber onde Michael estava, mas tinha uma ideia muito boa de como encontrá-lo. Saí de baixo das cobertas e peguei uma linha reta até meu quarto, levando o telefone comigo, só para me precaver.

— Calma aí. — Thomas saiu da cozinha com uma caixa de Fruit Loops nas mãos, bloqueando o caminho. — Aonde você está indo?

— Tomar um banho.

Ele inclinou o corpo para impedir que eu passasse pela lateral.

— E o que você vai fazer depois disso?

— Por que a pergunta?

— Você não vai procurar Michael, vai? — Thomas fez a pergunta como se já soubesse a resposta.

— Acho que tudo isso depende — falei, colocando a mão que estava livre fechada em minha cintura. — Quanto tempo vocês tinham que me manter afastada dele?

— Ele ligou?

Neguei com a cabeça.

— Em, ele falou sério. Não sei se ele sabia em que tipo de situação estava se metendo quando saiu, mas ele não queria que você se envolvesse.

— Preciso ir até a cafeteria checar minha escala de trabalho — falei com a voz monótona, sem olhar nos olhos dele. — Tenho permissão?

— Não faça assim — avisou Thomas.

Eu sabia que ele odiava exercer qualquer tipo de autoridade sobre mim. Mas ele estava fazendo aquilo mesmo assim.

— Sou sua irmã. Você está tomando o partido de Michael em vez do meu. Como pode fazer isso?

Imaginei que não seria de todo ruim jogar alguma culpa agora para preparar o caminho para o perdão de mais tarde.

— Estou do seu lado. E Michael também — disse ele com pena. — A intenção dele é mantê-la segura.

Eu ainda estava segurando o telefone sem fio. E realmente queria jogá-lo na cabeça do meu irmão. Uivando de frustração, eu o empurrei, bati a porta do meu quarto e a tranquei atrás de mim.

Tomei o banho rapidamente e resolvi não brigar com meu cabelo, deixando-o solto e ondulado. Não quis pensar na razão, mas tive cuidado especial com a maquiagem e as roupas, usando uma calça jeans mais apertada que o habitual e uma camiseta verde e justa com uma gola mais baixa. Apesar de ter muita dificuldade com os acessórios, consegui colocar um par de brincos que combinava. O pó brilhante de Dru ainda estava na minha cômoda e usei um pouco para ressaltar meu... colo. Tentando não parecer uma garota de programa, peguei um par de sandálias de salto alto e as calcei enquanto meio que corria e meio que saltitava até a porta da frente.

Não vi Thomas, mas quando virei a maçaneta para sair, escutei Dru limpar a garganta atrás de mim.

— O que foi? — Virei o corpo para ficar de frente para ela, me encostando à porta com tanta força que a fiz ranger. — Vou ao Lei de Murphy. Já falei disso com o carcereiro, apesar de ele não ter gostado muito disso.

— Trabalho? Sei o que eu faria na sua situação. — Ela deu uma olhada em meu modelito, então me entregou meu telefone celular e suas chaves. — Não me faça me arrepender disso. E pare de insultar meu marido.

Peguei as chaves e lhe dei um abraço rápido.

— Você vai ser uma mãe tão maravilhosa...

— Se você fosse minha filha, eu ia grampear você na parede do quarto.

Joguei um beijo para ela e fechei a porta suavemente atrás de mim.

Capítulo 31

Não consegui entrar em contato com Michael — o celular dele estava caindo direto na caixa postal. Dirigi como uma louca até a cafeteria, estacionando ilegalmente na calçada. A fila para fazer os pedidos vinha quase até a porta da rua. Lily jogou um avental quando entrei no balcão e então parou para me olhar com calma.

— Uau — disse ela, me analisando de cima a baixo. — Ok. Uau. O que você está planejando com esse visual? Vai para uma convenção das coelhinhas da Playboy? Porque, seja lá o que esteja planejando, posso imaginar que não é fazer café.

— Estou entrando na competição, tornando a coisa pública, mostrando minhas intenções. Algo como... um cachorro fazendo xixi em um hidrante para marcar o território.

— Eu teria feito isso sem esse visual. — Ela olhou para meu modelito enquanto eu amarrava o avental. — Por que você sente a necessidade de mostrar tudo o que tem de bom por causa de um homem?

— É mais pela competição — respondi, enrolando o cabelo e o prendendo com um lápis para tirá-lo da frente dos olhos.

Lily fez um sinal de desaprovação com a cabeça e adicionou uma dose de espresso a um *latte*.

Joguei minhas mãos para o alto.

— O quê? Estou tão mal assim?

— Não, você está ótima — disse ela, tirando a espuma com uma colher e a colocando em uma caneca. — Só quero que seu amor-próprio esteja intacto quando tudo isso acabar. Imagino que Michael seja seu hidrante, não?

— Sim. — Peguei o bloco de pedidos para ver qual era o próximo e então coloquei leite em um recipiente de metal antes de prendê-lo à máquina. — Sinto muito por deixar você na mão ontem — falei, por cima do chiado. — Trabalhou por duas manhãs seguidas, não é?

— Não tem problema. *Latte* de baunilha? — disse ela, na direção das pessoas esperando, antes de se virar para começar a preparar a próxima bebida. — Apenas me ajude a acabar com esses pedidos e eu te perdoo.

Trabalhamos em silêncio por alguns minutos até que a multidão se dissipou. Lily pegou um copo d'água gelada e bebeu metade dela antes de perguntar:

— Aonde você está indo?

— Não sei exatamente. Ele pode estar em dois lugares. Ou ainda em algum lugar completamente diferente. Foi por isso que vim falar com você. — Estava de saco cheio de segredos. Minha melhor amiga precisava dizer a verdade. Mesmo se aquilo significasse que eu teria que fazer a mesma coisa. — Gostaria de pedir sua ajuda.

— Ajuda? — perguntou ela, mastigando um pedaço de gelo e apertando os olhos.

— Sua ajuda... para achá-lo. — Eu não ia me acovardar. Queria que tudo ficasse às claras. — Da mesma *forma que você acha* coisas.

Lily se engasgou com o gelo antes de me segurar pelo braço e me arrastar até o escritório, nos fundos. Ela me empurrou para dentro da sala e bateu a porta atrás de nós.

— Caramba, Lily!

Esfreguei meu braço onde ela o havia segurado.

— Como você sabe?

A respiração de Lily estava irregular.

— Não sei nada específico — confessei. — Apenas imaginei.

— Tentei tanto manter isso em segredo. — Ela olhou para mim com olhos arregalados. — Quando me perguntou minha opinião sobre o sobrenatural no outro dia, tive a impressão de que você estava desconfiando.

— Na verdade, fiz aquela pergunta a respeito de coisas sobrenaturais por *minha* causa. — Abri a porta, esticando a cabeça para checar se havia algum cliente por perto. Apenas duas pessoas sentadas nas poltronas laranjas perto da janela da frente da loja. Pus a cabeça para dentro e fechei a porta.

Lily se sentou na beirada da escrivaninha.

— Por favor, não me diga que você é uma vampira. Vampiros são tão ultrapassados.

— Juro por cada grão de café do universo que não sou uma vampira — prometi a ela, rindo. — Mas... eu posso... meio que... ver pessoas do passado. Falar com elas.

— Foi isso o que você viu outro dia aqui na cafeteria? Um fantasma?

— Sim, mas é um pouco mais complicado que isso. — Dei um tapa na testa quando percebi que tinha dado a ela a resposta padrão que Michael costumava me oferecer. — Levaria um tempo para explicar, e estou com pressa agora. Mas estou certa? A seu respeito?

— Em, existem tantas coisas envolvidas com o que eu posso fazer... o que prometi à minha *abuela* que *nunca* faria. Não é como um passe de mágica. Não é como se eu usasse uma varinha de condão ou um pêndulo, apesar de eu usar este aqui. — Ela passou o dedo no pêndulo de olho de tigre que estava sempre pendurado em uma corrente de prata em seu pescoço. Achei que ela o usava porque combinava com seus olhos. — A resposta direta é, sim, posso encontrar coisas.

— Por que isso é um segredo tão grande?

— Não sei todas as razões. — Os cantos da boca de Lily se curvaram para baixo. — Mas *Abuela* tem regras muito rígidas sobre o que eu posso procurar ativamente. Coisas bobas, como minhas chaves ou uma receita que ela perdeu, às vezes. Mas um ser humano, vivo e respirando? Nunca.

— Mas no outro dia... você sabia que ela havia voltado do banco antes de vê-la.

— Eu sabia que o malote do banco estava de volta. E eu sabia que Abi estava com o malote do banco. Desenvolvi brechas nas regras ao longo dos anos.

— Você já conversou com alguém sobre isso? — Pensei na Hourglass. — Algum profissional?

— Um profissional *de quê?* Abi me mataria se soubesse que contei a você. — Ela inclinou a cabeça na direção da porta da frente. — Sinto muito por não poder ajudá-la a achar Michael. Sei que você está com pressa. Vai nessa.

— Não estou com pressa se você quiser conversar...

Ela negou com a cabeça.

— Me deixe pensar sobre tudo. Descobrir o que posso e não posso compartilhar. Descobrir o que quero te perguntar.

— Estou feliz por ter me contado. Depois de tudo por que passei, tudo que você viu... E ainda está aqui. Eu também estou aqui para você.

Lily esticou o braço para segurar o meu e me puxou para me abraçar.

— Devia ter contado antes. Quem sabe você teria se sentido menos sozinha.

— Não. Entendo por que você não podia. — Também abracei Lily. — Obrigada por confiar em mim. Não vou contar seu segredo para ninguém.

— Nem eu.

O abraço se desfez e olhamos uma para a outra por um tempo até que me virei para ir.

— Em? Espere.

— O quê?

Ela esticou a mão como se estivesse esperando receber algo, sua atitude petulante de volta:

— O avental não combina com sua roupa.

Capítulo 32

Achei melhor começar pela Casa dos Renegados. Foi quase fácil demais. O conversível estava bem na frente. Ele teve acesso a um telefone e mesmo assim não ligou para mim.

Hora de dar o troco.

Olhando rapidamente no espelho retrovisor, arranquei o lápis do cabelo e balancei a cabeça. Saí do carro e marchei na direção da varanda. Antes de o meu salto bater no último degrau, a porta se abriu.

— Por que é *impossível* que você faça o que te pedem? — Michael ainda vestia as mesmas roupas que estava usando na última vez em que o vi. Elas pareciam amarrotadas, como se ele tivesse dormido com elas, a não ser pelo fato de que ele não parecia ter dormido nada. Seus olhos estavam vermelhos, o queixo com a barba por fazer. Fiquei imaginando brevemente como seria a sensação dela encostando em meu rosto se ele me beijasse.

Então me lembrei de que estava irritada.

— Por que é impossível que *você* ligue para alguém quando você deveria ligar? — Levantei as duas mãos e lhe dei um bom empurrão no peito, sentindo uma descarga de energia que se alastrou até os dedos do meu pé. — Meu irmão praticamente me algemou à mobília. Passei a noite toda preocupada, imaginando o que estava acontecendo.

— Calma. Preciso que pare de gritar. — Ele esfregou os olhos com as costas das mãos. — Foi uma noite longa. Desculpe por não ter ligado, mas demoramos uma eternidade para achar Kaleb.

— Demoramos? — perguntei, minha voz áspera com ciúmes.

— Demoramos. Eu, Dune, Ava e Nate. — Ele se encostou, apoiando um pé na parede da casa. — Tivemos que nos dividir e procurar em todos os lugares. Ele saiu de bar em bar pelo centro de Nashville. Por sorte, não estava dirigindo.

— Ele sequer tem idade suficiente para entrar em um bar?

— Ele tem quase 18 anos, mas ainda falta. Identidade falsa. Ele a usa para fazer um monte de coisas que não deveria. É fácil perceber quando Kaleb está determinado a causar estragos. Um amigo ligou para cá e Ava atendeu. Ela não conseguiu falar comigo no celular, então teve que ir até o loft.

Teve que ir, até parece.

— Entre. — Michael se afastou da parede e fez um gesto na direção da porta de tela, abrindo-a para mim. — Mas vou avisando logo: não está nada bonito. Kaleb é meu melhor amigo. Espero que você não o julgue pelo que está prestes a ver.

Ele segurou a porta para mim e o segui até a sala de estar. O cheiro chegou primeiro. Uma mistura de álcool com banheiro de posto de gasolina.

— Uau.

Apesar de a sala estar escura, da porta dava para ver um pé pendurado sobre o braço do sofá. Um pé grande, o tornozelo a que ele estava preso circundado por uma tatuagem que lembrava arame farpado. Dei a volta no sofá para ver um corpo esparramado roncando.

Um braço musculoso tinha uma tatuagem de uma cabeça de dragão; o outro tinha um rabo em formato de tridente. Mais alto e mais largo que Michael, Kaleb tinha o abdômen mais definido que eu já tinha visto. O cobertor de flanela enrolado em sua cintura teria sido do tamanho ideal para mim; sobre ele, parecia uma toalha de rosto.

— Por que ele não está usando roupas? — sussurrei as palavras para Michael.

Ele fez uma careta e sussurrou de volta:

— Você não vai querer saber.

Torci o nariz e comecei a respirar pela boca. Dando um passo mais à frente, notei o rosto de Kaleb, provavelmente bonito quando ele não estava de ressaca. O cabelo preto era cortado curto e ele tinha um brinquinho de argola em cada orelha, como um... pirata sexy. Pulei para trás quando ele gemeu e abriu um olho azul-arroxeado.

Kaleb teve dificuldade para focalizar o que via. As olheiras sob seus olhos eram profundas, ou aquilo poderia ser a sombra dos cílios pretos.

— Estou morto? Você é um anjo? Caramba. Você é muito gata para ser um anjo. Venha cá — falou ele, com a voz enrolada.

Não estava de ressaca.

Ainda estava bêbado.

Corri para ficar atrás de Michael quando Kaleb esticou o braço em minha direção. Parecia mais que ele estava me golpeando com aquela mão do tamanho de uma frigideira. Ele era assustadoramente grande, estava praticamente nu e parecia um prisioneiro fugitivo.

— Ei, Mike. Consegui de novo. — Kaleb sorriu e seu rosto se iluminou. Dava para ver como, com roupas e sóbrio, ele poderia ser adorável. Naquele momento... acho que não.

— Sim, Kaleb, você conseguiu de novo — disse Michael, adotando a postura de um professor do jardim de infância tolerante, mas irritado.

— Quem foi me buscar? Sei que ela não estava lá. — Ele apontou para mim e seu sorriso ficou maior. — Eu me lembraria dela.

— Fui eu — disse Michael. — E também Nate e Ava.

Kaleb colocou as mãos atrás da cabeça e fechou os olhos. Tentei não ficar olhando para seu peitoral.

— Ava? Por que você teve que levar a Iluminada?

— A Iluminada? — perguntei.

— É uma referência a Stephen King — respondeu Michael. Então, ele se virou para Kaleb: — Porque foi Ava quem atendeu o telefone. Ela foi me buscar.

— Foi buscar você? — Kaleb franziu a testa e abriu os olhos apenas o suficiente para nos olhar. — Onde você estava?

Michael me puxou para a frente para que eu ficasse ao seu lado.

— Com o anjo. Esta é a Emerson.

Kaleb se sentou rapidamente, ficando completamente verde antes de apertar o cobertor em volta da cintura, pulando do sofá e correndo até a porta.

Olhei para Michael:

— Ok. — Subimos a escada enquanto eu tentava ignorar o som de Kaleb vomitando que vinha do banheiro do térreo, feliz por não ter tomado café da manhã. — Excelente primeira impressão.

— Ele não é tão ruim assim. — As cortinas de Michael estavam abertas e a luz do dia enchia seu quarto. — Tudo bem: ele é pior que isso às vezes.

— Estava falando de mim, não dele. Você disse meu nome e ele correu para o banheiro para vomitar. Não precisa explicar esse comportamento. Quem sou eu para julgar?

— Nos últimos seis meses, vi Kaleb passar de bom rapaz a casca-grossa. — Michael se sentou na cadeira da escrivaninha e colocou a cabeça entre as mãos. — Foi muito ruim quando Liam morreu, mas então a mãe dele...

— Ficou doente — completei.

— Foi mais que isso. — Ele hesitou antes de levantar a cabeça. — Depois que Liam morreu, ela... tentou se matar.

Engoli em seco. Com muita dificuldade.

— Uau.

— Por sorte, ela não conseguiu. Grace está em coma desde então. Por um tempo ela teve enfermeiras particulares que a acompanhavam o dia inteiro. Landers a deixou ficar na sede da Hourglass.

— Foi por isso que Kaleb ficou — falei, finalmente entendendo por que ele permaneceria na mesma casa com o homem que suspeitava ter matado o pai. — Para cuidar da mãe dele.

— Exato. — A expressão de Michael era confusa. — Mas o médico sugeriu que ela ficasse em uma casa de repouso. Ela vai ser transferida hoje.

— Que droga.

Eu sabia coisas demais sobre casas de repouso. Me perguntei se Kaleb também. Se ele sabia com o que teria que lidar quando fosse visitá-la.

— É uma droga — concordou ele. — Kaleb era tão diferente, tão focado. Ele era um nadador campeão. A piscina que você viu na Hourglass foi construída para ele.

Aquilo explicava o corpo de nadador, especialmente os ombros. E o abdômen definido.

Alta definição, eu diria.

Meu botão de editar funcionou pelo menos dessa vez e mantive a boca fechada. Levantei para me encostar à escrivaninha, a borda quadrada arrastando em minha calça jeans.

— Você nunca me contou qual é a habilidade dele. Pode me dizer?

— É melhor mesmo que eu conte — disse ele, recostando em sua cadeira. — Porque ele mesmo jamais contaria. Você sabe o que é um ser empático?

— Sei o que é empatia.

Michael pegou um lápis e bateu com a borracha de forma ritmada em sua escrivaninha.

— Existe uma diferença. Um ser empático é sobrenaturalmente conectado a outras pessoas, algumas vezes, querendo ele ou não.

Seres empáticos não têm limites de tempo ou espaço, então podem sentir as emoções de qualquer um, em qualquer lugar, em qualquer momento. Mas Kaleb na maioria das vezes sente as emoções das pessoas com quem ele já se conectaria de alguma forma. Ele pode ler a mim, porque é como um irmão.

— Por que ele chamou Ava de "a Iluminada"?

— Você leu o livro?

— Não, mas li sobre ele e sobre o filme. — Evito histórias de terror, especialmente os que envolvem fantasmas e psicopatas. Fiquei muito grata à internet, às sinopses facilmente acessíveis e ao fato de isso me permitir consumir cultura popular de uma maneira informativa, mas distanciada. — Ava não guarda um machado no quarto ou escreve em portas com batom, não é?

Ele olhou para mim.

— Kaleb tem uma coisa com apelidos. Ele alega que a mente de Ava é tão fragmentada quanto a do personagem do pai no livro e que ela também odeia autoridade como ele. Ava tende a fazer o que quer e quando quer.

— Os apelidos de Kaleb são todos tão cheios de significados?

— Não. Ele tem um problema com Ava. Talvez por causa da forma como ela se comporta quando está perto de mim.

— Hum... Kaleb vai parar de expelir alimentos a qualquer momento, então não seria melhor falarmos logo tudo sobre ele enquanto ele não estiver por perto? — sugeri, porque não queria falar sobre minha oponente.

— Verdade. — Ele deixou o lápis sobre a mesa. — Acho que a razão para ele ser tão duro por fora é o fato de ele ser tão aberto por dentro. Tudo a respeito dele, o visual, a forma como ele se veste, tudo isso é intencional. Ele tenta manter distância das pessoas porque, se conseguir, não tem que sentir o que elas sentem. O que aconteceu com o pai dele foi muito ruim. Lidar com o surto da mãe quase o matou.

— Ele é capaz de sentir as emoções dela agora?

— Não. — Ele negou com a cabeça. — Não desde a tentativa de suicídio. Ele se culpa, diz que nunca imaginou que aquilo fosse acontecer.

Meu coração estava partido por Kaleb. Seu pai podia estar morto, mas a mãe estava viva e ele não podia se aproximar dela. Pelo menos ele não tinha que estar no interior daquela loucura. Ver de fora devia ser suficientemente difícil.

— Parte do problema dele é que nem sempre consegue identificar por que as pessoas se sentem da forma como se sentem. Ele pode interpretar as emoções de forma errada, achar que são direcionadas a ele e então descobrir que elas eram para outra pessoa — contou Michael, rolando o lápis entre sua palma e a mesa. — Ele me contou uma vez que adora nadar porque as emoções não passam pela água. É um lugar onde ele pode escapar.

Eu também gostaria de ter uma piscina em meu jardim.

— Por que ele ficou nervoso quando você nos apresentou? Achei que ele sabia sobre mim.

— Sabia. O fato de você estar aqui comigo confirma que está disposta a salvar Liam.

Ouvimos passos na escada e Michael levantou um dedo até os lábios, pedindo silêncio. Kaleb passou pela porta aberta, protegendo os olhos do sol que entrava pela janela.

— Você está com a aparência melhor — disse Michael, se levantando para fechar as cortinas.

Muito melhor. Ele havia tomado banho e colocado roupas limpas. Só a melhora no cheiro já era impressionante. Ele movia os olhos entre nós dois, o olhar se demorando sobre mim.

Aquilo me aquecia.

— Desculpe pelo que você viu lá embaixo. Não estou exatamente no meu melhor estado. E não sei o motivo — disse ele, olhando novamente para Michael —, porque juro que só bebi duas cervejas.

Michael levantou as sobrancelhas sem dizer nada e se sentou na beirada da cama.

— Juro — insistiu Kaleb, com a voz profunda e rouca. — Você se lembra de... hum, com quem eu estava quando você me encontrou?

— Uma garota alta com cabelo escuro e olhar de maluca. Ela não parecia querer deixar você ir embora.

— Amy. Não, Ainsley.

— Namorada nova? — perguntou Michael.

— Não.

O olhar de Kaleb se virou para mim.

— Uma garota qualquer que você está pegando?

— Mike. Uma dama está presente.

— Talvez seja melhor ela saber quem você é de verdade — disse Michael, dando de ombros.

— Não gosto da ideia que isso passa — recriminou Kaleb, entre dentes.

— Você vai superar isso. — Michael esticou o braço para me segurar pela manga, então me puxou para a cama para que eu me sentasse ao seu lado. Ele apontou para a cadeira vazia em frente à escrivaninha e então para Kaleb. — Sente-se.

Kaleb obedeceu.

Mas não ficou feliz com isso.

Observei seu rosto se transformando do sorriso largo até algo feroz e fechado. Os olhos eram ainda mais bonitos de perto, emprestando alguma delicadeza ao semblante, mas ele ainda não era um cara com quem eu gostaria de encontrar em um beco escuro. Michael disse que Kaleb era um casca-grossa, mas não acho que aquilo lhe fazia justiça.

Ele era simplesmente assustador.

— Nada com que se preocupar, Mike. — Kaleb tentou acabar com o desentendimento, mas a voz permanecia dura. — Não é nada de mais. Não temos nenhum compromisso.

— Eu sei. — Michael se levantou, seu tom se tornando desafiador. Queria cobrir sua boca com as mãos. Algo me dizia que eu não queria estar em um raio de 15 quilômetros se eles começassem a brigar. — É como todos os seus relacionamentos. Apenas uma noite.

— Cuidado aí. — O olhar de Kaleb voou na minha direção novamente quando ele se levantou e deu um passo na direção de Michael. — Não preciso de um irmão mais velho ou de uma babá.

— Você precisou ontem à noite.

Pular entre eles era tão inteligente quanto se meter em uma luta em uma jaula, mas foi o que fiz de qualquer forma, empurrando o peito dos dois com as mãos. Mesmo no calor do momento, tive que apreciar o tônus muscular dos dois.

— Parem! — Minha voz falhou, então tentei novamente. — *Parem!* Sei que vocês não querem fazer isso, nenhum dos dois. Parem de agir como crianças.

Segundo minha experiência, acusar um garoto de ser um bebê era tão eficiente quanto jogar um balde d'água na Bruxa Malvada do Oeste. Da mesma forma que aconteceu com ela depois que o Espantalho a atacou, a tensão desapareceu. Michael se sentou novamente e Kaleb se jogou na cadeira em frente à mesa. Colocando um braço nas costas do assento, Kaleb olhou para mim.

— Ei, cara, você acha que pode colocar a Baixinha na coleira de novo?

Dei um passo para a frente com as mãos na cintura, apenas levemente intimidada ao encontrar Kaleb quase da minha altura quando ele estava sentado e eu em pé.

— Primeiro de tudo, ninguém manda em mim. Segundo, se você falar novamente da minha "coleira", vou acabar com a sua raça. — Cutuquei seu peito com força usando o dedo. Possivelmente, fraturei-o. — E terceiro, não me chame de Baixinha.

Kaleb ficou sentado em silêncio por um segundo, seus olhos arregalados enquanto ele olhava para Michael.

— Onde você a achou? Pode me arranjar uma também?

Soltei um suspiro alto e frustrado e me joguei ao lado de Michael, que nem tentou esconder o sorriso.

— Você provavelmente deveria se desculpar com a Emerson.

— Sinto muito. — Kaleb sorriu para mim. — Sinto muito por não a ter conhecido antes dele.

Capítulo 33

— *Eu* não *quero* nada!

Nós três nos mudamos para a cozinha. Michael estava olhando o que tinha na geladeira, tentando achar algo que Kaleb poderia comer. Kaleb respondeu colocando o rosto sobre a mesa e cobrindo a cabeça com os braços, apenas espiando ocasionalmente para olhar para mim e sorrir. Ele definitivamente tinha charme.

Muito.

— Tenho certeza de que Nate não se importaria de compartilhar meia dúzia de seus ovos. Que gostoso! Sabe o que acalmaria seu estômago? Baaaaacon — disse Michael, esticando a palavra, enquanto abria a embalagem e balançava o conteúdo em nossa direção, com um largo sorriso.

Kaleb soltou um gemido quando o cheiro chegou à mesa. Michael piscou para mim, como se eu fosse sua comparsa. Invejei o nível de intimidade entre os dois, especialmente depois de uma briga que quase chegou a socos.

Percebi que eu estava confortável também. Olhei para Michael, que ainda vasculhava a geladeira, e para Kaleb ao meu lado. Parecia que tudo estava em seu lugar. Eles pareciam fazer sentido juntos. Eu não tinha vindo para cá esperando achar um lugar para mim.

Time Esquisitões. Fiquei imaginando se poderíamos ter camisas personalizadas.

O sentimento confortável de camaradagem se apagou um pouco quando refleti sobre a verdade. Michael não sabia de tudo, não mesmo. Se ele descobrisse como minha vida era há quatro anos... não tinha sido uma vida. Mal havia sido uma simples existência.

Ouvimos passos na escada e Ava apareceu no canto da cozinha, com seus saltos bem finos batendo na tábua corrida como pequenos martelos contra o chão. Ela fez um breve contato visual comigo, oferecendo um sorriso forçado antes de voltar sua atenção a outra coisa.

— Michael? — perguntou Ava impacientemente.

Ele tomou um susto antes de tirar sua cabeça de dentro da geladeira.

— Ava. Como se sente nesta manhã?

— Temos que confirmar nossos planos para o Dia de Ação de Graças. — Ela ainda não tinha notado a presença de Kaleb. — Quero reservar nossas passagens para Los Angeles. Considerando que você vai aceitar o convite, claro.

Michael parecia tão nervoso quanto um cervo iluminado pelos faróis de uma caminhonete carregando lixo tóxico.

— Nós já conversamos sobre isso.

— Não conversamos, não. — Ela franziu a testa, parecendo genuinamente confusa.

— Foi há uns dois dias. Eu disse que não...

— Sobe aqui para procurarmos os horários dos voos. Se você já tiver acabado com... — Ela acenou com a mão na direção geral da mesa. — Aquilo.

Kaleb zombou:

— Oh, se você precisa dele, Ava, tenho certeza de que ele já acabou comigo. Michael, lembre-se de lavar as mãos para não passar meus piolhos para a Ilumi... Ava.

Ava apertou os olhos e encarou Kaleb, inclinando a cabeça de forma desafiadora.

— Bêbado — disse ela.

— Víbora — respondeu ele.

— Crianças! — Michael levantou as mãos formando um T. — Tempo.

Ava olhou para Kaleb com raiva e saiu da cozinha. Michael a seguiu.

Ele não olhou para trás.

— Por que não diz a ela como você realmente se sente? — perguntei a Kaleb quando eles saíram.

— Falei no dia em que a conheci. — Kaleb colocou os braços na mesa e apoiou o queixo nas costas das mãos, olhando para mim. — Da mesma forma como estou prestes a lhe dizer que é possível que eu esteja apaixonado por você.

— Sério? — Eu ri. — Por causa de todas as nossas conversas profundas e do tempo precioso que passamos juntos? Ou foi amor à primeira vista?

— Tipo isso — disse ele, provocando.

Fiquei pensando.

E também me perdi nos olhos dele por um segundo. Quando percebi que ele estava esperando que eu dissesse algo, limpei minha garganta.

— Então, você tem apelidos para todo mundo? Baixinha, Mike... a Iluminada?

— Imagino que Mike tenha lhe contado a história por trás desse último.

Confirmei com a cabeça e seu sorriso se espalhou lentamente pelo rosto, como mel escorrendo de um favo. Aposto que ele estava acostumado com garotas olhando fixamente para ele. Será que ele sempre gostava tanto daquilo quanto parecia estar gostando naquele momento?

— Tenho apelidos para as pessoas que amo e para as que amo odiar.

Será que havia algum significado profundo escondido para "Baixinha"?

— E Ava está na lista dos odiados.

— Nunca nos demos bem. — O sorriso de Kaleb desapareceu. Ele esticou os braços sobre a mesa e inclinou a cabeça em minha direção. — Talvez porque algo dentro dela pareça ausente e eu não consigo ignorar isso. Ela nem mesmo sabe como está se sentindo durante metade do tempo.

— Você saberia, não é? — perguntei. — Espero que você não se importe. Michael me contou. Sobre sua habilidade.

— Não me importo. Sei tudo sobre você. Acho que é justo que saiba sobre mim. — Ele se ajeitou, o momento de intimidade quebrado. — Sem problemas.

— Você não sabe tudo sobre mim.

— Adoraria ouvir — disse ele, continuando nossa conversa de forma casual, flertando. — Não caí na dele.

— Não sei se é uma boa ideia. A estrada pra chegar até aqui foi... acidentada. Mas te dou os detalhes. Se você estiver interessado.

A incerteza nublou os olhos de Kaleb enquanto o humor mudava. Olhando pela janela sobre a pia da cozinha, ele disse:

— Estou escutando.

— Meus pais morreram em um acidente logo depois que comecei a ver dobras. Fui internada em uma instituição porque deixei escapar para um psicólogo que achava que estava vendo pessoas mortas. Ah, e também porque surtei tão completamente no refeitório da escola que minha melhor amiga teve que me levar até a enfermaria. — Avaliei sua reação, pensando no quanto eu poderia lhe contar. — Ninguém sabia o que fazer comigo, então me drogaram até eu me esquecer de tudo.

— Como você... melhorou?

Ele me olhava com atenção, procurando uma resposta que eu não podia dar, não importa o quanto eu desejasse.

— Todos aqueles medicamentos em meu organismo me impediram de ver dobras. Os médicos acabaram diminuindo a dosagem e aprendi a ficar calada sobre o que eu via. Parei de tomá-los no último Natal. Conhecer Michael... tornou tudo mais fácil.

— Ele contou sobre como meus pais se conheceram?

— Não — respondi. — Mas Cat me contou um pouco sobre o relacionamento deles.

Kaleb recostou em sua cadeira, apoiando a sola de um tênis contra a beira da mesa.

— Meu pai é... era um cientista típico. Cabelos desgrenhados, roupas que não combinavam. Minha mãe sempre foi certinha. Ela foi atriz. Eles se conheceram quando ele era consultor técnico em um filme de ficção científica que ela estava fazendo.

— Qual é o nome dela?

— Grace. Seu nome artístico era Grace...

— Walker — interrompi, quando percebi a semelhança. — Você se parece muito com ela.

— Sorte a minha. — Ele sorriu. — Eles se casaram seis semanas depois de se conhecerem.

— Isso é incrível.

— A conexão entre eles era irreal, profunda. Meu pai viu dobras durante toda sua vida, mas minha mãe só começou a ver depois que eles se conheceram.

— Isso a assustou?

— Ela não estava sozinha.

Fiquei imaginando se tinha sido assim tão fácil para ela.

— Como a coisa da empatia aconteceu com você?

— Até onde sabemos, nasci com isso. Eu chorava muito quando era bebê, mas não por causa de cólica. Assim que meus pais descobriram, minha mãe parou de trabalhar como atriz para poder ficar em casa comigo o tempo todo, amortecer a situação. Minha mãe tornou minha vida suportável. — Ele fez uma pausa, olhando para o chão. Achei que tinha visto um traço de umidade em seus cílios escuros — Sinto falta dela. Sinto falta dos dois.

— Kaleb, você não tem que...

— Não, tudo bem. — Ele olhou para mim, seus olhos límpidos. Talvez eu tivesse me enganado. — De qualquer forma, à medida que fui ficando mais velho, descobri outras coisas que ajudavam, por exemplo, como ficava tudo silencioso comigo, mentalmente, quando eu estava debaixo d'água. Que eu podia afastar boa parte disso se colocasse barreiras suficientes.

Senti a necessidade de dar um tom mais leve ao momento.

— Então é por isso que você age como um babaca?

Kaleb me concedeu um sorriso.

— Boa.

— Bloqueei muitas coisas também, depois do acidente, mesmo depois do hospital — confessei. — Mantive a cabeça no lugar. Aprendi coisas... Autodefesa, sarcasmo... Tudo com a intenção de manter as pessoas longe de mim, fora do meu mundo.

— Funcionou?

— Por um tempo. — Sorri. — Está ficando mais fácil deixar as pessoas se aproximarem. Você deveria tentar.

— Vou lhe dizer como isso funciona — disse ele, rindo. Então seu rosto ficou sério novamente. — Ninguém sabe disso além de Michael, mas meu pai descobriu uma forma de isolar as propriedades de certas drogas para me ajudar a filtrar os sentimentos, me impedir de absorver tudo de todos. Ele produziu um estoque para mim logo antes de morrer.

Ele pegou uma moeda de prata achatada em seu bolso e começou a girá-la entre os dedos, se concentrando no movimento por um momento antes de colocá-la na palma da mão.

— Sei o que você concordou em fazer pelo meu pai.

Olhando diretamente para os olhos azuis que eram iguais aos de sua mãe famosa, eu disse:

— Por seu pai. E por você e sua mãe. Ninguém deveria ter que passar pelas coisas pelas quais passamos. Se eu puder mudar o resultado, tornar a vida melhor, será como fazer algo de bom para o mundo inteiro.

— Meu pai me deu isso quando fiz 16 anos. Eu finalmente havia aceitado quem eu era. Tinha decidido aprender a usar minha habilidade em vez de fugir dela.

Kaleb segurou a moeda entre dois dedos para eu poder vê-la. Não era exatamente uma moeda, mas um círculo prateado com uma palavra gravada sobre ele. Cheguei mais perto para ler o que estava escrito.

"Esperança."

Ele colocou o círculo de volta no bolso e esticou o braço para segurar minha mão. Eu o deixei segurá-la. A mão dele era forte, um pouco áspera e quente. Não senti a eletricidade que sentia quando tocava em Michael, mas algo diferente.

Conforto.

— Obrigado — disse ele.

Fiz que sim com a cabeça.

Michael entrou na cozinha sozinho. Soltei minha mão de Kaleb, mas não antes que Michael pudesse ver. Observei enquanto ele registrava o ocorrido.

Ele não gostou.

— Reservou sua passagem? — perguntou Kaleb com uma doçura exagerada, seu atrevimento de volta com força total. — Vai viajar de primeira classe?

Falei antes que ele e Kaleb começassem a brigar novamente:

— Falando em viajar, quando *nós* vamos viajar? — perguntei.

Conhecer Kaleb apenas tinha confirmado que eu estava fazendo a coisa certa. Agora havia um rosto atrelado ao problema, o que o tornava mais real de alguma forma.

— Espero que seja logo — respondeu Michael. — Teremos que contar tudo a Cat, claro, e nos assegurar de que ela vai nos ajudar.

— O que estamos esperando? — Levantei da cadeira. — Vamos lá.

— Espere. Não é um pouco cedo? — perguntou Kaleb. — Você acabou de aprender sobre sua habilidade. Tem certeza de que está pronta para isso?

Olhei para ele:

— Quanto antes viajarmos, mais cedo você pode ter seu pai de volta.

Kaleb olhou fixamente para mim. Eu sabia que ele estava tentando ler o que eu tenho por dentro, provavelmente procurando medo.

Ele não encontraria nenhum.

Capítulo 34

Segui Michael e Kaleb no carro de Dru enquanto cruzávamos o campus da faculdade e estacionávamos em frente ao departamento de ciências. Thomas tinha estudado a arquitetura clássica dos prédios bem preservados de pedra e tijolos quando decidiu que estilo seguiria para o centro de Ivy Springs. Como o centro da cidade, os prédios pareciam impassíveis, sólidos, confortáveis. E velhos.

Coisas velhas jamais combinaram muito comigo.

Uma ampla escadaria nos levou ao segundo andar. O cheiro de livros e giz permeava os corredores. Uma voz profunda e monótona saía de uma sala até o corredor, ensinando sobre as propriedades dos metais. Papéis balançaram quando passamos por um quadro de avisos anunciando sabe-se lá o quê. Mantive os olhos sobre as costas largas de Kaleb.

A exclamação de surpresa de Cat com nossa aparição quebrou minha concentração. Entramos em uma espécie de laboratório com tubos, béqueres, queimadores e um quadro branco cheio de equações. Ela nos convidou a entrar e fechou a porta.

— Kaleb, depois de ontem à noite, estou chocada por vê-lo entre os vivos. Tinha quase certeza de que você ficaria acabado até amanhã, pelo menos.

Os olhos dela carregavam uma mistura de preocupação e alívio, atrás de óculos de leitura com armação de chifre. Fiquei imaginando se aqueles óculos eram dela ou se ela os tinha tomado emprestado de uma professora muito mais velha, uma que tivesse cabelo azul e rugas estilo shar-pei.

— Sim, desculpe por aquilo. — Kaleb esfregou a nuca, enquanto dois círculos rosados surgiam em suas bochechas. — Não sei bem o que aconteceu.

Ela lhe ofereceu um sorriso amarelo que prometia discussão para mais tarde e voltou sua atenção para mim e Michael.

— O que os traz aos sagrados corredores da academia? Você tem mais perguntas, Emerson?

— Ela não tem. — Michael se intrometeu para me salvar. — Eu tenho algo que preciso confessar. Não podia esperar.

Cat tirou os óculos de leitura de cima do nariz e se encostou à mesa do laboratório.

— Confessar?

Meu coração disparou com ansiedade. Tanta coisa dependia de Cat aceitar participar do plano de Michael. Ele começou a explicar e mentalmente cruzei os dedos.

— Há cerca de dois meses, recebi uma mensagem de voz de alguém que eu não reconheci, requisitando um encontro no Riverbend Park. — Ele olhou para mim com o canto do olho. — Logo depois que a trilha principal terminava, em um bosque cheio de árvores. Era Em. Bem, a Em de daqui a dez anos. Ela me contou como e quando contatar Thomas para oferecer meus serviços, assim como o que eu precisaria saber para convencê-la de que eu era confiável. Ela também me disse para pesquisar o Princípio Novikov.

— O quê?

Cat soltou o ar, levantando as mãos para se equilibrar na mesa atrás dela. Estudei o rosto de Michael, intrigada com a revelação.

— Nenhuma regra de viagem foi violada — explicou ele apressadamente para Cat, evitando meus olhos. Ele disse as próximas palavras deliberadamente. — Ela me contou que nós dois éramos um par. Ela podia me ajudar a fazer *o que ninguém mais poderia.*

Cat se afastou da mesa, fazendo-a balançar violentamente. Vidros chacoalharam e líquido se derramou, chiando quando passava na chama do queimador.

— Você quer salvar Liam.

Michael fez que sim com a cabeça, mas não falou. Os segundos se passavam e a respiração de Cat ficava mais difícil.

— Não. Você sabe que não há possibilidade. Não pode interferir com propriedades temporais dessa forma. Eles nunca vão deixar... — parou, negando em silêncio com a cabeça antes de continuar: — Desacelerar e acelerar por nossos próprios motivos já causa problemas suficientes, mas voltar e ressuscitar os mortos? Não.

— Você não está pensando nas possibilidades — argumentou Michael, dando um passo hesitante na direção dela. — Você ao menos pensou no Princípio Novikov?

— Não vou pensar em nenhum princípio, Michael. A resposta é não. — Ela escorregou seu corpo pela beirada da mesa, dando um passo rápido para trás para deixar a mesa entre eles. — Um não sólido e irreversível.

Kaleb, que estava parado ao meu lado escutando a conversa, tinha ficado em silêncio até esse momento. Senti suas palavras mais do que as escutei, o som da ira praticamente incontida batendo contra meus tímpanos.

— Por quê? Por que diabos você não quer ajudar a salvar meu pai?

Coloquei a mão em seu braço, apesar de ser tolice achar que eu tinha alguma esperança de segurá-lo se ele decidisse partir para cima de Cat. O músculo em seu braço se enrijeceu sob meus dedos e fiquei esperando ele se soltar. Mas ele não fez nada.

Cat olhou em volta da sala, como se estivesse procurando a saída mais próxima.

— A questão não é salvar seu pai. Estou falando de regras, as coisas que podemos e não podemos fazer.

Os longos passos de Kaleb devoraram o espaço entre ele e Cat. Quando chegou perto dela, ele socou o tampo de aço escovado da mesa, enfatizando suas palavras.

— Que se danem as regras.

— Kaleb, por favor — disse Michael com a voz tensa.

Kaleb não se moveu.

Os únicos sons na sala eram o chiado do bico de Bunsen e o borbulhar do líquido em um tubo suspenso. Depois do que pareceu uma eternidade, Cat falou:

— Emerson nunca viajou antes — disse ela, olhando de Kaleb para Michael. — Você está me dizendo que quer colocar em risco sua segurança, a própria vida, e fazê-la voltar no tempo para salvar alguém que ela jamais conheceu?

Michael tentou se defender:

— Não é perigo...

— É, sim — interrompeu Cat. — Michael, você sabe como Liam morreu. O timing para o que você está propondo teria que ser preciso, estamos falando de milissegundos, para que existisse alguma chance de isso funcionar.

— Nós conseguiríamos — respondeu ele. — Precisaríamos de alguma pesquisa...

— Pesquisa? Pense no que você está propondo. Um movimento em falso e tanto você quanto Emerson podem morrer, queimar até virar uma pilha de ossos impossível de identificar, exatamente como Liam. É isso que vocês querem?

Kaleb soltou um chiado, dando um passo para trás para se colocar entre mim e Cat.

As palavras dela me atingiram como um golpe de verdade. Envolvi os braços em minha cintura, meu estômago doendo, sentindo a necessidade de me afastar do prédio e daquela conversa. Virei as costas e saí sem olhar para trás, abrindo caminho entre a multidão de alunos falantes que agora inundavam o corredor. Desviando de mochilas e pessoas, passei pelas portas duplas e desci a escada até o térreo. Assim que cheguei à calçada, olhei por cima do ombro para me assegurar de que ninguém tinha me seguido.

Foi um erro.

Em frente ao prédio, um grupo de jovens rapazes se empurrava, jogando uma bola de futebol americano antiga, feita de couro de porco. Ela não era antiga para eles.

Usavam calças curtas com meias listradas e chuteiras e calculei que aquele uniforme era dos anos 1940. Eu já estava dando um novo significado à palavra loucura naquele dia e agora um time inteiro de jogadores fantasmas de futebol americano estava parado na minha frente, perfilado para posar para uma fotografia em frente aos degraus que levavam ao segundo andar.

Em vez de tentar encostar minha mão em um time de mais de uma dúzia de rapazes fortes, escolhi procurar por um lugar menos povoado. À minha direita, escondido atrás do prédio da administração, encontrei meu refúgio. O Jardim Memorial de Whitewood. Dois bancos cobertos de musgo ao lado de um relógio de sol de bronze que parecia muito antigo. Os galhos de um salgueiro balançavam, criando uma exuberante parede verde, abafando os sons que vinham do campus e escondendo um pequeno lago. Jogando o corpo em um dos bancos, deixei a cabeça cair para trás e fechei os olhos, grata pelo calor do sol do fim da tarde que batia em meu rosto.

Mas, independentemente do quanto tentei, não consegui fazer as palavras de Cat irem embora.

Depois de perder meus pais, repassei mentalmente minha versão do acidente com o ônibus mais de mil vezes, imaginando qual deveria ser a sensação de descer a encosta de uma montanha até um lago límpido e parcialmente congelado. Eu gostava de pensar que o fim deles tinha sido tranquilo.

Sabia que o fim não tinha sido assim para Liam Ballard.

Passos pesados soaram atrás de mim e me virei, esperando ver Michael. Levei um susto quando olhei para cima e vi os olhos azuis de Kaleb.

— Michael está dando uma dura em Cat por ter botado medo em você. Achei que você podia precisar disso. — Ele se sentou, me entregando uma garrafa d'água e colocando uma toalha de papel molhada em minha nuca. O papel estava tão encharcado, que filetes escorreram pelas costas da camiseta. — Você está bem?

— Eu? E você? *Você* está bem? Cat comparou seu pai a...

Parei, sem querer terminar a frase. Tirei a toalha, que ainda pingava, da minha nuca. Amassando o papel em uma pequena bola, fiquei olhando a água escorrer por entre os dedos e correr pela parte de dentro do meu pulso. A sensação me fez tremer.

Kaleb percebeu. Colocando os cotovelos nas costas do banco, ele abaixou o braço mais perto de mim, encostando levemente em meus ombros. Resisti à vontade de relaxar na curva de seu corpo.

O sol, baixo no céu, filtrava tudo à nossa volta através de uma lente amarela suave. O jardim parecia fazer parte de um conto de fadas, não era o tipo de lugar para se ter uma conversa sobre morte. Sobre dor.

— Kaleb, como ela pôde dizer algo como aquilo na sua frente?

— Ela não teve a intenção — respondeu ele, a expressão cuidadosamente vazia. — Ela queria explicar sua posição e estou achando, pela reação que você teve, que ela conseguiu.

— Reagi por sua causa. Estou imaginando que vocês dois sejam próximos. Percebi o olhar que ela lançou para você depois que perguntou sobre ontem à noite.

Ele virou a cabeça para o outro lado, seu olhar sobre vitórias-régias e tifas no lado mais afastado do lago. Um peixe pulou e pequenas ondas dançaram sobre a superfície.

— Meu relacionamento com Cat é incomum. Sempre foi. Ela é a minha guardiã legal.

— Mas você não mora com ela.

— Vou ter que morar, agora que minha mãe não está mais em casa. Vou levar algumas coisas minhas para lá esta noite.

— Ah. — Eu me encolhi por dentro com a dor que vi em seu rosto. — Você está lidando bem com isso?

— Não sei. Quero dizer, amo Cat, mas ela não sabe como lidar comigo ultimamente. É claro que eu não facilito as coisas para ela. E quando tento ler suas emoções, elas estão por todos os lados. — A voz dele parecia vulnerável, completamente errada para alguém com uma aparência tão durona quanto a de Kaleb. — Medo, culpa, raiva, remorso. Acho que por causa do meu pai, ou pelo fato de ela nem ter 30 anos e precisar carregar como um fardo alguém que é quase adulto.

— Tenho certeza de que ela não o vê como um fardo — falei, de forma reconfortante, rolando a bola de papel molhado em minha mão para ocupá-la de alguma forma. — Acho que ela está genuinamente preocupada com você. Há quanto tempo a conhece?

— Parece que a conheço desde sempre. Ela sempre esteve por perto. Cat é como uma irmã para mim. Mas não deveria ter que agir como minha guardiã. As coisas não deveriam ser assim.

— Ela se importa com você. Muitas pessoas se importam.

— E quanto a você, Baixinha? — Ele sorriu para mim. — Você acha que poderia se importar?

Ele não estava falando de amizade. A água da toalha de papel praticamente se transformou em vapor saindo da minha pele.

— Kaleb, eu... as coisas estão... quero dizer, este não é o momento certo para...

Ouvi o som de alguém limpando a garganta e olhei para trás. Michael estava parado atrás de nós. Fiquei imaginando o quanto ele tinha escutado. Percebi como deveria ser nos ver de seu ponto de vista, o braço de Kaleb em volta de meus ombros, eu olhando para ele. Levantei tão rapidamente que quase tropecei em meus próprios pés. Enfiando a bolinha de papel no bolso da minha calça jeans, me virei para Michael.

— Ei! — falei, minha voz alta e alegre demais para a situação. — O que aconteceu com a Cat?

— Ela quer pensar sobre o assunto. — Ele parecia desconfortável, desviando o olhar de mim para Kaleb. — Nós todos devemos nos encontrar amanhã à tarde em casa para ela nos dar uma resposta. E pedir desculpas.

— Ela concordou que disse a coisa errada a Emerson? — perguntou Kaleb.

Ele também se levantou, se movendo para ficar atrás de mim. Bem atrás.

— Ela concordou que falou a coisa errada, ponto — respondeu Michael, a voz seca. — A todos nós.

Um telefone celular começou a tocar e Kaleb tirou o dele do bolso. A foto de uma garota usando gloss e mandando um beijo sedutor apareceu na tela. Ele levantou o telefone e fez um gesto envergonhado.

— Acho que preciso atender esta ligação.

Ele virou as costas para nós e falou com uma voz baixa:

— Ei, gata.

Eu queria saber mais sobre o que Michael e Cat discutiram, mas, de repente, tudo em que eu conseguia pensar era fugir.

— Ok. — Peguei minhas chaves do carro e comecei a girá-las ansiosamente em volta do dedo. — Eu vou... hmm... vou embora. Michael, falo com você mais tarde sobre amanhã.

Acenei sem nenhuma convicção para as costas de Kaleb e corri como uma covarde.

Pelo menos tão rápido quanto conseguia com meus sapatos de salto.

Michael gritou:

— Em, calma aí.

Continuei indo, ainda girando as chaves. Não olhei quando ele começou a acompanhar meu passo. Mais uma vez, traída pelas minhas pernas curtas.

— O quê?

— Gostaria de conversar com você sobre...

— Você não precisa me perguntar se eu ainda quero salvar Liam. Eu quero. Nada do que Cat disse mudou isso. E não preciso que você fique em dúvida por mim — falei, inexplicavelmente irritada com ele. Chegamos ao carro e me virei para me encostar à porta no lado do motorista, me preparando para uma discussão. — Posso tomar minhas próprias decisões, sabia?

— Tenho certeza de que pode. — Ele bateu com os dedos no teto do SUV. — Mas não foi por isso que segui você. Gostaria de perguntar... quanta... hmm, experiência você tem com rapazes?

Congelei, minhas chaves rodando mais devagar até pararem e baterem com força em minha mão. Inclinando a cabeça para o lado, olhei para ele:

— *O quê?*

Olhando para o chão, ele usou as mãos para fazer gestos enquanto lutava para encontrar as palavras:

— Eu... hmm... não estou falando disso, não da parte física...

Não existia a mínima possibilidade de lhe contar que o mais perto que passei de dar uns amassos foi minha aventura com ele, encostada à cerca de metal forjado. Nem achei que ele estaria interessado em saber sobre meus desastres no jogo de verdade ou consequência no ensino fundamental. Por que a minha vida romântica interessava? Percebendo que eu ainda estava com a mão levantada, abaixei-a, me convencendo a não usar o chaveiro como um soco-inglês.

— Nós realmente estamos tendo esta conversa?

— Só queria dizer que... Sei que Kaleb pode ser muito... Charmoso. — Michael disse a palavra como se ela deixasse um gosto amargo em sua boca. — Apesar de nós discutirmos, ele é meu melhor amigo, mas...

— Mas? — cutuquei.

— Ele é muito... Quando o assunto são garotas... Ele tomou algumas más... — Ele se afastou de mim, enfiando as mãos nos bolsos. — Esqueça. Não tenho o direito de lhe dizer com quem você deve ou não ficar. Desculpe.

— Não estou *ficando* com ninguém. Não sei o que você acha que *viu* lá, mas era *apenas* uma conversa. — Estava dividida entre ficar feliz por ele se importar e irritada por ele pensar que aquilo era da conta dele. — Kaleb e eu temos muito em comum. Estávamos conversando. Isso é tudo.

— Entendo. — As rugas em sua testa ficaram mais profundas. — Mas... Kaleb nem sempre usa o cérebro quando se trata de garotas.

— Que garoto adolescente usa?

Sempre me disseram que eles usavam uma parte completamente diferente da anatomia masculina. Fiquei me perguntando como esse dia tinha saído tão completamente de controle. Primeiro, minha briga com meu irmão, então conheci um Kaleb bêbado, depois revelamos nossos planos de viagem para Cat e, por fim... Uma discussão sobre minha vida sexual inexistente.

Caramba, eu estava cansada.

Michael olhava fixamente para mim.

— Tudo o que estou dizendo é que ele pode não ter muitos critérios quando o assunto é ficar com garotas. Não gostaria que você se magoasse.

Minha súbita dor de cabeça era poderosa, ameaçando abrir meu crânio ao meio e derramar meu cérebro no chão.

— Bem — falei —, se Kaleb e eu ficarmos, vou fazer questão de me lembrar disso.

— Ah, não, espere... você entendeu errado. Emerson, espere!

Sem dizer outra palavra, entrei no carro e bati a porta, ativando a tranca e dando a partida no motor. A última coisa que vi enquanto saía do estacionamento foi o olhar aterrorizado no rosto de Michael.

Capítulo 35

A dor em minha cabeça fez com que meu estômago se embrulhasse em protesto. Eu queria minha cama. E escuridão completa.

E chocolate.

Fui me arrastando escada acima, abrindo a porta para o loft vazio. Graças aos céus. Pegando uma garrafa de água, alguns analgésicos e uma barra de chocolate do estoque de emergência de Dru, notei que eram quase oito horas. Não estava tão cedo para dormir.

Se você tivesse 7 anos.

Não me importei. Estava muito ocupada ficando feliz porque não teria que adicionar um confronto com meu irmão à lista de derrotas do dia. Deixei as chaves de Dru no balcão, com um bilhete que dizia que eu estava exausta e ia direto para a cama. Procurando conforto, tomei um longo banho antes de colocar calcinha e sutiã e uma das camisetas antigas de Thomas que eram tão macias quanto seda.

Depois de me assegurar de que as janelas estavam trancadas, caí na cama. Não queria correr o risco de Michael voltar a seu loft e tentar forçar uma conversa frente a frente. Apaguei a luz e afundei na cama até que as cobertas estivessem sobre minha cabeça, fechando os olhos e esperando que o sono viesse graças à simples força de vontade.

Resmungando de frustração, virei de bruços, enterrando o rosto no travesseiro Talvez afastar meus pensamentos um de cada vez fosse tão efetivo quanto contar carneirinhos. Podia tentar fazê-los pular sobre uma cerca, indo para longe da minha mente.

Será que Kaleb era tão sem critérios em relação a garotas quanto Michael queria que eu achasse? Ele tinha parecido muito sincero quando conversamos. Não conseguia imaginar que ele seria capaz de compartilhar aquelas coisas com uma desconhecida, especialmente as questões sobre seus pais. Ele podia ser atirado, mas achei que era sincero. Até a hora da ligação da garota mandando beijo. A forma como tinha atendido o telefone praticamente carimbava em sua testa a palavra *pegador*.

Adicionando aquilo à conversa com Michael...

Puxei o travesseiro sobre a cabeça e gritei.

— Emerson!

A palavra era alta, vindo bem do lado do meu ouvido. Engoli o grito e me sentei, agarrando o travesseiro contra o peito, virando a cabeça na direção da voz. Demorou um segundo para distinguir a forma de pé ao lado da minha cama contra a luz da rua que entrava pela janela, mas quando consegui, quis gritar novamente.

Jack.

— Agora não — resmunguei, frustrada, fechando os olhos com força.

Abri os olhos lentamente, esperando que ele tivesse desaparecido. Não tive tanta sorte.

— Você está bem?

Suspirei.

— Você encontrou seu jovem? Encontrou as respostas que estava procurando?

— Meu jovem? Ah, encontrei — resmunguei. — E se um garoto idiota não era problema suficiente, também achei o melhor amigo dele.

— Deixe-me adivinhar — disse ele com um sorriso compreensivo no rosto. — Eles estão brigando por sua causa?

— Sim. Não! Não sei. — Bati com o rosto no travesseiro antes de responder com a voz abafada. — É algum tipo de... competição e é totalmente desnecessária. Quero apenas trancá-los no mesmo quarto e... e...

— O quê?

— Bater a cabeça de um contra a do outro até que os dois fiquem inconscientes.

Ele riu daquele jeito carregado:

— Que nada. Você deve estar acostumada a ter os rapazes brigando por sua causa.

— Com certeza não estou — falei, mas guardei as palavras no bolso como uma barra de chocolate, para pegar mais tarde e saborear. — De onde você veio? Achei que tinha ido embora.

A risada de Jack parou e o quarto ficou quase insuportavelmente silencioso.

— Procurei por você ontem. Onde estava? Pensando bem, esqueça isso. — Tirando o cabelo do rosto, me sentei. Os olhos dele ainda eram do mesmo azul estranho, ainda que levemente mais claros, e olhavam através de mim. Seu cabelo parecia mais claro também. Segurei o travesseiro junto ao meu corpo, muito ciente do que estava vestindo. — O que você é?

— Essa é uma pergunta esquisita.

— Na verdade não. — Endireitei o corpo, puxando as cobertas mais para cima. — Todas as vezes que toquei em dobras, elas desapareceram. Você não desapareceu.

— O que é uma dobra? — perguntou ele, me estudando com uma expressão de curiosidade.

— O que você é. O que *acho* que você é. — Balancei a cabeça, irritada. Ele ainda usava o mesmo terno preto com o colete. Nada realmente entregava o período a que ele pertencia, nem mesmo seu corte de cabelo. Os dedos estavam livres de anéis. Nenhuma pista visível para ligá-lo a alguma era, a não ser o relógio de bolso prateado que parecia ter vivido dias melhores. — Você é do passado. Certo?

Ele balançou a cabeça positivamente.

— Não sei por que você está aqui, Jack. — Inclinei o corpo para a frente levemente, imaginando o que aconteceria se eu tentasse tocar nele. Jack devia saber o que eu estava pensado, mas mesmo assim ficou parado. — Por que você continua aparecendo?

— Por você.

— O quê? — Tremi quando o ar-condicionado começou a funcionar, o duto no teto jogando ar gelado sobre meus braços.

— Eu me sinto... conectado a você. Conheço todos os caminhos misteriosos que a vida pode tomar. Gostaria de poder protegê-la deles.

— Isso é impossível. — Esfreguei os braços bruscamente com as mãos, tentando me aquecer, imaginando o quanto do frio tinha a ver com Jack em vez do ar-condicionado.

— Isso é o que você pensa, não é? Você é tão única. Tão inocente. — A forma como ele estava olhando para mim não me fazia me sentir nem um pouco inocente. Ela me fazia desejar que Thomas e Dru estivessem em casa. — A vida é... cheia de escolhas. Algumas menos definidas que outras.

Centralizei o travesseiro mais diretamente sobre meu peito.

— Você não está fazendo sentido. O que você está falando não...

— Um dia tudo isso vai fazer sentido. — Seus olhos ficaram mais escuros por uma fração de segundo. — E nesse dia, você vai saber que fiz tudo isso... Para protegê-la. Tudo por você.

Ouvi a porta da frente do loft abrir, mas não afastei meus olhos de Jack.

Ele sorriu um sorriso triste e deu um passo para trás.

Depois sumiu.

Não sei se desta vez seria para sempre.

Capítulo 36

Não sei o que Dru disse a Thomas para evitar que eu entrasse numa fria por ter ido procurar Michael. Só sei que fiquei agradecida. Thomas não falou nada na manhã seguinte quando pedi para pegar o carro de Dru emprestado mais uma vez e ela me entregou as chaves de boa vontade.

Saí enquanto as coisas estavam indo bem para mim, dirigindo na direção do campus com os vidros abaixados. O ar já parecia pesado com a umidade e fiquei feliz por estar usando short e regata em vez de jeans e camiseta. Aumentando o volume do rádio, deixei a música anestesiar minha mente. Não queria pensar em como lidar com a situação entre Michael e Kaleb. Quando cheguei à Casa dos Renegados tive que fazer um discurso para mim mesma, para conseguir me convencer a sair do carro.

Entrei sem bater. A porta de tela bateu atrás de mim, anunciando minha presença. Segui meu nariz até a cozinha e encontrei Kaleb parado perto do fogão. Ele estava mexendo algo que emanava um cheiro absolutamente delicioso, uma colher de pau em uma das mãos e uma enorme faca de cozinha na outra.

— Você está sóbrio? — perguntei da porta.

Ele se virou e soltou um sorriso que deixou o meu um pouco vacilante.

— Estou.

— Que bom, porque se não estivesse eu tiraria esse utensílio de cozinha letal da sua mão. — Cruzei o aposento e me levantei para me sentar no balcão ao lado do fogão. Sobre uma tábua, vários pimentões verdes e dois talos inteiros de aipo esperavam pela atenção da faca. Manteiga derretida e cebolas picadas borbulhavam em uma frigideira sobre o fogão. — Você cozinha?

Kaleb era tão bonito que me deixava com inveja. Bonito, com músculos definidos e uma tatuagem de um dragão vermelho cobrindo a maior parte do torso.

— Sim — disse ele —, cozinho.

— Você usa sempre essa camiseta branca sem manga e... — Empurrei seu ombro de leve. — E esse avental que diz "Beije o Cozinheiro" enquanto está cozinhando?

Ele se aproximou tanto que meu coração saltou.

— Visto isto quando você quiser.

— Ha-ha. Então... — falei, mudando de assunto apressadamente e apontando para a tábua. — O que você está picando?

— A trindade: cebolas, pimentões verdes e aipo. Estou preparando Étouffée. Dune e Nate estão voltando do trabalho de consultoria e vão trazer lagostins. Então — disse ele, passando a lateral da faca na frigideira para soltar os pedaços restantes dos vegetais cortados —, o juízo final está chegando.

Meu estômago se revirou quando pensei naquilo, sabendo que todos os planos de Michael dependiam da resposta de Cat. Não poderíamos ir sem ela.

— Alguma ideia do que ela decidiu?

— Nenhuma — disse ele, levantando as sobrancelhas. — Tem certeza de que ainda quer ir?

— Tenho.

— Não acredito em você. — Kaleb colocou a faca sobre a tábua e se encostou ao balcão ao meu lado. — Você estava bem ontem. Hoje parece nervosa. O que mudou?

— Está lendo minhas emoções? Nós só nos conhecemos ontem. Como?

Ele levantou um ombro e sorriu.

— É realmente irritante quando você faz isso sem permissão.

— Não consigo evitar. — Ele segurou o cabo da frigideira e revirou os vegetais algumas vezes. Eu nunca teria sido capaz de fazer aquilo sem deixar tudo cair no chão da cozinha ou me queimar. — Está nervosa por causa de algo que Michael falou quando a seguiu até seu carro ontem?

— Não mesmo.

Acho que Michael não tinha compartilhado suas opiniões sobre a vida amorosa de Kaleb com ele.

— Quer saber, aposto que consigo tirar essas preocupações da sua cabeça.

— Ah, é? — perguntei, provocando.

Ele botou a frigideira de volta sobre o fogão e colocou as mãos em volta de mim sobre o balcão, as pontas de seus dedos tocando a parte externa de minhas coxas.

— É.

— Ah. — Shazam. Mordi o lábio inferior.

Ele esticou o braço e juntou meu cabelo em um rabo de cavalo frouxo na base do pescoço, seus antebraços descansando em meus ombros descobertos.

— Tenho pensado no quanto quero distraí-la. Tenho pensado muito sobre isso.

— Sério? — Minha voz estava um pouco ofegante demais. Eu me apressei para pensar nas palavras certas para impedi-lo, mas não consegui pensar em absolutamente nenhuma palavra.

— Sério. — As mãos de Kaleb escorregaram por meus braços, os dedões traçando linhas desde a dobra de meu braço até os pulsos. Arrepios se formaram em minha pele e expectativa se espalhou por meu sistema nervoso. Inclinei o corpo para trás, batendo com a cabeça no armário atrás de mim.

Que suavidade.

Ele riu, mas aquilo fez eu me sentir confortável em vez de envergonhada.

Fui ficando cada vez mais confortável, enquanto ele movia suas mãos até meu rosto para segurar minha cabeça. Fiquei agradecida de alguma forma. Não queria bater com ela no armário novamente.

— Já está distraída? — perguntou Kaleb.

Eu estava completamente sem palavras. Não protestei quando ele se aproximou com a velocidade de uma lesma, a um suspiro de tocar os lábios nos meus. Naquele momento, fechei os olhos.

E vi o rosto de Michael.

⚜

Não tive que empurrar Kaleb para longe. Ele parou. Abrimos os olhos ao mesmo tempo.

— Estava com medo disso.

— De quê? — perguntei, enquanto soltava o ar.

— Michael. E você.

— Como você soube. Quero dizer, do que você está falando?

Ele franziu a testa, se concentrando em meu rosto e lentamente passando o polegar no meu queixo.

— Escute. Se isso fosse puramente físico, eu a estaria carregando até o segundo andar para procurar por um quarto vazio. Com o seu consentimento, claro.

Acho que soltei um grito. Ao mesmo tempo que era ridiculamente sexy, Kaleb era igualmente aterrorizante. Pelo menos para mim.

Ele riu.

— Mas não é apenas físico, o que já me confunde o suficiente. Há algo entre você e Mike, mesmo que você não admita.

— Não, não há. Não há nada — protestei, quando ele apertava os olhos.

— Você sente algo por ele?

— Talvez. — Dessa vez, bati com a cabeça no armário de propósito. — Não faço ideia do *quê*. Sinto muito.

— Não se desculpe. Apenas me diga quando souber. — Suas mãos ainda envolviam meu rosto. Ele se aproximou, me beijando delicadamente no canto da boca, mantendo os olhos focados nos meus. Então ele sussurrou, os lábios ainda tocando minha pele: — Por uma chance com você, eu posso esperar.

Michael escolheu aquele exato momento para entrar na cozinha.

Com rapidez, Kaleb se afastou de mim, voltando à frigideira como se nada tivesse acontecido. A expressão de Michael era completamente ilegível. Fiquei imaginando por um segundo se ele tinha visto algo. E se ele se importaria se tivesse visto.

— Emerson? — Sua voz estava vazia de emoções. Muito vazia.

— Sim — respondi, descendo do balcão. — Quase caí quando meus pés tocaram o chão e teria caído se Kaleb não tivesse me segurado pelo braço.

— Desculpe — sussurrou ele, escondido.

— Fraqueza nos joelhos? — perguntou Michael.

Ele definitivamente tinha visto.

Arrumei o cabelo e ajeitei a camiseta.

— Estou bem. Tudo bem.

— Cat não está aqui. Fui encontrá-la no laboratório e vamos precisar remarcar para amanhã de manhã. Queria conversar com você sobre nossa... Discussão de ontem, mas parece que já encontrou outras formas para se entreter.

Então ele se virou e saiu da cozinha.

— Está acontecendo alguma coisa. — As sobrancelhas de Kaleb se juntaram, mostrando concentração. — As emoções dele estão por toda parte. Acho que eu deveria falar com ele.

— Não, deixe que eu faço isso. — Coloquei a mão no braço de Kaleb. — Vocês dois já têm brigado bastante. E, além do mais, preciso resolver isso.

Capítulo 37

— Michael.

Ele estava saindo pela porta da frente quando o alcancei. Continuei seguindo-o até o lado de fora da casa.

— Aonde você está indo? Achei que quisesse conversar.

— Não sabia quanto tempo você ia demorar. — Ele cruzou a varanda de tábuas largas fazendo um barulho oco ao pisar. — Achei melhor deixar você terminar.

— Espere! — Estiquei o braço, segurando a ponta de sua manga. Ele se encolheu quando acidentalmente passei o dedo em sua pele. — Tínhamos terminado. Eu tinha terminado. Não estávamos fazendo...

Ele soltou o braço e começou a descer os degraus:

— Que diabos você estava pensando para beijar Kaleb?

— Eu não estava beijando Kaleb!

— Acabei de ver vocês na cozinha — disse ele, se virando depois de dois degraus. — E vocês estavam se *beijando*.

Tentei explicar:

— Não foi bem assim...

— Nunca é. — Ele cruzou os braços e conseguiu mostrar um olhar de superioridade. — Essa não é a desculpa que todos dão quando são pegos?

— São pegos? Você fala como se eu estivesse fazendo algo errado. — Soltei as próximas palavras num gesto de defesa, querendo apagar aquele sorriso maldoso do rosto dele. — E desde quando você se importa?

— Só quero que você... Nada. Esqueça — disse ele, se virando.

Coloquei as mãos em seu ombro esquerdo, puxando-o com força para que ele desse meia-volta e eu pudesse gritar de frente para ele.

— Não quer, não, Michael Weaver. Você não pode descarregar em cima de mim e então me dar as costas sem ao menos dizer por quê.

— Você pode fazer o que quiser — disse ele, a voz fria e distante, me afastando, me deixando de fora. — Não tenho direito de opinar.

Eu ainda queria que ele tivesse. E compartilhasse sua opinião. Lutando contra a vontade de empurrá-lo, tentei, em vez disso, provocá-lo:

— Kaleb realmente tentou me beijar — falei, como se quisesse intimidá-lo.

Michael se encolheu como se minha mão tivesse realmente batido em seu rosto.

— Acho que ele teve sucesso.

Bingo.

— Ele parou. — Cheguei tão perto dele quanto pude ousar. — Você quer saber por quê?

Michael cobriu o rosto com os dedos compridos, o anel de prata no polegar brilhando na luz do sol.

— Não sei, Emerson. Ou sei?

Falei as próximas palavras com toda a clareza possível, para que tivessem o máximo de impacto.

— Kaleb parou por sua causa.
— O quê?

Ele abaixou as mãos, sua voz suave, incrédula.

— Seu melhor amigo é um *ser empático*. E ele não me beijou *por sua causa*.

Deixei aquilo sair antes que pudesse me impedir de dizer. Por que eu não conseguia ficar de boca fechada? Bufei de frustração e deixei meu corpo cair para me sentar no degrau mais alto da escada para a varanda.

— Hmm... achei que talvez... Mas então Kaleb... — A voz dele foi sumindo de constrangimento. — Eu não sabia se você estava confundindo a forma como nós nos fazemos sentir... fisicamente... com sentimentos de verdade.

— Talvez eu esteja.

— Nada pode acontecer entre nós, Em. — Pelo menos ele parecia triste por isso.

— Eu sei disso. — Olhei para a tinta branca descascando na escada da varanda. Abaixei o corpo, removendo-a com a unha. — É melhor eu encontrar Kaleb e aceitar a oferta dele para me distrair.

— Não faça isso.

— Por quê? Com ou sem a regra que nos impeça, eu praticamente me joguei em cima de você. Uma hora eu acho que você também me quer, então logo depois já não sei mais. Quase não me reconheço quando me olho no espelho, porque *nunca* faço esse tipo de coisa e então conheci Ava e...

A porta de tela se abriu atrás de mim, as dobradiças precisando desesperadamente de óleo. Grata pela interrupção e por uma desculpa para o fim da minha humilhação, eu me levantei de maneira decidida do degrau, batendo a cabeça em algo duro, antes de sentir uma gosma fria escorrer pelas minhas costas.

Virei o corpo e vi Dune segurando um isopor cheio até a metade com lama e cabeças de lagostim.

A outra metade estava espalhada em cima de mim.

Capítulo 38

Por um horrível segundo, ninguém se moveu. Tudo ao meu redor se destacou com uma clareza assustadora. O horror no rosto de Michael, a água lamacenta pingando de minha camiseta, as cabeças de lagostim em meu cabelo.

Michael entrou em ação rapidamente.

— Dune, vá lá dentro e pegue toalhas de papel. Peça para Kaleb trazer gelo. Foi uma baita pancada com a cabeça.

— Emerson, sinto muito mesmo — disse Dune, largando o isopor na varanda e se abaixando.

Michael gesticulou para que ele fosse embora e Dune partiu na direção da cozinha.

— Você está bem? — perguntou Michael, olhando em meus olhos, enquanto apoiava as mãos cuidadosamente em meus ombros. Não sabia dizer se ele estava tentando evitar a gosma ou minha pele. — Suas pupilas parecem dilatadas. Sua cabeça está doendo? Diga qual é seu nome.

— É claro que minha cabeça está doendo — respondi, irritada. — Se você me perguntar meu nome de novo, vou transformá-lo em um soprano.

Seus olhos se encheram de alívio enquanto ele soltava meus ombros e se afastava.

— Pelo menos você está bem.

Eu não estava nem um pouco bem.

Afastando uma mecha de cabelo grudada na frente do rosto, fiquei vesga tentando vê-la.

— Você tem uma mangueira em algum lugar? Não posso dirigir até minha casa deste jeito.

— Não vou deixar você se limpar com uma mangueira — disse ele, balançando a cabeça. — Você pode subir e tomar um banho. Vou lavar suas coisas.

— E depois eu simplesmente me sento nua em algum lugar enquanto espero? — perguntei, corando logo em seguida.

Por sorte, naquele momento Dune apareceu com um rolo inteiro de papel toalha. Ele começou a rasgar as folhas e a passá-las no meu cabelo e na minha camiseta, o tempo todo sussurrando pedidos de desculpa.

— Dune — falei, segurando o pulso dele quando o papel começou a chegar a lugares pessoais demais —, está tudo bem. Sei que você não fez isso de propósito. Acidentes acontecem.

Seus olhos sérios, da cor do mar, estavam cheios de culpa.

— Realmente sinto muito.

— Ela bateu muito forte? Preciso ligar para a emergência? — perguntou Kaleb quando passou apressado pela porta de tela com um saco cheio de gelo na mão.

Quando me viu, ele congelou por alguns segundos antes de cair na gargalhada.

— Pare com isso — disse Michael, com a voz séria. — Ela podia ter se machucado.

— Você está bem? — perguntou Kaleb, com lágrimas nos olhos.

Juntei os lábios e cruzei os braços, surpresa por sentir uma risada borbulhando em meu peito.

— Maravilhosa.

Ele começou a rir novamente. Eu me perguntei se realmente tinha me machucado quando bati com a cabeça, porque me juntei a ele na gargalhada.

— Isso não é nada... Engraçado — falei, me abaixando para tentar recuperar o fôlego, me sentando sobre uma pilha de cabeças de lagostim especialmente escorregadia e escorregando até o pé da escada, soluçando com o impacto.

Dune cedeu, a preocupação em seus olhos se dissolvendo em bom humor enquanto ele se dobrava de tanto rir, caindo no chão ao lado de Kaleb. Michael ainda estava parado no mesmo lugar, observando nós três com algo que parecia ser ansiedade em seus olhos.

Sequei as lágrimas causadas pelo riso e joguei meu cabelo gosmento sobre o ombro, acidentalmente atirando para o alto várias cabeças de lagostim que acabaram parando ao lado de Kaleb.

Ele e Dune começaram a rir novamente, parecendo crianças gigantes que tinham comido muito algodão doce. Cobri minha boca para não me juntar a eles e olhei para Michael.

— O que foi? — perguntei entre meus dedos.

— Nada — disse ele, balançando a cabeça. — Nada mesmo.

⚜

Logo depois de tomar um banho, eu me sentei na cama de Michael, esperando que alguém trouxesse minhas roupas secas. Insisti em ficar com minhas roupas íntimas lavando-as na pia e secando-as com um secador de cabelo.

Fiquei sozinha com meus pensamentos por tempo demais. Ficava me lembrando da expressão de Michael antes de ele me deixar do lado de fora com Dune e Kaleb. Quase como se estivesse desistindo de algo.

Ouvi alguém bater e pulei da cama para atender, mal abrindo a porta e enfiando minha cabeça para fora.

— Ava.

Ela estava vestida com um short de dormir curto e uma camiseta de alça fina. Abrindo mais a porta, saí de trás dela, vestindo uma das camisetas dos Red Sox de Michael.

Os olhos dela perceberam meu cabelo molhado, a camiseta dele e minhas pernas, nuas desde a altura do joelho até as unhas do pé pintadas de rosa. Não pude deixar de ficar pensando se eram frequentes suas visitas em trajes sumários ao quarto de Michael no meio da noite.

— Onde está Michael?

— Ele está lá embaixo — respondi, sem revelar os detalhes de por que eu estava no quarto dele.

Ele poderia contar a ela. Ambos poderiam rir daquilo juntos.

— O que você está fazendo aqui?

Não fazia ideia de como explicar o incidente dos lagostins.

— Hmm...

— Deixe para lá. — Ela negou com a cabeça e o braço, rejeitando tanto sua pergunta quanto minha resposta, antes de se aproximar de forma conspiratória. — Posso dar um pequeno conselho de amiga?

— Claro.

— Michael e eu somos próximos há muito tempo. Não gostaria que você fizesse nada que pudesse lhe deixar... constrangida, se você entende o que estou falando.

Ela olhou para mim de forma direta e seus olhos desceram até a barra da camiseta de Michael.

Desejei desesperadamente não estar tendo aquela discussão de calcinha.

— Não estou fazendo nada... Isso é só... Estou aqui para ajudar.

— Ajudar quem? — perguntou ela. Seus olhos permaneceram sobre meu rosto, mas eu podia sentir ela me olhando de cima a baixo em sua mente. — Quem exatamente?

— Ajudar... Ajudar... — A verdade me atingiu como uma marreta e eu dei um passo para trás. Ela não sabia dos planos para salvar Liam. Lutei para pensar em uma explicação em vez de ficar ali papando mosca. — Estou aqui para ajudar Cat com algumas coisas. Só isso.

— Ah. — Sua boca ficou menos tensa, se transformando em um sorriso sugestivo. — Bem, talvez você devesse ficar no quarto dela e não no do Michael. Ele pode... precisar do quarto para algo. Mais tarde.

Uma visão de mim mesma com as mãos em volta do pescoço dela piscou em minha cabeça, levando a teoria da monstra de olhos verdes a um novo patamar. Descobri repentinamente que tinha sérios problemas de agressividade.

— Certo, então. — Forcei um sorriso. — Boa sorte com isso.

Bati a porta antes de fazer algo estúpido, me encostando a ela e tentando controlar minha respiração.

Eu precisava procurar um curso de controle da raiva.

Eu precisava sair dessa casa.

E realmente precisava achar meu short.

Capítulo 39

Mantive as pontas dos dedos na barra da camiseta de Michael, puxando-a para baixo tanto quanto pude. Feliz por estar familiarizada com a casa, desci a escada nas pontas dos pés, parando bruscamente logo antes da entrada para a área comum.

Ava e Michael estavam conversando, a voz dela alta, e a dele, suave. Recuei para pressionar meu corpo contra a parede ao lado do amplo portal, engolindo um grito quando senti uma barreira sólida de carne e osso atrás de mim, em vez do gesso que eu estava esperando.

Kaleb. Na penumbra, pude ver seu olhar viajar pelo meu corpo, percebendo meus pés descalços, a camiseta grande demais, finalmente voltando a minhas pernas. Ele soltou um assobio baixinho.

— Duas coisas. Uma, você tem umas pernas *ótimas*. Duas, se você estivesse no meu quarto deste jeito, eu certamente não estaria aqui embaixo com *ela*.

Acenando para que ele ficasse em silêncio, encostei o ombro à parede e inclinei minha cabeça na direção da conversa. Kaleb se posicionou atrás de mim tão perto que dava para sentir sua respiração no meu cabelo.

— Ela estava no seu quarto. — O ar natural de superioridade de Ava saturava sua voz. Aposto que ela nunca foi vítima de um balde de restos de crustáceos caindo em sua cabeça. — E ela estava sem *calça*.

Senti o olhar de Kaleb voltar às minhas pernas. Dei uma cotovelada nele.

— Dune derramou um isopor cheio de cabeças de lagostim e lama em cima dela. — Mal dava para ouvi-lo por causa do jogo de beisebol que estava passando na televisão. — O que você queria que ela fizesse?

— Fosse para casa?

— Ela usou meu banheiro para tomar um banho. Ela estava esperando que as roupas secassem.

O ar de superioridade diminuiu um pouco.

— Você ia *me contar* que ela estava no seu quarto... Seminua?

Resolvi me antecipar e dei outra cotovelada em Kaleb, só para garantir.

— Ava. — A voz de Michael era triste. — Você está aqui porque estou tentando protegê-la.

Ava parecia confusa.

— Proteger de quê?

— De quê não: de quem. De Landers...

— Você vai falar disso de novo? — perguntou ela, irritada agora. — Sei o tipo de homem que ele é. Já sei disso há muito tempo.

— Se isso é verdade, então deveria saber por que não quis que ficasse naquela casa. Você tinha apagões o tempo todo...

— Os apagões? É realmente essa a única razão por que você me convidou para vir morar aqui? — Michael não respondeu. Os comentaristas esportivos na televisão discutiam a média de rebatidas do jogador na primeira base antes de Ava falar novamente. — Essas coisas não estão mais acontecendo.

— Não tenho tanta certeza disso, Ava.

— Não quero falar sobre esse assunto.

— E eu não quero brigar com você.

— Quer saber? Vai nessa. Deixe aquela groupie que está no seu quarto lhe dar toda a "atenção". — Dava para ouvir as aspas feitas com as mãos. — Quem sou eu para impedi-la de alimentar seu complexo de herói? Não deve dar muito trabalho, considerando que ela está nua da cintura para baixo.

Eu não estava gostando dessas insinuações sobre mim. Nem um pouco.

E eu estava perfeitamente usando minhas roupas de baixo.

Levantei a cabeça rapidamente, batendo no queixo de Kaleb. Parti na direção da área comum, mas ele me segurou pela cintura, me levantando do chão. Se ele não tivesse feito isso, eu teria batido de cara em Ava enquanto ela saía correndo da sala e subia a escada batendo o pé. Assim que ouvi a porta bater, comecei a espernear, forçando Kaleb a me colocar no chão. Tive a impressão de que ele gostou um pouco mais do que devia de me ver lutar para me soltar.

— Aonde você pensa que está indo? — sussurrou Kaleb furiosamente.

— Para lá — respondi, mexendo os lábios sem fazer barulho, apontando para a área comum.

— Você não quer fazer isso. — Levantei as sobrancelhas e ele continuou com a voz baixa: — Qual é, Em. Ele não é a sua única opção.

Dei um passo para trás.

— Não é essa a questão.

Ele me deu um sorriso amarelo e balançou a cabeça.

— Apenas se lembre do que eu lhe disse.

Então ele se virou e seguiu Ava escada acima.

Não sabia quando tinha me tornado o prêmio principal no joguinho particular entre Michael e Kaleb, mas não queria assistir àquilo. Eu só queria meu short.

Entrei na sala.

— Ei.

Michael se virou para mim, fazendo um enorme esforço para não olhar abaixo do meu pescoço.

— Acho que suas roupas estão quase secas. Vou levá-las quando estiverem prontas.

Suspirei.

— Posso pegá-las agora?

— Você está com pressa? — O olhar dele quase abriu um buraco em mim.

— Tenho ficado muito tempo fora de casa ultimamente. Não quero preocupar Dru e Thomas.

Mexi na barra da camiseta e me perguntei se ele sabia que eu estava mentindo.

— Deixe eu adivinhar. Você escutou minha conversa com Ava?

— Talvez. — Olhei para ele. — Sim.

— Que pena. — Ele esfregou as mãos no rosto, como se estivesse apagando a lembrança da discussão.

— É verdade? Você tem mesmo complexo de herói? — Andei na direção dele involuntariamente.

— Como vai aquele projeto do botão de editar? — Tive o bom-senso de corar enquanto Michael pegava o controle remoto na mesa lateral e desligava a televisão no meio de uma jogada importante. A sala ficou escura, a única outra luz vindo de duas pequenas lâmpadas sobre a mesa de jantar. — Ava tem uma tendência a acreditar nas pessoas erradas. Landers estava enganando ela.

— Da mesma forma como você vem me enganando? — Tentei ficar irritada, mas não pareci convincente. Estava muito preocupada com a aparência do rosto dele na meia-luz, coberto de sombras. Misterioso. Perigoso. Tentador.

— Do que você está falando?

Imitei seu jeito de falar:

— "Não, Emerson, beijar você seria um grande erro." Por que, Michael? Porque você não queria que eu ficasse confusa a respeito das minhas razões para ajudá-lo a salvar Liam, ou porque você não queria ter que escolher entre mim e Ava?

Ele se moveu rapidamente. Segurando meu rosto, ele se inclinou para a frente até que estava a um segundo de encostar seus lábios nos meus. Meu sangue disparou nas veias, cada centímetro da minha pele tremendo e queimando ao mesmo tempo. Quase fiquei esperando que saísse fogo das tomadas nas paredes. A lâmpada de uma das luminárias da mesa de jantar explodiu, fazendo um barulho leve no escuro.

Fechei os olhos, pronta para me render ao beijo.

Tão rápido quanto tinha me segurado, ele me soltou.

— Isso... não foi... justo. — Abri os olhos, me balançando no lugar onde estava parada.

— Não — respondeu ele. — Não foi mesmo. Mas agora você sabe. Se eu quisesse brincar com suas emoções para ter você ao meu lado, não seria tão difícil assim. O que eu quero não tem nada a ver com isso. Emoções não têm nada a ver com isso. Não podem ter.

Todo o calor desapareceu e meu queixo caiu.

— Não acredito que fez aquilo. Você é tão babaca.

— Talvez seja. Mas não quero que você faça nada para me agradar ou por causa de qualquer sentimento que acha que tem. Não quero que faça isso pelas razões erradas.

— Existe alguma razão errada para salvar a vida de uma pessoa?

— Não, mas pode existir remorso.

— Meu único remorso é ter um dia pensado que poderia existir algo entre nós. Me diga onde as roupas estão. Vou achá-las sozinha.

Michael apontou com o polegar na direção da cozinha.

— Vou estar aqui amanhã depois do almoço para ouvir o veredito da Cat. Se ela disser que podemos voltar, ainda vou ajudá-lo a resgatar Liam. Mas depois disso você nunca mais vai ter que me ver novamente. E eu posso dizer o mesmo.

Achei ter percebido uma ponta de remorso em seus olhos enquanto eu saía da sala.

Só podia ser ilusão de ótica.

Dormi tarde. Dru veio ver como eu estava antes de sair para o trabalho, mas o sol já estava no meio de sua trajetória até o alto do céu antes de eu finalmente sair da cama. Eu me sentia como se tivesse corrido uma maratona ou sido atropelada por um caminhão. Era uma sensação familiar — e aterrorizante.

O que eu tinha feito?

Entrei no banheiro com dificuldade, ligando o chuveiro para deixar a água esquentar enquanto eu tirava a roupa. Quatro anos afastando as pessoas da minha vida, guardando meus problemas para mim, e em menos de 24 horas Thomas, Dru e Lily conheciam todos os meus segredos mais escondidos.

E Michael sabia muito mais do que eu queria que ele soubesse. E Kaleb também.

Fiquei parada sob a ducha, tentando absorver todo o estrago que tinha causado à minha vida.

Onde eu estava com a cabeça? Como alguém como eu poderia um dia acreditar em uma pessoa a ponto de lhe contar toda a verdade? Expus muito mais coisas do que eu já tive a intenção de compartilhar. Pelo menos Dru e Thomas eram minha família. Eles ficariam do meu lado independentemente do que acontecesse. Eles já estavam.

Lily ficou ao meu lado durante anos. Todas as outras pessoas me afastaram.

Vesti as roupas, desejando poder desligar os pensamentos, parar de pensar em minha situação. Relacionamentos eram muito arriscados. No colégio interno eu tinha mantido tudo com leveza e tranquilidade. Bancando sempre a engraçada, mas na hora de construir relacionamentos profundos, eu me torno uma pessoa introvertida. A razão por que eu entendia o muro protetor de Kaleb era eu mesma ter construído um bem resistente para mim nos últimos anos.

Até que Michael apareceu e o derrubou completamente.

Olhei longamente para mim mesma no espelho. A verdade estava escrita na minha testa.

Eu tinha me apaixonado por ele, de verdade, e não me dei conta até estar completamente envolvida.

Peguei as chaves de Dru na cômoda e calcei os tênis. Eu poderia impedir aquilo. Não era tarde demais. O muro protetor poderia ser reconstruído, tijolo por tijolo. Amar Michael não era uma possibilidade.

Mesmo que eu já tivesse passado da metade do caminho, ainda dava para fazer um retorno.

Mesmo achando que aquilo pudesse me matar.

Capítulo 40

— Onde está Kaleb? Achei que ele também ia querer participar desta conversa — disse Cat, com a expressão surpresa.

— Ele foi buscar o resto das coisas dele na Hourglass. — Quando bati, Michael abriu a porta da frente sem dizer uma palavra. Eu o segui até a cozinha em silêncio, meu coração se partindo um pouco mais a cada passo. — Ele falou para começarmos sem ele.

Nós três nos sentamos em volta da mesa da cozinha. Uma cadeira vazia ocupava o espaço entre mim e Michael.

Os óculos de velhinha que Cat usava na universidade estavam equilibrados na ponta de seu nariz. Ela pegou um caderno espiralado e o abriu na sua frente.

— Fiz algumas pesquisas, observando o Princípio Novikov de todos os ângulos. Tenho que dizer, Michael, que você realmente fez seu dever de casa. Acho que isso é uma possibilidade.

Vitória.

— Não fiquem muito animados ainda — avisou ela, balançando a cabeça em sinal de negativa e batendo no caderno. As páginas estavam cobertas de números e fórmulas. — Tem mais trabalho a ser feito. Precisamos preparar cada elemento perfeitamente, tantos...

Todos nós tomamos um susto quando a porta dos fundos bateu, ricocheteando contra a parede. Kaleb entrou apressado.

— Cat, Michael, vocês não vão... A casa... Landers... — Ele se curvou, colocando as mãos nos joelhos, com os ombros balançando.

— Você correu de lá até aqui? — perguntou Cat, indo às pressas até a geladeira para pegar uma garrafa d'água gelada para Kaleb, abrindo-a enquanto a entregava a ele.

Ele bebeu vários goles longos antes de limpar a boca com as costas da mão.

— Não. Fiquei sem gasolina. A alguns quarteirões daqui. Não deu para parar — falou ele, com dificuldade para respirar, balançando a cabeça. — É Landers. Ele foi embora.

Michael ajeitou a postura em sua cadeira.

— Para onde?

— O quê? — perguntou Cat, ao mesmo tempo.

— Ninguém sabe. Escutei algumas pessoas conversando. — Kaleb bebeu o resto da água e tampou a garrafa vazia. — Elas estavam discutindo sobre como ninguém recebe salário há mais de um mês.

— Como assim? — perguntou Michael. — Desde que Liam morreu, Landers aceitou mais trabalhos do que a Hourglass poderia dar conta.

— Foi tão estranho. — Kaleb virava a tampa da garrafa de água, abrindo e fechando sem parar, olhando para seus tênis. — Como se todos tivessem percebido ao mesmo tempo que ele tinha ido embora.

Michael disse:

— Eles não deviam tê-lo ajudado em primeiro lugar.

— Você não está entendendo. — A voz de Kaleb ficou mais urgente. — *Quando Landers fugiu, ele levou os arquivos.*

A tensão no recinto aumentou, retesada como uma corda de violão.

— Mas você os pegou. — O tom de Michael era tão feroz quanto tinha sido no dia em que me mandou cuidar da minha vida quando o assunto era a Hourglass. — Kaleb, você disse que estava com eles.

— Era meu plano. Eles estavam no cofre ontem, quando o abri para pegar os papéis que o hospital precisava para a internação da minha mãe. — Kaleb fez uma pausa, a dor passando pelo rosto por um breve segundo. — Os seguranças de Landers estavam no escritório, por isso tive que deixá-los lá. Então, hoje de manhã, o cofre estava arrombado. Joias e títulos de crédito ainda estão lá. Apenas o dinheiro vivo e os arquivos foram levados.

A tensão se desfez e o recinto ficou em um silêncio sepulcral. O medo envolveu meu coração com seus pequenos tentáculos. Fechei os olhos, sabendo que, quando eu os abrisse, todos estariam olhando para mim.

E eu estava certa:

— O que está acontecendo?

— Meu pai guardava registros — respondeu Kaleb. Não gostei do som da sua voz. — Ele salvava coisas em disquetes algumas vezes, mas esses arquivos... Eles só estavam disponíveis impressos. Ele os guardava no cofre da família. Isso dá uma ideia de como era um assunto particular.

Foquei meus olhos em Kaleb:

— O que os arquivos têm a ver comigo?

— Se meu pai recebia informação sobre alguém com algum tipo de habilidade, mesmo um traço de habilidade, ele documentava aquilo. Cada incidente. Cada detalhe. — Kaleb amassou a garrafa de plástico, o barulho mal cobrindo minha arfada. — Cada pessoa.

— Liam me documentou. — Virei para Michael. — Ele me documentou e você sabe, porque olhou meu arquivo.

— Logo depois que conheci você. Precisava provar a mim mesmo que você era de verdade. Pedi a Kaleb para abrir o cofre para mim. Eu deveria ter levado seu arquivo naquele dia — disse Michael.

— Não é apenas o arquivo da Emerson. Pensem em todas as pessoas a que ele tem acesso agora — disse Cat. — Temos que encontrá-lo.

— Se a Hourglass não o encontrou, o que te leva a crer que nós conseguiremos? — argumentou Kaleb.

— Nós temos que encontrá-lo. Porque todos nós sabemos qual é o primeiro alvo dele. — O rosto de Michael vestia uma máscara de autocontrole. — Viajantes que podem ir ao passado são raros. Realmente raros. Alguns físicos acreditam que um dia vão conseguir viajar ao futuro por conta própria, com ou sem gene. Mas não ao passado.

— Essa é exatamente a coisa que faz pessoas como você e Grace tão especiais. E agora que Grace não é uma opção — disse Cat —, faz todo o sentido que Landers vá procurar por alguém com a mesma habilidade.

— Se ele não sabia sobre você antes, vai saber logo. Vai saber que está na cidade, por perto. Você não está mais em segurança. Não se ele tiver os arquivos — disse Michael, preocupado. — Ele tem acesso a tudo: seus registros e informações pessoais. O endereço de sua família. Meu palpite é que seja apenas uma questão de tempo até ele vir atrás de você.

Lutei contra a náusea enquanto o terror tomava conta de mim.

— Ah, não, Michael. Thomas e Dru... o bebê.

Meus olhos foram até o telefone pendurado na parede e quase derrubei minha cadeira na pressa de chegar até ele, tirando o receptor do gancho, em pânico. Era aquele modelo antigo, com o discador giratório, o receptor ligado por um cabo em espiral cheio de nós.

— Vocês têm acesso a mais tecnologia do que a NASA e este é o aparelho que usam pra telefonar? — perguntei a Michael, balançando o receptor para ele.

Cat e Kaleb desapareceram da cozinha, a porta se fechando atrás deles.

— Esta é uma linha segura, então ela...

Michael começou a explicar, mas a expressão em meu rosto o fez parar. Fiz um grande esforço para me concentrar e consegui colocar o dedo certo nos buracos certos enquanto discava.

Um pensamento se debatia dentro do meu cérebro. Se Landers matou Liam para assumir a Hourglass, quem ele poderia estar desejando ferir para chegar até mim e conseguir minha habilidade de viajar ao passado?

Liguei para o celular de Thomas. O som de máquinas funcionando abafava sua voz:

— Em, espere um pouco até eu ir para um lugar mais silencioso.

Desejei que ele se apressasse e tentei descobrir como lhe contar que um lunático estava à solta e, graças à minha habilidade bizarra, toda minha família tinha grandes alvos pintados nas costas. E nos úteros. No útero.

— O que houve?

— Você confia em mim?

Ele respondeu cautelosamente:

— Em que sentido?

Enrolei o fio do telefone em meus dedos:

— No outro dia no restaurante, você disse que eu era quase uma adulta e que você não podia realmente me dizer mais o que fazer.

— Não gosto da direção em que esta conversa está indo.

— Por razões que não tenho tempo para explicar, você e Dru precisam ir a algum lugar seguro. Um lugar onde ninguém possa achá-los. Apenas por alguns dias, até vocês terem notícias minhas ou de Michael. — Silêncio do outro lado da linha. — Thomas?

— Estou absorvendo as informações.

— Não temos tempo...

— Você pode não ter — disse ele, soando exatamente como nosso pai teria soado —, mas não vou me mover um centímetro até que me dê uma explicação decente.

— O homem que acreditamos ter matado Liam... Michael acha que ele pode ter um "interesse especial" em alguém com a minha habilidade. E agora ele sabe sobre mim. Sabe do que sou capaz. *Sabe onde moro.*

— Vá para casa. Encontrarei com você lá. Vamos todos para algum lugar seguro juntos.

— Se eu for para casa, não poderei salvar Liam. Michael acredita que essa é a única forma de parar esse sujeito.

— Entenda o seguinte — disse Thomas, mudando o tom paternal por um cheio de pânico. —Você é tão preciosa para mim quanto Dru e nosso bebê. Entendo sua motivação, mas...

— Thomas — interrompi o que ele estava falando e considerei a possibilidade de pedir a Michael para sair de perto para eu poder ser completamente sincera com meu irmão. Em vez disso, me virei e abaixei minha voz: — Minha motivação não é simplesmente salvar uma vida ou uma família. O negócio é que... eu faço parte desse grupo. Encontrei meu lugar no mundo. Se eu fugir agora, vai ser para sempre e não posso fazer isso.

— Michael está com você? — perguntou Thomas. — Você está em um lugar seguro?

— Sim. — Estava no lugar mais seguro possível. — Ele está bem aqui.

— Coloque-o na linha.

Ele escutou meu irmão totalmente concentrado, esticando o braço para segurar minha mão no meio do discurso. Foi bom o telefone não estar ligado a uma fonte de energia.

— Sim, senhor. O que quer que seja necessário. Para ganhar tempo, se você e Dru partirem para o aeroporto, nós vamos fazendo os preparativos — disse Michael. — Um rapaz chamado Dune vai ligar para você. — Ele escutou por mais um minuto. — Pode deixar. Vou passar para ela.

— Tudo me dá uma nítida impressão de que eu não deveria deixá-la fazer isso — disse ele.

— Tudo me dá a impressão de que você deveria.

— Eu sei. — Uma mistura de ansiedade e receio aparecia em sua voz. — Eu te amo. Se cuida.

— Eu também te amo. E vou me cuidar.

Entreguei o receptor do telefone a Michael e ele o colocou no gancho.

— Você sabe o que temos que fazer — falei. Nada como um sociopata na sua cola para colocar as coisas em perspectiva. — Precisamos salvar Liam. Agora.

— Você não está pronta. Não podemos arriscar...

— *Não podemos arriscar* Landers me achar antes que voltemos para salvar Liam. *Não podemos arriscar* Dru e Thomas e o bebê deles. — Passei os braços em volta de mim mesma para me confortar. — Não podemos arriscar um monte de coisas.

Michael bateu com a base das mãos contra sua testa.

— Fui tão burro de deixar a informação sobre você onde Landers podia achá-la.

— Não há nada que possamos fazer quanto a isso agora.

— Se tivermos sucesso em salvar Liam, ele pode resolver isso tudo outra vez. — Ele abaixou os braços. — Só temos que proteger todos enquanto isso.

— E quanto a Lily? — perguntei. — Será que ele vai atrás dela?

— Ele poderia ir atrás de qualquer um para chegar a você. Quer que ela venha para cá?

Eu queria, mas não achei que ela ia querer.

— Não. Vou ligar para ela.

— Vou achar Dune. Pedir para ele começar a fazer os preparativos para a viagem de Thomas e Dru.

Disquei o número do telefone de Lily.

— Lily, sou eu. Aconteceu algo e preciso que você faça uma coisa.

— Diga o que você precisa, querida. — Eu podia contar com Lily para ficar calma e não fazer perguntas. Tinha uma explicação ela ser minha melhor amiga.

— A coisa mais importante é que você se cuide. Essa seria uma boa hora para manter o taco de beisebol que fica perto da porta dos fundos bem perto de onde você estiver.

Ela escutou aquilo soltando uma série de palavrões.

— E se alguém perguntar, você não sabe onde Michael e eu estamos.

Houve um momento de silêncio no outro lado da linha.

— Eu *não* sei onde vocês estão.

— Isso precisa continuar assim. Não importa o que aconteça. — Eu estava aterrorizada com o que poderia estar nos arquivos, não apenas sobre mim, mas sobre minha melhor amiga. — Você me entendeu?

Ela ficou em silêncio por um momento.

— Entendi.

Não deixei as lágrimas caírem até que tivesse desligado o telefone.

Capítulo 41

Michael se sentou à mesa da cozinha com o laptop aberto, estudando artigos de jornal e registros da universidade de seis meses atrás. Ele tinha preparado um cronograma e tentava achar alguma falha nele. Dune estava com outro laptop sobre os joelhos e procurava por registros de tráfego e acidentes para se assegurar de que teríamos as estradas livres. Nate estava encostado ao balcão da cozinha, segurando um mapa de Ivy Springs para Dune.

Eu segurava uma cópia do cronograma e tentava me segurar para não vomitar.

Cat estava tão nervosa quanto uma mãe mandando seu bebê para o jardim de infância. Mais do que isso, talvez, o que fazia sentido, levando em consideração que o que estávamos fazendo era bem mais perigoso.

— Certo, Michael, você está com as chaves do seu carro, não está? — Ele as mostrou e as colocou de volta na mesa ao lado do computador, e Cat riscou um dos itens na lista em sua mão. — Estou com as chaves do departamento de ciências.

— Você precisa do número de identificação do cadáver que quer roubar — disse Dune.

Não consegui evitar a tremedeira.

— Vou descobrir isso e anotar — disse Michael. — O que mais?

— Chaves, cadáver... Ah, tem o... — continuou Cat, andando em volta da cozinha enquanto murmurava para si mesma.

Dune voltou a atenção para mim.

— Também vou checar o horário de chegada do voo de Dru e Thomas. Sei que você vai querer falar com eles antes de ir, ter certeza de que eles chegaram bem à ilha.

— Obrigada, Dune.

Fechei os olhos e respirei fundo várias vezes. Meus pensamentos estavam sempre voltando a Landers e ao que ele estava tramando. Será que algum de nós ficaria em segurança algum dia novamente? Se a sede dele de poder tivesse a magnitude que todos nós imaginávamos, qual seria a reação dele se conseguíssemos ressuscitar Liam com sucesso?

— Esperem. E o dinheiro? — Quando Kaleb falou, abri meus olhos. — Como meu pai vai sobreviver durante seis meses?

Cat batia com o lápis no bloco que estava segurando.

— Posso liquidar alguns bens, levantar algum dinheiro, mas temos que nos assegurar de que não vamos usar nenhuma nota impressa depois da data em que ele morreu.

— Sim, não acho que ser preso por falsificação seria uma boa forma de ficar longe dos holofotes. Posso ir ao banco. — Nate se ofereceu, colocando o mapa sobre o balcão. — Posso usar minhas habilidades para entrar no cofre e pegar o que precisamos. Dessa forma não precisaremos explicar nossa necessidade por notas com datas específicas.

— Nate — disse Cat, séria —, Liam nunca aprovaria que você roubasse...

— Eu sei, eu sei. — Nate levantou as mãos como se estivesse se rendendo. — Mas temos outra opção? Não significa que não vamos devolver o dinheiro.

Ela balançou a cabeça relutantemente. Nate tomou aquilo como um sim e desapareceu em um piscar de olhos.

— Apressadinho — disse Michael. O espaço na mesa da cozinha onde as chaves de seu carro estavam agora se encontrava vazio. — Tomara que ele não dirija da mesma forma com que se move.

— Certo, o que mais? — Cat olhou para a lista em sua mão. — Gostaria que pudéssemos pensar em um plano para o esconderijo de Liam, mas não consigo ver como.

— Pare de se preocupar. Ele vai estar vivo. — Michael se sentou em uma das cadeiras da cozinha antes de seus olhos se encontrarem com os meus. — Isso é tudo o que importa.

— Espere. — Os olhos de Cat se acenderam. — Você pode pegá-la!

— De que você está falando? — perguntou Michael.

— Da pesquisa de Liam. Você pode salvá-la de ser consumida pelas chamas. Isso é um milagre — disse Cat, batendo palmas, seu entusiasmo visível. — Tudo o que tem que fazer é pegar o disquete. Ele tinha apenas um. Estava em um *clear case* e sempre ficava ao lado do computador central no laboratório de Liam.

— Claro — respondi.

— Excelente. — Cat estalou os dedos e apontou para a sala de estar. — Vocês precisam de casacos. Se me lembro direito, nevou naquele fim de semana. Michael, venha comigo. Ajude-me a desenterrar uma coisa.

Eles saíram da sala exatamente ao mesmo tempo que Dune fechou seu laptop.

— Thomas e Dru estão em Charlotte. Eles estão prestes a embarcar no próximo voo, se quiser falar com eles.

— Obrigada. — Fui até o canto, peguei o celular no bolso e me sentei na escada dos fundos. Thomas atendeu antes do primeiro toque.

Depois que desliguei, olhei para o cronograma em minhas mãos e tentei preparar meu cérebro para o que estava prestes a acontecer. Tomei um susto quando Kaleb entrou na cozinha.

— Sinto muito.

— Por quê? — perguntei, abaixando o cronograma.

— Por não pegar os arquivos. Pelo que lhe disse ontem à noite. Estou perdoado?

Suspirei.

— Claro que está.

— Você está bem? — Ele se abaixou e se sentou no degrau abaixo do meu, então desceu mais um para que nossos olhos ficassem nivelados. — Diga a verdade.

— Sabe que vou te dizer a verdade. Se posso ser sincera com alguém, é com você e não só porque tem um detector de mentiras embutido. — Repousei minhas bochechas nas mãos. — A verdade é que não sei. Achei que teria mais tempo para me preparar.

— Você tem certeza de que quer fazer isso?

— O que seu detector de mentiras lhe diz?

— Que você quer.

Concordei com a cabeça.

— Bem, como você vai de qualquer forma, o disquete que Cat mencionou...

— Sim?

— A fórmula para meu medicamento se perdeu com o laboratório também.

Olhei para Kaleb, olhei de verdade. Pequenas linhas tinham se formado na pele ao lado de seus olhos; os vincos nos cantos de sua boca estavam mais profundos do que estavam há dois dias.

— Você disse que seu pai preparou um carregamento para você logo antes de morrer. Há quanto tempo a medicação acabou?

— Eu vinha economizando há algum tempo. Fiquei completamente sem há algumas semanas. Só ficou realmente ruim hoje, com tudo acontecendo.

Essas últimas horas, todas as emoções espalhadas por aí... E Kaleb sem nenhuma forma de filtrar tudo aquilo.

— Por que você não contou a ninguém?

— O que alguém poderia ter feito? — Ele deu de ombros.

— Vou pegar a fórmula. Onde posso encontrá-la?

— Na gaveta de baixo do lado direito da mesa dele. Está em uma pasta de arquivar com meu nome nela.

— Alguma outra coisa que você quer que eu traga?

— Apenas meu pai.

Olhei para seus olhos e odiei a ferida que vi neles. Só conseguia imaginar o que aquilo havia lhe custado.

— Foi por isso que você conseguiu sentir minhas emoções tão claramente quando nos conhecemos? Porque está sem filtro?

— Sim. Mas... — Ele focou no chão e os cílios longos criaram uma sombra sobre a maçã do rosto. Não havia nenhum sinal do Kaleb brincalhão e conquistador. — Tenho quase certeza de que teria me conectado a você de qualquer forma.

Não sabia como responder apropriadamente àquela declaração. Ele parecia ter esse efeito sobre mim. Procurando por palavras, perguntei:

— Hmm... Ei, todo mundo acha que foi Landers que matou seu pai?

— Não havia outros suspeitos — respondeu ele, parecendo grato pela mudança de assunto. — A polícia interrogou algumas pessoas, mas eles não encontraram nenhuma explicação lógica para o incêndio, então acabaram declarando que tinha sido um acidente.

— Landers foi interrogado?

— Brevemente — debochou Kaleb. — Ele tinha um álibi perfeito.

— Essa é minha primeira experiência com assassinatos misteriosos, mas álibis podem ser forjados.

— Não havia como as autoridades provarem que ele fez isso. Eles sequer sabem sobre a existência de lugares como a Hourglass. Como poderíamos explicar os motivos dele?

— Estou preocupada.

— Eu sei — disse ele, não se incomodando em esconder o sorriso.

Dei um tapa em seu antebraço enorme:

— Não me diga que Michael vai tentar juntar provas sobre o assassinato de seu pai quando voltarmos?

— Certo — disse Kaleb, levantando suas sobrancelhas —, não vou dizer.

— Mas... — Apontei para o cronograma em meu colo. Não havia espaço para erros.

— Ele não vai fazer nada que possa colocá-la em risco. Não vou negar que, se ele tiver a chance de descobrir quem fez isso, ele vá aproveitar. Mas não se isso colocá-la em perigo. — Kaleb segurou minha mão, esfregando o polegar nas minhas articulações. — Ele vai tomar conta de você. Isso é o que Michael faz.

— Não estou preocupada comigo.

— Eu estou. — Ele esticou a mão que estava livre para prender meu cabelo atrás da orelha e eu congelei. A ternura em seu toque me deixou confusa. — Quero você de volta inteira.

Eu me perguntei que tipo de emoção Kaleb sentiu de mim em resposta naquele momento. Talvez ele pudesse me ajudar a identificá-la.

— Em? — gritou Michael, quebrando a tensão.

Soltei a mão de Kaleb, me levantei em um pulo e quase caí da escada. Fingi não escutar Kaleb rindo atrás de mim.

— Ei — falei para Michael quando entrei novamente na cozinha, certa de que meu rosto estava completamente corado. — Você me chamou?

— Pode vir aqui um segundo? Quero conversar com você antes de irmos.

— Claro.

Segui seus passos pela mesma escada — agora vazia — em que eu estava sentada com Kaleb, com as pernas bambas. Tantas fontes de ansiedade estavam deixando meu sistema nervoso em frangalhos.

Michael entrou em seu quarto, deixando a porta aberta e se sentando na beirada da cama. Encostei à escrivaninha. Não tinha ideia do que mais poderíamos dizer um ao outro. Só esperava que ele não fosse me dar lições sobre Kaleb novamente. Ele olhou para suas mãos quase sem pensar em nada, juntando-as e separando-as sobre o colo:

— Você está com medo?

— Um pouco.

Muito.

— Mantê-la em segurança é tão importante para mim quanto salvar Liam. Você sabe disso, não sabe?

— Sei. Mas quero que nós dois fiquemos em segurança. Michael — falei hesitantemente —, quero que você me prometa que não vai fazer nada idiota quando voltarmos, como tentar descobrir quem matou Liam. Se nós o salvarmos, não vai fazer diferença quem fez aquilo.

— Sempre vai fazer diferença quem fez aquilo.

— Entendo, mas podemos lidar com isso quando não estivermos em uma situação de vida ou morte. Prometa isso para mim.

— Não vou tentar descobrir quem matou Liam.

— Você não me prometeu que não faria nada idiota.

Ele respondeu com um sorriso falso. O peso de todas as coisas que não eram faladas entre nós caía sobre mim. Eu não podia dar outro passo até que esclarecesse uma coisa.

— Michael...

— Em, eu...

— Você primeiro — falei.

Ele usava uma camisa azul-clara e os primeiros botões não estavam fechados. Uma camiseta branca aparecia por baixo e a gola estava esticada o suficiente para que desse para ver sua clavícula. Algo nisso dava uma impressão de vulnerabilidade.

— Sobre ontem à noite — disse ele. — Segurar você daquele jeito foi errado. O que falei foi errado.

— Não, aquilo foi certo.

Ele olhou para mim, surpreso.

Olhei para a gola de sua camiseta:

— Eu provavelmente deveria agradecer a você por não usar a forma como eu me sentia em relação a você para influenciar minha decisão.

— A forma como você se *sentia*? Não sente mais?

— Isso não faz diferença. — Fiquei imaginando se ele conseguia me ouvir apesar dos meus batimentos cardíacos irregulares. Será que eu aparentava tanta ansiedade quanto estava sentindo? — Você deixou seus limites bem claros. E também tem a Ava.

— Ava?

— Bem, por causa do relacionamento de vocês.

Ele se levantou e deu um passo na minha direção:

— Nós não temos esse tipo de relacionamento. Ela talvez queira, mas eu não.

Olhei para ele fixamente, meu coração batendo tão forte contra as costelas que achei que fosse ter uma parada cardíaca a qualquer segundo.

— Você não quer? Mas você... Ela veio ao seu quarto ontem à noite...

— Ela tem feito esse joguinho desde que se mudou para cá. Tentando me convencer de que é a garota certa para mim.

— Joguinho maneiro.

Fiquei em algum lugar entre o alívio e a fúria, pensando em tudo que tinha visto. Percebendo quanto de meu ciúme eu havia projetado na situação. Estava me sentindo como uma completa idiota.

— Ela nunca se deu bem. — Ele deu mais um passo. — Nem sequer chegou perto. Desde o dia em que recebi uma mensagem de voz e me encontrei com uma mulher um pouco mais velha no Riverbend Park, o título de "minha garota" está reservado.

— Então você gosta de mulheres mais velhas?

Ele levantou a mão e deu um empurrão firme na porta. Um clique suave me disse que ela havia se fechado.

— Eu gosto de *você*. E agora sei que devia ter esclarecido isso há muito tempo.

— Isso pode não ser uma boa ideia — sussurrei, não confiando em minha voz.

Congelei. Com medo de tocar nele. Com medo de não tocar nele.

Lentamente, tão lentamente que me causava dor, ele colocou a mão na lateral do meu pescoço, traçando a curva da minha maçã do rosto com seu polegar. Tremi.

— Sinto muito. Quero que você se sinta confortável comigo.

— Eu me sinto.

— Então por que está tremendo?

Reunindo toda a minha suposta coragem, estiquei a mão para tocar no meio de seu lábio inferior. Seus olhos escureceram de desejo. Movi o dedo para a leve covinha em seu queixo, me perguntando se os pequenos arrepios que eu estava sentindo vinham de sua barba por fazer ou da eletricidade sempre presente entre nós dois.

Obtive minha resposta quando a lâmpada explodiu na luminária em sua escrivaninha.

— Nós temos um problema — disse ele, a voz soando profunda, quase sonolenta. — Ainda trabalho para seu irmão.

— Apenas um problema?

Passei a mão pelo contorno de seu lábio inferior. Queria colocar minha boca ali.

— Pelo menos. Odiaria trair a confiança dele. Você não?

Pressionei as palmas das mãos contra o peito dele, tentando mantê-las firmes, e fiquei imaginando se minhas mãos pareciam um desfibrilador carregado para ele.

— Não.

Por um segundo, Michael hesitou. Um segundo crucial quando tudo ficou em equilíbrio. Então ele se abaixou e minhas mãos agarraram sua camiseta. Ele passou os lábios contra os meus.

Uma vez.

Puxei o ar com força.

Duas vezes.

Nada saiu de mim. Exceto talvez por um gemido.

Três vezes.

— Michael? — O nome dele saiu em um sussurro. Dava para dizer pela sua respiração que o autocontrole estava acabando. Fiquei nas pontas dos pés e estiquei os braços para passar minhas mãos em seu cabelo. — Você está *completamente* demitido.

Toda a tensão elétrica que estava se acumulando entre nós explodiu em calor no segundo em que seu toque passou a ser mais forte que um sussurro. Ele segurou meu rosto nas mãos, usando-as para controlar a intensidade e profundidade de nosso beijo, que rapidamente passou da doçura para a euforia. Foi a mais adorável das lutas.

Em um segundo ele estava me beijando como se eu fosse tão essencial a ele quanto oxigênio e no próximo estava tudo acabado. Ele se afastou, parecendo assustado.

— Eu fiz algo errado?

Toquei meus lábios, sentindo falta do calor que vinha dele.

— Não. — Ele balançou a cabeça e enfiou as mãos no fundo dos bolsos da calça jeans.

Eu não queria suas mãos em seus bolsos. Eu queria que continuassem sobre mim.

— Por que você...

— Não queria parar de beijá-la. — Ele olhou para meus lábios. Meu pulso se acelerou, mas meu sangue parecia lava se movendo pelas veias. — É o momento. Sou péssimo em escolher os momentos certos.

Circunstâncias. Não era por minha causa. Não pude impedir que um sorriso se formasse em meu rosto.

— Quer tentar isso de novo, então, em alguma outra hora?

— Gostaria muito de tentar isso de novo, em alguma outra hora. — Ele sorriu, mas o sorriso carregava alguma tristeza. — Vou lhe dar um segundo para... hmm... ajeitar seu cabelo.

— Meu cabelo?

— Vou lhe dar um segundo para ajeitar meu cabelo. Quero dizer, vou lhe dar um segundo enquanto vou ajeitar meu cabelo. — Ele soltou um suspiro. — Quero dizer, vejo você lá embaixo.

Ele se virou para sair do quarto, mas, infelizmente, se esqueceu de abrir a porta antes.

Consegui segurar meu riso até ele dar de cara na porta.

Segui o aroma de pipoca com manteiga até a cozinha. Enfiando a cabeça pela porta, encontrei todos em vários estágios de preparação: Cat ainda riscando coisas de sua lista; Dune clicando um mouse repetidamente; e Kaleb, observando aquilo tudo, com o rosto cansado. Uma rajada de sons de milho estourando ecoava nas paredes enquanto Nate se debruçava sobre o balcão, olhando para o micro-ondas como se esse fosse seu trabalho.

Talvez fosse.

— Preciso de um anel.

Michael quase deixou cair a bolsa com o dinheiro que ele estava contando quando ouviu minha voz. Olhou para mim com a sombra de um sorriso nos lábios.

Tirei da cabeça todos os pensamentos sobre aqueles lábios e me concentrei na tarefa que tínhamos naquele momento.

— Para viajar. Durânio, ou o que quer que seja.

— Durônio — corrigiu Cat.

— Sim, isso.

— Já tinha pensado nisso. — Kaleb colocou a mão no bolso e tirou um pequeno anel, segurando-o entre o polegar e o indicador. — Peguei isto no cofre hoje de manhã.

— Não posso aceitá-lo — protestei. — Este é o anel da sua mãe, não é?

Ele esticou o braço para segurar minha mão.

— Minha mãe não está... Em uma posição que a permita salvar meu pai. Você está. Ela iria querer que você ficasse com ele. Dessa forma, é como se ela fosse parte disso, mesmo não estando lá.

Michael ficou nos observando do canto. Depois do que aconteceu no andar de cima, eu esperava ciúme, ou pelo menos uma pontinha disso, mas não havia nada.

Peguei o anel, coloquei no dedo indicador e olhei para Kaleb.

— Perfeito.

— Perfeito — concordou ele.

O momento foi interrompido quando o micro-ondas começou a apitar.

— Certo, Emerson. — Cat se aproximou e colocou a mão em minhas costas, me conduzindo para me sentar à mesa. — Nós vamos lhe dar um curso relâmpago de viagem. Você vai estar com Michael, então vai precisar apenas do básico, o que é bom. Porque só temos tempo para isso.

— Preciso fazer anotações? — Nate colocou uma bacia de pipoca quentinha sobre a mesa e peguei um punhado. Comida era reconfortante. Parei antes de colocar uma pipoca em minha boca. — Posso comer isso? Devo ir de estômago vazio?

— Não é cirurgia, é viagem no tempo — disse Cat.

— Apenas viagem no tempo — murmurei para mim mesma, então estiquei a outra mão para pegar mais pipoca.

— Olhe em volta. Você percebe algo diferente? — perguntou Cat.

Obedeci e quase engasguei com um milho que não tinha estourado. Depois que Dune bateu em minhas costas e me fez parar de tossir, apontei para um quadrado de luz brilhante pendurado no ambiente. Ele era tão alto quanto o teto e tinha pelo menos 3 metros de largura.

— Caramba... É como um cobertor feito de água ou algo assim. E posso vê-lo de forma realmente, realmente clara.

— Esse é um dos benefícios do durônio. A forma como ele interage com a química de seu corpo a ajuda a localizar véus. — Michael pegou uma lata de refrigerante na geladeira, a abriu e a empurrou sobre a mesa na minha direção. — Véus guardam a entrada para as pontes e são como um espaço de transição ou uma camuflagem para os viajantes. As dobras vão se destacar melhor para você agora também. Quando está em contato com o durônio, os contornos delas brilham.

— Por que você não me disse essas coisas quando estava me explicando as dobras? Naquele dia na cafeteria?

Olhei para Michael com uma careta enquanto pegava a lata.

— Porque eu não estava pronto para explicar sobre viagem no tempo. E você não estava pronta para escutar sobre isso.

— Verdade.

— Você vai usar esse véu. — Cat apontou para o que estava a 1 metro de distância, brilhando como a luz do sol sobre o oceano. — A pesquisa de Dune descobriu que essa casa não estava ocupada no momento da morte de Liam.

— Ainda não entendo como fazemos para chegar aonde queremos ir.

Cat franziu a testa.

— Você mantém em sua mente a data e a hora exatas para quando quer viajar e entra. Minha matéria exótica, seu gene de viajante e o durônio fazem o resto.

Lembrei da noite em que tinha perguntado a Michael se era tão fácil assim e ele tinha respondido com sua habitual resposta "é complicado".

— Sério, Michael?

— Então você entendeu essa parte. — Ele deu de ombros e um sorriso apareceu nos cantos de sua boca. — Mas estava errada sobre a outra.

— Que outra?

— Você não tem que bater com os calcanhares três vezes.

Joguei a pipoca que sobrou em minha mão na cabeça dele.

— E quanto a um limite de tempo? O tempo passa para você? Ou para nós?

Michael balançou o cabelo escuro e a pipoca caiu sobre a mesa como enormes flocos de neve amanteigados.

— É uma escala de dois para um. Para cada duas horas que passamos no passado ou no futuro, uma hora se passa aqui. É bom porque podemos fazer mais coisas quando estamos viajando e não é tão cansativo para Cat. É ruim porque voltamos mais velhos do que seríamos.

— Entendi. — Um pouco, pelo menos. — O que mais?

— Isso é o básico — disse Cat, esfregando as mãos antes de limpá-las com uma toalha de papel. — Você está pronta para ir?

— Mais pronta impossível.

De repente desejei que não tivesse comido tanta pipoca. Não tinha a intenção de sentir aquele gosto voltando.

⚜

Cat se levantou, com uma bola de fogo roxa rodando.

Michael segurou uma pequena bolsa de lona cheia de dinheiro. As chaves de seu carro estavam guardadas dentro do bolso fechado de minha jaqueta acolchoada, e as chaves do departamento de ciências, na jaqueta dele. O cronograma estava decorado, mas ainda na minha mão direita. Minha mão esquerda segurava a mão de Michael.

Kaleb, Dune e Nate estavam ao nosso lado, todos com o rosto tenso. Kaleb parecia tão tenso que doía fisicamente olhar para ele.

Cat moveu o pulso rapidamente.

Michael entrou no véu.

Eu o segui.

— Concentre-se na data e na hora. — A voz de Michael ecoava pelo túnel. A aparência aquosa do véu se estendia até onde os olhos podiam ver, acentuada por um leve brilho prateado. Quase conseguia enxergar através das paredes circulares fluidas, como se eu tivesse uma janela para observar o tempo passando. — Você está se concentrando?

Virando a cabeça para a frente, me concentrei na data e na hora a que queríamos chegar.

— Sim.

— Bom, porque eu não sirvo para nada neste momento. É tudo por sua conta. O Show da Emerson.

— Você não conseguiu pensar em nada melhor que isso?

— Concentre-se, Em — disse Michael, me lembrando.

— Não precisamos andar, nem nada?

— Não. Nós ficamos parados. O tempo flui ao nosso redor.

Eu tinha esperado que a ponte fosse barulhenta, como ventos de um furacão ou um rio caudaloso. Em vez disso, ela era dolorosamente silenciosa. Às vezes, o som abafado de uma voz ou de uma música cruzava as paredes vibratórias, mas sempre de forma breve. Fechei meus olhos bem apertados e imaginei que estávamos chegando bem perto do fim quando os sons ficaram mais concentrados.

— Estamos aqui — disse Michael, me segurando delicadamente pelo ombro. — Você conseguiu.

Abri os olhos. O véu brilhava na nossa frente e eu podia ver o recinto do qual tínhamos acabado de sair, agora vazio e completamente às escuras.

Capítulo 42

Nossa respiração soltava fumaça no ar da noite enquanto andávamos apressados pelo frio, Michael segurando minha mão enquanto íamos até o estacionamento onde seu carro estava parado.

— Eu não estava na cidade quando Liam morreu. Fico feliz de não ter viajado de carro — disse ele, levantando nossas mãos unidas até seus lábios e soprando ar quente sobre elas enquanto nos aproximávamos do carro. — Assim vai ser mais fácil chegar à Hourglass.

Mais fácil.

— Onde você estava? — perguntei.

— Flórida. Era um feriado prolongado. Tenho quase certeza de que não foi uma coincidência ter acontecido quando eu estava fora.

Luzes de bairros distantes piscavam no horizonte. Nenhuma luz brilhava nas janelas das casas do campus. A universidade estava deserta e assustadora com todos os alunos viajando. Cheguei um pouco mais perto de Michael.

— Não é de se estranhar que todo mundo vai para a praia em vez de ficar nas montanhas nas férias de primavera. Por que não pensamos em trazer um raspador de gelo?

Michael passou a mão na camada de gelo sobre o para-brisa antes de abrir a porta para mim. Botei o cinto de segurança enquanto ele entrava e dava partida no motor, tomando um susto quando um rock alternativo saiu dos alto-falantes.

Ele abaixou o rádio e olhou em volta do estacionamento para ver se tínhamos chamado atenção. O estacionamento parecia tão vazio e desolador quanto há dois minutos. E assustador.

Cinco minutos depois, Michael estacionou atrás do departamento de ciências.

— Vou pegar o presunto. Fique aqui.

Ele abriu a porta antes que eu pudesse protestar. Segui seus passos até a entrada. Não tínhamos falado sobre essa parte da viagem.

— Espere — argumentei, com um sussurro. — Você não vai conseguir, de jeito nenhum, levar sozinho o corpo do prédio até o carro.

— Claro que consigo. — Ele franziu a testa para mim enquanto procurava a chave certa no chaveiro em sua mão. — Sei como você ficou assustada quando ouviu falar sobre o cadáver. Não vou pedir para você me ajudar a carregá-lo.

— Não, porque você não precisa pedir. Somos uma equipe, não somos?

Levantei a mão para dar um soquinho como quem diz "isso aí, parceiro".

— Em...

— *Não somos?* — perguntei, sabendo que não tínhamos tempo para discutir e que ele sabia disso também.

Ele retribuiu o cumprimento e entramos no prédio.

Quinze minutos depois de apanharmos o cadáver — Michael o embrulhou antes que eu pudesse ver qualquer coisa e então deixou a parte dos pés para eu carregar —, ele parou o carro em frente ao portão da Hourglass. Estava fechado.

— Este portão nunca fica fechado. Isso significa que vamos ter que parar um pouco mais longe do que eu gostaria. Ele parou o carro no acostamento antes de apagar o farol e nos cercar de escuridão. Comecei a abrir minha porta, mas ele me fez parar.

— Quero que fique aqui.

Meu queixo caiu.

— O quê?

— Acho que seria uma boa ideia se você ficasse com o carro.

Virei para olhar para ele, apesar de estar completamente escuro.

— Você só pode estar completamente maluco.

— Tenho pensado sobre isso. Fez o que eu precisava que fizesse me trazendo até aqui. Você poderia apenas esperar, deixar o carro ligado...

— Corta essa. Estou falando sério, Michael. — Eu não ia recuar. — Corta essa. Por que está sempre me deixando de fora de tudo? Se pensa por um segundo que vou deixá-lo ir àquele laboratório sozinho, você é tão maluco quanto eu. Desculpe, tão maluco quanto eu achava que era. De jeito nenhum.

Ele tentou novamente.

— Mas...

— Não. Você não pode me obrigar a ficar aqui. Quer que eu minta para você e diga que vou ficar? Sabendo que eu vou segui-lo? Sozinha? Sozinha e desprotegida?

Ele suspirou, reconhecendo a derrota:

— Por que você não me deixa mantê-la em segurança?

— Não preciso de um herói, Michael. Achei que você tivesse entendido que eu posso cuidar de mim mesma.

— É diferente desta vez. O que está em jogo é vida e morte. Eu te coloquei nisso e o mínimo que posso fazer é me assegurar de que você saia inteira.

— Tomei a decisão de ajudá-lo por mim mesma. E sei que você vai me defender. E vou defendê-lo também.

Michael esticou o braço, passando a mão em volta da minha nuca e me puxando vigorosamente até seu peito.

— Estou morrendo de medo. Se estivesse sozinho, acho que não teria medo de nada. Mas não com você ao meu lado.

— Que bom. Porque não ter medo de nada é estupidez.

— Eu não acho. Você é assim. É uma das pessoas mais destemidas que já conheci.

Resmunguei:

— Saia do maldito carro.

Fechamos as portas silenciosamente e ele jogou as chaves para mim. Guardei o chaveiro no bolso da minha jaqueta e fechei com o zíper. As árvores estavam cobertas de gelo, fazendo o campo parecer um tipo de floresta mágica, encantadora demais para ser a cena de um assassinato. Tremi.

— Está com frio? — sussurrou Michael, passando o braço em volta dos meus ombros.

— Não.

Ele me apertou de leve.

— Vamos dar a volta pelos fundos. Quero ver quais os carros que estão no estacionamento.

— Por quê?

— Só quero saber se Landers está em casa. Não vou fazer nada a respeito disso.

Até parece que eu ia acreditar naquilo. Olhei para ele, sabendo que meus olhos estavam cheios de dúvida.

— Vou *tentar* não fazer nada.

Pelo menos ele foi sincero.

— E quanto ao cadáver? — perguntei, apontando meu polegar na direção da mala do carro.

— O incêndio começou por volta de meia-noite. Teremos tempo de voltar para pegá-lo. Afinal de contas, não é uma boa ideia arrastar um homem morto pela grama até sabermos o que está acontecendo.

Minhas narinas inflaram.

— Que nojo.

— Desculpe. — Ele bateu os pés e colocou as mãos nos bolsos.
— Precisamos ir.

Grama congelada se partia sob nossos pés enquanto andávamos, o som ecoando no ar limpo da noite. Cruzamos o trecho de jardim rapidamente, nossos passos ficando mais silenciosos quando chegamos à proteção das árvores e das agulhas dos pinheiros debaixo delas. Observei Michael vasculhar os carros na área de estacionamento, como se estivesse procurando por um em particular.

— Alguma pista? — perguntei.

— Está ali.

Continuamos, praticamente refazendo o caminho que fiz na primeira vez em que visitei a Hourglass. Depois de observar de dentro do bosque por alguns momentos, atravessamos a grama com rapidez na direção da casa e nos encostamos aos tijolos.

Michael colocou a mão em meu ombro e sussurrou:

— Última chance. Você tem certeza?

Fiz um gesto inapropriado com o dedo médio e ele engoliu a risada.

Nós dois nos jogamos no chão, rastejando ao longo da lateral da casa e então cruzamos correndo o pátio em que vi Michael e Kaleb falando sobre mim. Vapor saía da piscina, criando uma bruma sobre nós.

Assim que demos a volta no canto da casa, fiquei em território desconhecido. Parecia mais escuro que na noite em que espionei Kaleb e Michael e as luzes da varanda do pátio não estavam ligadas. A única iluminação vinha da piscina.

Depositei minha fé em Michael, recuando para segui-lo enquanto ele corria de um prédio a outro. O terror de que alguém pudesse nos ver — arruinar nosso plano de salvar Liam ou nos impedir de viajar de volta para o presente — deixava minhas pernas bambas e minha garganta seca. No momento em que chegamos ao último prédio, eu estava ofegante e não era por causa do cansaço da corrida.

Esse prédio era o único que mostrava algum sinal de ocupação. Ele lembrava muito um estábulo e estava manchado de uma cor que parecia ser vermelho-escuro. Um cata-vento com um galo em cima rangia no topo do prédio, balançando com a brisa.

Não me lembrei de ter visto aquilo quando estive ali antes. Percebi que não tinha visto, porque não estava mais lá.

O laboratório.

Capítulo 43

— Vou entrar primeiro — sussurrou Michael. — Liam conhece você e não vou correr nenhum risco de assustá-lo. Fique abaixada atrás daquela árvore à esquerda. O pequeno prédio ao lado é um antigo galpão de depósito, mas está vazio. Ninguém nunca entra ali porque o piso está apodrecido, então você não vai ser vista. Ficará segura até eu chamá-la. Sabe imitar algum som da natureza, cantos de passarinhos?

— Cantos de passarinhos?

A pressão do momento tinha deixado ele maluco.

— Para o caso de precisar de mim.

— A única atividade extracurricular no manicômio envolvia passar argolas de macarrão em um fio e a maioria das garotas de um colégio interno está mais interessada em técnicas de maquiagem do que em técnicas de caça — sussurrei de volta. — Desculpe.

— Certo, você sabe assobiar?

Fiz que sim com a cabeça.

— Então se precisar de mim, assobie.

Ele partiu na direção do laboratório.

— Michael — sussurrei. Ele olhou para mim. — Boa sorte.

❧

Manter a cabeça ocupada requeria alguma criatividade. Depois de recitar os estados e suas capitais, o 23º salmo e todos os times da Liga Americana de beisebol, eu tinha começado a recitar os times da Liga Nacional quando ouvi vozes. Nenhuma delas era de Michael.

Encostei o corpo contra o tronco da árvore. Um homem e uma mulher falavam suavemente, não exatamente sussurrando. Não conseguia distinguir se já tinha escutado alguma daquelas vozes.

— Você disse que queria ficar comigo. — O tom da voz do homem era sugestivo, sedutor. — Que você faria o que fosse preciso.

— Eu faço qualquer coisa... Mas isso... — A voz da mulher continha um sinal de desespero. — Só não tenho certeza...

Ela parou. Não dava para ver nada, mas pelo som parecia que uma pegação animada estava rolando. Quando a respiração pesada começou, passei a me sentir desconfortável, mas fui salva quando o homem começou a rir.

— Em breve. Não gaste sua energia.

— Por que você está sempre me dizendo não? — Ouvi o barulho de um zíper abrindo e achei que fosse vomitar.

Mais risadas do homem e então mais barulho de zíper. Levando em conta o gemido frustrado da mulher, imaginei que ele estava fechando o zíper dela. Aleluia.

— Existe um local e uma hora para isso. E não é nem aqui nem agora — disse ele, com a voz mais severa agora.

— Sinto muito.

A voz dela estava trêmula e dava para perceber que não era por causa do frio. Quem quer que fosse esse sujeito, ele a estava intimidando.

— Você deveria sentir muito mesmo. Mas eu a perdoo. Faça seu trabalho bem-feito e talvez eu a recompense.

— O que você mandar, o que você quiser — disse ela, ofegante.

Essa moça precisava de uma boa dose de autoconfiança.

E de um namorado novo.

Eles se afastaram do laboratório, entrando mais no bosque, e as folhas faziam barulho sob seus pés. Estiquei a cabeça lentamente de trás da árvore para tentar vê-los enquanto saíam do meu campo de visão, pela lateral do prédio vazio do depósito. Bem naquele momento a porta do laboratório se abriu, derramando luz sobre o chão, fazendo cada lâmina de grama congelada brilhar.

Michael chamou meu nome.

Andando apressada em sua direção, entrei pelo portal para a calorosa luz amarelada.

Capítulo 44

Liam Ballard era o cúmulo do estereótipo. Ele realmente tinha aquele cabelo louco de Einstein, comida manchando a camisa e... Um protetor para as canetas no bolso. Mas se olhássemos além da camada externa, era fácil ver que Kaleb não tinha herdado a beleza só da mãe. Liam era grande e forte e tinha o corpo de um esportista. Reconheci-o sendo o homem cercado de material de pesca na foto que vi no loft de Michael.

Ele esticou a mão para apertar a minha e a segurou. Não fiquei surpresa quando senti uma leve descarga de eletricidade. Não o mesmo tipo de eletricidade que eu sentia quando tocava em Michael, mas definitivamente uma conexão. Seu sorriso era caloroso e acolhedor e os olhos eram muito bondosos. Entendi por que Michael o via como um pai e fiquei imaginando se ele tinha espaço para mais uma filha em sua vida.

— Olá, Emerson — disse ele, a voz rouca.

— Oi, Lia... Doutor... Realmente não faço ideia de como chamá-lo — falei, dando uma risada.

— Liam está ótimo. — Ele colocou a outra mão sobre a minha, olhando para meus olhos atentamente. — Michael me contou que você é a razão de ele ter sido capaz de viajar de volta. Impressionante. Obrigado pela vontade de me ajudar e de ajudar minha família.

Eu ia chorar.

E então implorar para Liam me adotar.

— No entanto, uma vez que eu superar o choque da visita de vocês, vou ficar muito irritado com os dois. Como puderam arriscar suas vidas desta forma, Michael?

— Não tive escolha.

— Sempre existe uma escolha.

— Bem, então eu escolhi salvá-lo, porque você é como um pai para mim. E eu quis fazer isso.

As palavras deveriam ter feito Michael parecer uma criança petulante. Mas, em vez disso, ele parecia um homem arrasado.

— Não pode mudar o passado por causa de uma perda, ou por pesar. — Liam emitia o tipo de delicadeza que apenas os menores ou os maiores entre nós conseguiam passar. — Nossos dons não devem funcionar dessa forma.

— Não é apenas por mim. Kaleb e Grace... Não estão bem sem você. Nada está bem sem você.

Um nó se formou em minha garganta ao ver a emoção evidente no rosto de Michael.

Ele continuou:

— Landers está com os arquivos e ninguém além de você sabe o que eles continham ou que nomes estavam listados. Só sei da Emerson porque... Essa é uma longa história.

Liam olhou para mim. Eu dei de ombros.

— Aparentemente, sou alguém que viola as regras.

— A questão é — continuou Michael — que você é o único que pode impedi-lo. E Em e eu não estamos violando nenhuma regra por estar aqui. O Princípio Novikov se aplica.

Liam franziu a testa.

— Você está dizendo... Estou imaginando que encontraram restos mortais. Como você vai...

— Pensei nisso. Temos um cadáver no carro; preciso ir buscá-lo. — Michael esticou a mão e tirei as chaves do bolso da minha jaqueta e as joguei para ele. — Podemos conversar depois que eu fizer isso?

— Ah, pode ficar certo de que vamos conversar depois.

— Que horas são? — perguntou Michael, certamente em uma tentativa de adiar a ira de Liam.

Liam levantou a mão, balançando o relógio. O cristal estava rachado no meio. Ele apontou para um relógio pendurado sobre a porta. Os dois ponteiros apontavam para o número 11.

— Quer ajuda?

— Não podemos arriscar que alguém o veja. Em vai ficar aqui e lhe passar as informações.

Franzi a testa para ele.

— Como você vai trazer o cadáver pelo...

— Vou arrastá-lo. Tem um cobertor no meu porta-malas. Precisamos nos apressar e Liam precisa do resto dos detalhes. — Tive dificuldade para respirar quando ele me segurou pelos ombros e me beijou com vontade na boca. — Vou ficar bem. Já volto.

A porta bateu atrás dele e Liam me olhou. Eu estava tentando entender por que Michael saiu tão rápido e tentando interpretar o beijo.

— Princípio Novikov, hein?

Balancei a cabeça rapidamente para poder voltar ao assunto.

— Certo. Tudo que sei é que ele funciona porque não permite que mudemos o passado, apenas o "afeta sem causar nenhuma inconsistência". Nós vamos substituir você pelo cadáver e então você vai para um esconderijo e o *continuum* não é afetado porque a linha do tempo de todo mundo continua a mesma. Exceto a sua, imagino. Mas você não teve uma linha do tempo. Porque estava morto. —

Meu corpo se contraiu e olhei para ele me desculpando. — Sinto muito. Cat e Michael me passaram a versão resumida.

— Quão longe no passado vocês viajaram? — Ele se sentou em um banco ao lado de uma longa mesa de trabalho cheia de equipamento de laboratório. — Há quanto tempo eu tinha... Partido?

— Seis meses.

— Muita coisa pode acontecer em seis meses.

Repousei os cotovelos na mesa.

— Quanto Michael lhe contou?

— Não o suficiente. Coisas demais. Passamos a maior parte do tempo falando de Grace.

— Sinto muito. — Queria confortá-lo, mas não sabia como.

— Também sinto muito. E me sinto confuso. Grace é muito forte. Não consigo ver minha morte a deixando em um estado tão complicado, em tamanho desespero. Levando em consideração o quanto ela ama Kaleb, sei que ele seria a primeira coisa em que ela ia pensar. Ele seria tudo em que ela ia pensar. — Liam balançou a cabeça. — Isso não faz sentido.

— Gostaria de ter uma explicação. — Ficamos em silêncio por um momento.

— Kaleb me contou sobre você e sua esposa, sobre como eram incríveis juntos. Nunca ouvi ninguém da minha idade falar sobre os pais da forma como ele falou de vocês dois.

— Somos uma família feliz. Ou melhor, éramos.

— Michael está muito confiante de que você pode recuperar tudo. Tenho certeza de que ele está certo.

— Obrigado, Emerson — disse ele, gentilmente, mas parecia estar sentindo dor. — Por favor, fale sobre meu filho e o que ele tem feito. Michael tentou colocar panos quentes.

— Não acho que você precise se preocupar. Entendo Kaleb. Entendo de onde ele vem. Também perdi meus pais e, quando você acha que não sobrou mais ninguém... Talvez você não faça as melhores escolhas.

— Essas escolhas... você as consideraria irrevogáveis?
— Não, não todas elas. É possível remover tatuagens.
— Tatuagens?
— Você não acha que Michael já devia ter voltado a essa altura? — perguntei. — O cadáver não é tão pesado.

Ele encolheu os olhos, olhando para o relógio, e percebi que o medo desfigurou a expressão em seu rosto.

Virei o corpo.

Nenhum dos ponteiros do relógio tinha se movido desde que Michael deixou o laboratório.

Capítulo 45

— Você não tem *nada* aqui dentro que nos diga que horas são? — Revirando sua mesa, tentei achar algo que pudesse me dizer a hora certa. — Nenhum celular? Nenhum relógio além do que está no seu braço?

— Tenho uma tendência a perder coisas como telefones e relógios. E eles são destruídos pelas viagens no tempo. Tenho feito um bocado de pesquisa recentemente. — Ele abriu a gaveta em sua escrivaninha, me presenteando com a visão de pelo menos meia dúzia de relógios com o mostrador rachado. — Não funcionam.

Pesquisa. Um computador. Um computador teria um relógio.

— Cat mencionou seu computador central. Onde ele está?

— Está quebrado no momento. Era nisso que eu trabalhava quando Michael apareceu — disse ele, apontando para o canto da sala. O computador central não se parecia com nenhum computador que eu já havia visto. Tinha vários monitores, teclados que mostravam símbolos estranhos e uma unidade de processamento central do tamanho de uma mala. Liam ajoelhou-se e começou a apertar botões e mexer em cabos.

Um CD em uma caixa transparente estava ao lado do maior monitor. A informação que Cat nos pediu para resgatar. A caixa era fina o suficiente para eu colocá-la no meu bolso. Depois daquilo, abri a gaveta de baixo do lado direito para pegar o outro com a fórmula das medicações de Kaleb. Estava exatamente onde ele disse que estaria. Guardei no bolso também, mantendo-o do lado de dentro, mais perto do meu coração. Não pensei sobre o que aquilo significava.

Liam ainda estava trabalhando no computador.

— Vou olhar do lado de fora, ver se ele está voltando.

Abri a porta. Nada. O campo estava silencioso, ainda brilhando sob a luz da lua. Fiquei nas pontas dos pés para olhar do outro lado do jardim. Apesar de estar tremendo por causa do frio, eu não conseguia voltar ao calor do laboratório. Tinha acabado de decidir que ia procurar por ele, quando Michael passou pelo canto da casa principal. Suspirando aliviada, esperei até que ele passasse pelo pátio e então corri para ajudá-lo.

— Voltei o mais rápido que pude. O que está acontecendo? — perguntou ele, enquanto nos aproximávamos do laboratório.

— É o relógio. Está quebrado. Não sabemos que horas são.

Ele soltou um palavrão para si mesmo quando a porta se abriu e Liam saiu. Michael o impediu quando ele tentou pegar o cadáver.

— Não. Fique com a Emerson e vão para o carro. Vou correr para lá assim que deixar tudo preparado. Apenas vá!

— Não vou deixá-lo aqui — falei.

— Vá, Emerson — insistiu Michael. Ele empurrou as chaves do carro para mim. — Fique com elas.

— Venha comigo — falei entre dentes enquanto segurava as chaves, minha voz tinha um tom acusatório. — Você prometeu que ficaríamos seguros.

— Prometi que *você* ficaria segura e não a quero em nenhum lugar perto deste laboratório. Vá com Liam até o carro. — Michael se abaixou para pegar o cadáver. Meu estômago embrulhou. — Por favor! O tempo está se esgotando.

Liam segurou meu braço, me puxando suavemente na direção da casa.

— Tenho certeza de que Michael sabe o que está fazendo. Só estamos atrapalhando.

— Vá. — Michael olhou para mim, suplicando. — Fique em segurança.

Ele carregou o cadáver para dentro e Liam e eu atravessamos o trecho de grama com pressa. Estávamos quase na casa quando ouvi um breve grito, seguido de uma risada.

Então o mundo explodiu.

Capítulo 46

Quando abri os olhos, o fogo tinha envolvido completamente o prédio. As vigas de aço que suportavam o telhado se contorciam com o calor das chamas. Fiquei deitada no chão, a alguns metros da parte mais baixa do pátio. Liam tinha desaparecido.

Tentei me sentar, mas o solo se inclinou muito. Esperando não ter sofrido uma concussão, tentei novamente, dessa vez mais devagar. Olhando na direção do prédio em chamas, consegui ver as formas de duas pessoas paradas a distância. Balancei minha cabeça, me perguntando se eu não estava vendo dobrado. Não, eram definitivamente duas pessoas. Meu pulso disparou. Liam e Michael? Tão rápido quanto ganhou vida, meu coração parou, o estômago apertando. As formas não eram de nenhum dos homens que eu queria ver.

Os dois estavam juntos, observando o fogo arder. Algo parecia errado. Eles não estavam correndo, gritando ou tentando ajudar. Pela posição, davam a impressão de estarem se divertindo, como se estivessem parados em volta de uma fogueira e não de um prédio em chamas que poderia ter pessoas presas em seu interior.

Levantando o corpo sobre os joelhos, pisquei e toquei novamente nos rostos iluminados pelo fogo alto.

Náusea subiu pela minha garganta.

Eu conhecia a mulher.

Sua expressão era mais vulnerável que aquela que eu estava acostumada a ver em seu rosto. Ela roía uma unha e continuava a olhar para o sujeito parado ao seu lado.

Só conseguia ver a parte de trás da cabeça dele. Não dava para distinguir nenhum detalhe, apenas que ele era alto e de ombros largos.

Ouvi o som de sirenes vindo de longe e deixei minha espiral de emoções de lado. Estávamos correndo o risco de sermos pegos na propriedade. Eu tinha que achar Michael.

— Emerson. Emerson!

A esperança veio à tona quando uma voz baixa me chamou vinda do pátio. Rastejei para subir os degraus, tentando me manter sempre na área de sombra. Quando cheguei ao topo, procurei Michael, mas encontrei Liam.

— Onde ele está? — perguntei. — Liam, onde ele está?

O som do fogo consumindo o laboratório preencheu o silêncio entre nós. Olhei para o rosto dele, iluminado pelas chamas. Seus olhos transmitiam a verdade que ele não falaria.

— Não. — Meus joelhos falharam e caí para a frente. Liam me segurou por baixo de meus braços e lentamente me abaixou até o chão. — Ele pulou de uma janela ou algo assim. Ele me prometeu antes de voltarmos que ficaríamos bem. Ele tem que estar bem.

— Doce menina. — Liam se sentou no chão ao meu lado e passou o braço em volta de meus ombros para me manter ereta. — Assim que soube que você estava respirando, vasculhei a frente do prédio. Ele não poderia ter escapado pelos fundos... Foi de lá que veio a explosão. Michael não está lá. Não acho que ele conseguiu sair.

Minha respiração saía em espasmos, rasgando os pulmões, milhares de facas em minha garganta.

— Ele... Ele tem que ter saído... Se ele morreu aqui, no passado... Eu nunca o teria conhecido...

— Gostaria que essa fosse a forma como as coisas funcionam, mas não é.

Liam segurou delicadamente minhas mãos dentro das suas.

— Temos que achá-lo. Temos que levá-lo de volta. — Tentei soltar as mãos, tentei me levantar, mas Liam tinha a mesma força descomunal do filho. Nem mesmo minha ira foi capaz de me soltar.

— Por favor — gritei abertamente, implorando —, deixe-me ir, por favor.

Ele sussurrou:

— Não há nada para achar, Emerson.

— Não. Não! — insisti. — A polícia achou apenas alguns ossos nas ruínas do laboratório. Se tanto o cadáver quanto Michael estivessem no prédio, haveria mais ossos.

— Tudo isso pode depender do lugar onde o fogo começou... Da temperatura que ele alcançou. Que tipo de incêndio foi.

— O quê?

Eu não estava entendendo. E não queria entender. O som das sirenes se aproximava e Liam agachou para espiar sobre o muro de contenção.

— Temos que sair daqui, voltar pela ponte antes que alguém nos veja. Não podemos correr o risco de perturbar o *continuum* agora.

— Você vai voltar?

— Não posso deixar você voltar sozinha.

— Não vou embora. — Passei minhas mãos sobre a varanda de pedra procurando um apoio, qualquer coisa a que conseguisse me segurar. Minhas lágrimas escorriam tão furiosamente que me cegaram. — Não vou embora sem Michael.

— Emerson, logo estaremos cercados por bombeiros e policiais. Temos que voltar ao lugar onde o carro está escondido antes de ficarmos encurralados.

— Não posso ir embora sem ele, Liam. Não posso.

— Querida. Ele já se foi.

Capítulo 47

A confusão era generalizada quando saímos pela ponte para dentro da cozinha.

Cat tomou um susto e ficou estranhamente pálida, cobrindo a boca com as mãos. Dune e Kaleb pareceram congelar em seus lugares. Nate falou primeiro:

— Dr. Ballard? Você está vivo!

Nate correu em nossa direção para nos olhar fixamente como se não estivesse acreditando, tocando o braço de Liam hesitantemente.

— Foi por isso que não podia senti-lo — disse Kaleb, olhando fixamente para o pai. — Realmente achei que você estava morto, porque não conseguia senti-lo. Mas você não estava. Você não está. Você apenas não existia. — Seu rosto se contorceu e, por uma fração de segundo, ele estava se parecendo exatamente com um garotinho. — Pai?

Liam se moveu na direção de Kaleb e esticou os braços. Em dois passos, Kaleb estava do outro lado do aposento, Liam o envolvendo em um abraço.

Saí do recinto lentamente. Não sabia para onde ir.

Cat me seguiu, olhando para mim cuidadosamente.

— Emerson?

— Michael se foi. — Um arrepio no corpo todo tomou conta de mim. — Ele estava no prédio quando...

Ela afastou o olhar de mim.

— Cat? — Eu achei que estivesse muito anestesiada para sentir qualquer coisa, mas a forma como ela evitou meus olhos dilacerou meu coração. Cada pedaço era um momento perdido com Michael. — *Cat?* Por que você não parece surpresa? Fale comigo.

Ela soltou o ar profundamente.

— No dia seguinte ao que você, Kaleb e Michael me visitaram na universidade, ele veio me ver sozinho. Ele me pediu para abrir uma ponte para o futuro.

— Não. — A palavra era uma súplica. Aquilo não podia ser verdade.

— Foi então que ele descobriu que você tinha voltado. — Agora ela olhou em meus olhos. — E ele não.

— Não! — Passei os braços em volta da cintura, me segurando, meu corpo lutando contra minhas emoções. — Por favor, por favor, não.

— Ele não queria me contar o que mais tinha visto, apenas que não estava ao seu lado. Sei que ele se importava demais com você. Sei que ele queria que você fosse parte do futuro dele.

— Não me diga isso. — Queria que aquilo tudo desaparecesse. Sumisse como somem as dobras quando eu as toco. — Por que nós voltamos mesmo assim, se ele ia... Por quê?

— Não tenho certeza, mas sei que Michael acreditava que Liam precisava ser salvo. Acho que ele escolheu um bem maior... O que era o melhor para todo mundo, em vez de o que era o melhor para ele em particular. Existe uma responsabilidade pesada que vem com esse dom e ele sempre entendeu isso.

— Não é um dom — falei, cuspindo as palavras. — É uma maldição.

— Emerson! — Cat tomou um susto, finalmente percebendo meus ferimentos. — Você está sangrando!

— Está tudo bem — insisti, mas meus dentes batiam.

— Não está, não. Você está tremendo, provavelmente está entrando em estado de choque. — Ela pegou o cobertor no sofá e o envolveu em meus ombros. — Precisamos levá-la ao pronto-socorro.

— Nada de hospital. Não posso. Não quero. — Olhei para ela, minha própria vida dependendo de sua resposta. — Se ele tiver tomado precauções, se ele sobreviveu de alguma forma ao fogo e encontrou uma ponte, será que ele conseguiria voltar sem você e sua matéria exótica?

O rosto dela se encheu de pena.

— Emerson...

— *Ele conseguiria voltar?*

— É uma possibilidade.

O olhar de pena não mudou e, em algum lugar, bem no fundo, eu sabia que ela estava me dizendo o que eu queria escutar.

Virei o corpo para olhar para o relógio de pêndulo no canto da sala. Meia-noite e meia.

— Vou esperar por ele.

— Pelo menos venha se sentar antes que você tenha um colapso. — Cat me ajudou a chegar ao sofá, colocando almofadas atrás de minhas costas. — Deixe-me ver esses cortes...

— Não toque em mim. Certo? — Fiz um esforço para manter minha voz firme, em um volume natural. — Estou bem.

— Mas...

— Por favor! — Podia sentir que eu estava me aproximando cada vez mais da histeria a cada segundo que passava. Precisava que Cat saísse. — Estou bem. Por favor, me deixe em paz.

— Não posso, você está ferida...

— Cat?

Não queria surtar e, se ela não me deixasse sozinha, se não parasse de falar sobre Michael... Eu sabia que isso aconteceria.

Ela saiu.

Desejei e rezei para que houvesse uma possibilidade de ele ter sobrevivido. Que, por algum milagre, ele pudesse voltar para mim.

Fiquei sentada no escuro, esperando. O relógio de pêndulo na entrada soou, anunciando a hora.

Uma hora.

Mal percebi quando Nate e Dune subiram para dormir. Dune começou a dizer algo, mas parou quando viu meu rosto.

Uma hora passou; o relógio tocou duas vezes.

Cat se aproximou para ver como eu estava, mas não falou nada. Eu a ignorei, virando meu corpo para ficar de frente para o relógio, parada como pedra, observando os ponteiros se moverem. A casa lentamente foi ficando em silêncio, os únicos sons que se ouviam eram os ocasionais rangidos e estalos comuns em casas velhas. Achei que ouvi Kaleb e Liam passando por mim, mas estava muito atenta na hora para prestar atenção em outra coisa.

A alvorada chegou. O nascer do sol não trouxe nenhuma esperança.

Quando o relógio bateu sete vezes, me levantei, empurrei o cobertor para o chão e subi a escada até chegar ao quarto de Michael. Sozinha.

Ele não ia voltar.

Capítulo 48

Eu sabia quem era no momento em que a porta abriu. Ele seria o único que me procuraria aqui, o único que não teria medo de entrar sem bater. Ele não pediria permissão para entrar, porque sabia que eu diria não.

Kaleb não aceitaria um não vindo de mim.

Ele atravessou o quarto até a cama onde eu estava deitada, encolhida como uma bola, segurando o travesseiro de Michael e sentindo seu cheiro. Kaleb esticou a mão para me tocar, mas parou quando viu que me encolhi. Não pude evitar. Da última vez que alguém tinha tocado em mim neste quarto, tinha sido Michael.

Ele deixou seu corpo cair na cadeira da escrivaninha.

— Você devia estar com seu pai. — Minha voz estava rouca, ainda cheia de fumaça e lágrimas.

— Não, eu devia estar com você. E meu pai concorda comigo.

Eu não tinha uma resposta. Estava muito acabada para pensar em alguma, pelo menos.

— Em...

Ele esticou a mão para esfregar a nuca. Eu sabia que Kaleb podia sentir cada uma de minhas terríveis emoções. Comecei a lhe dizer que eu estava com a fórmula de seus medicamentos no bolso, mas percebi que ele não precisava delas agora que seu pai estava de volta.

Liam estava vivo.

Michael estava morto.

Ondas de tristeza me levavam enquanto Kaleb se inclinava em minha direção na cadeira, esticando a mão.

— Isso tem que acabar. Venha aqui.

— Por quê?

— Só... Só venha até aqui.

Sentei-me na beirada da cama para discutir com ele, meus músculos doídos e tensos por causa da ansiedade. Ele me pegou desprevenida, segurando minha mão e me colocando no colo.

— O que você está fazendo? — Certamente ele não estava dando em cima de mim. Uma bolha histérica de riso ameaçou escapar de minha garganta. Tudo o que tinha acontecido nas últimas horas era ridiculamente surreal.

— Não é o que você está pensando. — Ele me empurrou para longe do peito na direção de seus joelhos, para que eu ficasse em seu colo, mas mal conseguindo. Inclinando a cabeça na direção da minha, ele disse:

— Olhe para mim. Emerson, olhe em meus olhos.

Cedi.

No momento em que olhei para os olhos dele, a dor começou a desaparecer em um vácuo. Tanto a dor física quanto a emocional. Um som como um rugido encheu meus ouvidos e eu não conseguia ver nada além dos olhos muito azuis de Kaleb. Inconscientemente inclinei a cabeça na direção da dele, nossas bocas tão próximas que estávamos respirando o mesmo ar.

O alívio era suficiente para tornar o oxigênio suportável. Aceitei o conforto que vinha dele por um momento, antes de perceber o que estava acontecendo. Quando percebi, me soltei, saindo de seu colo e caindo no chão à sua frente, meus músculos se retraindo em espasmos. O quarto ficou estranhamente silencioso.

— O que você acabou de fazer? — perguntei, lutando para respirar.

Seus olhos estavam cheios de agonia, a voz era fria. Ele parecia sentir dor física.

— Tentei ajudá-la. Levando algumas de suas emoções.

— Há quanto tempo você é capaz de fazer isso?

Ele balançou a cabeça.

— Desde quando consigo me lembrar. Algumas vezes não funciona, no entanto. Não funcionou com minha mãe, quando tentei ajudá-la. Mas posso ajudar você.

Eu queria me apoiar nele, encontrar conforto em seu abraço. Kaleb faria o melhor que pudesse para me dar qualquer coisa que eu quisesse. Eu sabia disso. Tudo que eu precisava fazer era pedir.

A dor que tinha desaparecido se formou novamente em meu peito e subiu até a garganta.

— Não posso deixar que fique com minha dor quando você mesmo já tem mais do que o suficiente em sua cota. Vocês dois lutaram como irmãos. Sei que se amavam dessa forma também.

Kaleb se levantou e mais uma vez fiquei impressionada pelo simples tamanho dele.

— Sei que fez isso, pelo menos em parte, por mim. Para impedir que eu passasse por tudo por que você passou quando perdeu seus pais. Agora aqui está você, sofrendo mais que antes. Eu sei, porque não conseguiria bloquear suas emoções nem se tentasse.

Mordi o lábio inferior. Eu não ia chorar. O choro podia esperar até eu ficar sozinha. Eu *não ia* chorar. As lágrimas se formaram e lutei para não piscar, sabendo que, se uma mínima gota escapasse, a batalha estaria encerrada.

Perdi.

Meu mundo, ao qual eu estava lutando para me segurar sozinha, se estilhaçou ao meu redor em muitos pedaços. Precisei me encostar a uma cadeira para me manter ereta. Observei minha dor passar pelo rosto de Kaleb, finalmente escondendo meu próprio rosto com as mãos para não ter mais que ver aquilo.

Ele se sentou ao meu lado, me puxando para si e me balançando lentamente para a frente e para trás enquanto eu deixava as lágrimas saírem, mantendo os olhos fechados, me recusando a vê-lo compartilhar meu sofrimento. Lembrei da sensação de estar nos braços de Michael na noite em que lhe contei sobre quando perdi meus pais. Ele também tinha me balançado para me confortar. A lembrança apenas me fez chorar mais. Kaleb acariciou meu cabelo e pressionou seus lábios contra minha testa.

— Não pode ser verdade. Michael tem que voltar. Isso tem que ser um engano. — Minhas lágrimas tinham vontade própria. Independentemente da intensidade da minha luta contra elas, continuavam a se formar e a escorregar pelas minhas bochechas.

— Eu poderia melhorar as coisas. É só você deixar.

— Não vou deixar — falei. — Não daquela forma. Não vou permitir que você sinta mais dor só para me poupar.

— Mesmo se eu quiser? — perguntou ele suavemente.

Balancei a cabeça.

— Ele se importava com você. Parecia muito que ele a amava.

Meus soluços ficaram presos em meu peito.

— Ele nunca disse isso.

— O que não significa que não seja verdade.

— Talvez.

— Você precisa se manter forte. Não sabemos o que aconteceu. E se ele conseguiu sobreviver? Você está um caco. Ia querer que ele te visse assim?

— Não estou um caco.

E ele não vai voltar.

Kaleb olhou para mim, protegida em seus braços, lágrimas e coriza no rosto.

— *Não estou* um caco! — Puxei a manga sobre a mão e limpei um pouco da umidade. Lutando para me sentar, pronunciei a pergunta que tinha mais medo de fazer. — Você consegue senti-lo? As emoções dele?

Seu sorriso de resposta carregava um mundo de tristeza.

Afundei o rosto em seu peito e parei de lutar.

Demorou um tempo para que eu parasse de chorar. Quando finalmente minhas lágrimas se acabaram, Kaleb se levantou e me ajudou a ficar de pé.

— Tome um banho e então desça. Vou pedir para Cat trazer algumas roupas. Você precisa deixá-la dar uma olhada nesses cortes. — Ele apontou para minhas mãos e meus joelhos. Comecei a protestar, mas ele me interrompeu: — Deixe ela fazer isso ou vou levá-la ao hospital.

— Odeio hospitais.

— Eu sei.

— Jogo sujo.

— Sei disso também. Faça o que eu disse. — Ele colocou a mão no bolso antes de colocar algo em minha mão e cuidadosamente fechar meus dedos em volta dela.

Quando ele saiu, examinei o que era: seu círculo prateado com a palavra *esperança* gravada. Fiquei olhando para aquilo por alguns momentos antes de colocá-lo no centro da cama de Michael.

Tirei a jaqueta, ouvindo o barulho que ela fez quando bateu no chão. Peguei a jaqueta de volta e abri o zíper dos bolsos, achando os CDs que eu tinha recuperado e também as chaves do carro de Michael. Apertei as chaves com tanta força que os dentes machucaram meus dedos. Com lágrimas enchendo meus olhos, as deixei na mesa de cabeceira. Deixei os CDs onde eles estavam.

Andei cegamente até o banheiro e liguei a água na temperatura mais quente que eu conseguia suportar. Antes de entrar no chuveiro, olhei para o meu reflexo no espelho.

Meu cabelo estava grisalho em vez de louro, salpicado de cinzas, o rosto escurecido por causa da fuligem e com manchas onde as lágrimas escorreram. As íris dos meus olhos injetados estavam com um tom verde brilhante; elas ficavam assim quando eu chorava. Meu ombro já estava desenvolvendo um hematoma bem roxo e doeu quando mexi com ele para esticar o braço. Olhei para meus joelhos e para minhas mãos, todos feridos.

E por mais destruído que parecesse a parte externa, o interior estava muito pior.

Entrei no chuveiro e fiquei debaixo da ducha até a água quente acabar.

Capítulo 49

Vestindo apenas uma toalha, abri cuidadosamente a porta do banheiro e vi uma muda de roupas limpas sobre a cama, uma calça de ioga cinza que eu poderia dobrar na cintura, um casaco branco com capuz e uma camiseta sem manga. Tinha um par de meias azuis grossas e felpudas e até mesmo um pacote com roupas íntimas novas. Deus abençoe o coração e o guarda-roupa de Cat. Quase ri das roupas íntimas, mas não consegui chegar a esse ponto.

O tempo no chuveiro me deu mais clareza sobre o que eu tinha visto na Hourglass. Se o que eu acreditei ser verdade era mesmo verdade, existiam questões que precisavam ser respondidas.

E... Michael tinha partido. Eu precisava fazer uma escolha. Eu podia surtar da mesma forma que surtei quando perdi meus pais, ou fazer o que fosse preciso para buscar alguma justiça em seu nome. Eu sabia o que seria mais fácil. Também sabia o que seria certo.

Não sabia qual escolha venceria.

Vesti as roupas, peguei o círculo prateado no centro da cama de Michael e o coloquei no bolso do agasalho. Descendo a escada lentamente, me retraía toda vez que meus joelhos se dobravam. Um degrau de cada vez, um pé na frente do outro, cada movimento adiante era mais uma balançada na corda bamba das minhas emoções. Passei pela área comum, me recusando a olhar para o sofá ou para o relógio e parei do lado de fora da cozinha.

Apenas mantenha-se funcionando, Emerson. Você não pode se afundar ainda. Existem coisas que precisam ser feitas.

Depois de respirar fundo algumas vezes, abri a porta e enfiei a cabeça. O cheiro de pipoca ainda estava lá.

— Oi. — Cat estava sozinha na mesa da cozinha. Ela se levantou, esticando o braço para me ajudar a me sentar em uma cadeira.
— Kaleb disse que você ia me deixar examiná-la.

— A única coisa que está doendo realmente é meu ombro.

E meu coração. Mas duvidei de que ela pudesse me ajudar com aquilo.

— Qual deles? — perguntou ela.

— O direito — respondi, considerando uma pequena vitória o fato de meus lábios não terem tremido.

Ela cuidadosamente puxou o capuz para o lado, fazendo uma expressão de dor quando viu o hematoma.

— Liam disse que a jogou no chão quando o prédio explodiu. Foi quando isto aqui aconteceu?

Algo que ela falou pareceu estranho, me distraindo de minha dor. Tanto a física quanto a emocional.

— Explodiu.

O prédio *tinha* explodido. Tudo que eu li ou escutei indicava que havia ocorrido um incêndio, mas nunca uma explosão.

Cat parecia confusa.

— Estou enganada? Será que entendi errado o que Liam disse?

Ignorei suas perguntas.

— Onde está Ava?

— Não sei. Ninguém a viu.

— Eu a vi. No passado. Ela estava parada ao lado de um homem, vendo o laboratório queimar. — Tristeza apertou meu coração e afastei o pesar para poder continuar a falar com coerência. — Achei que tinha reconhecido o homem.

— Como ele era?

— Alto. Ombros largos. Cabelo claro.

O rosto de Cat permaneceu imóvel.

— E você o reconheceu?

— Sim. — Não achei que ela fosse ficar feliz quando eu lhe contasse como. — Eu o conhecia.

— *O quê?*

Cruzei os braços sobre a mesa e deitei a cabeça sobre eles.

Todos podiam pensar que Landers tinha desaparecido porque roubou os arquivos de Liam. Mas ele não havia feito isso

Ele estava vivendo em meu loft.

⚜

O ar do fim da manhã estava frio. Em algum lugar alguém queimava folhas. Kaleb e Liam estavam sentados em cadeiras de balanço no jardim dos fundos debaixo de um velho carvalho. Dos galhos pendurados caíam, como chuva, folhas que tinham acabado de ficar vermelhas. Enquanto elas voavam, o sol batia nelas vindo do leste, fazendo com que brilhassem.

Deve ter sido um belo dia.

— Liam. — Cat se aproximou deles, seus braços sobre o peito para se proteger da friagem. Ou talvez para se proteger da reação de Liam. — Desculpe interromper. Precisamos conversar.

— Tudo bem, Cat. — Algo no rosto dele estava mais velho que no dia anterior. Ele empurrou o chão com o pé, balançando para a frente e para trás em sua cadeira. — Bom dia, Emerson.

— Bom dia. — Era incapaz de ver algo de bom nesse dia.

Kaleb me ofereceu sua cadeira. Fiz um som de protesto, mas ele me pegou pelos pulsos mesmo assim, evitando minhas mãos machucadas, e me guiou até sua cadeira.

Poupando Cat da dificuldade de pensar em como dar a notícia, falei:

— Jonathan Landers está vivendo em meu quarto.

Ninguém falou nada. Liam congelou no meio de um movimento. Kaleb virou a cabeça para olhar para mim.

— Eu não sabia que era ele. Ele me disse que seu nome era Jack.

— Jack era seu apelido de infância — murmurou Cat.

— Fiz a conexão ontem à noite, mas a ficha não caiu até hoje de manhã. Pensei que ele era um desdobramento até que tentei fazê-lo desaparecer e ele não desapareceu. Ele era... semissólido.

Liam inclinou o corpo para a frente em sua cadeira, colocando as mãos nos joelhos. A aliança de casamento tinha símbolos de infinito ao redor. Deve ter sido assim que ele conseguiu passar pela ponte ontem à noite.

— Quando você o viu pela primeira vez?

— No dia em que o restaurante foi inaugurado. Há umas duas semanas.

Há um século.

— Vivendo em seu quarto... Ele estava lá o tempo todo? Como ele aparecia para você? — perguntou Liam calmamente.

— Uma hora ele estava lá, depois não estava mais. — Senti meu corpo ficar pesado, com o peso da vergonha e da tristeza. — Agora vejo que provavelmente há uma ponte em meu quarto que eu não podia ver antes. Acho que ele estava viajando através dela. Usando o véu para desaparecer rapidamente.

— Você o viu alguma vez quando Michael estava por perto? — perguntou Cat.

— Não. Mas o vi no loft de Michael uma vez, quando eu estava lá sozinha. Jack contou que o observava. O quarto de Michael é... era do outro lado da parede do meu quarto. — Foquei no chão, contando bolotas caídas do carvalho. Não iria pensar sobre onde ele costumava dormir. Não ia pensar sobre a atração que eu sentia na direção dele, mesmo através da parede de concreto. — O véu deve ser dividido entre os dois quartos.

Liam passou a mão na barba. Fiquei pensando se era um tique nervoso, da mesma forma que Michael sempre rodava seu anel do polegar. A lembrança ameaçou me partir ao meio.

— Mas como? — A pele de Cat tinha um brilho cinza-claro. — Ele não carrega o gene de viajante.

Liam se levantou da cadeira e começou a andar de um lado para o outro.

— Existem rumores sobre formas de viajar mesmo sem carregar o gene específico, mas elas vão de encontro a tudo que a Hourglass defende. Contra as leis da natureza e do homem. O custo seria terrível.

— Landers não se importa com nenhuma lei. — Uma chuva de folhas caiu da árvore ao nosso lado quando Kaleb bateu com o punho em seu tronco. — Ele só se importa consigo mesmo.

— Que tipo de custo? — perguntei a Liam. — Quem o faria pagar?

Ele parou de andar.

— Entre outros, o próprio universo.

— As dobras estão mudando. Comecei vendo uma pessoa, agora estou vendo grupos, pedaços de cenários. Achei que Jack era parte disso, ou algo novo que eu ainda não entendia.

— Você está vendo cenas inteiras? — O olhar intenso no rosto de Liam fez meu coração se apertar. — Várias pessoas?

— O que isso quer dizer? — perguntei, nervosa.

— Não tenho certeza — respondeu ele. — Mas se as dobras estão crescendo, escapando da trama do tempo, temos mais coisas com que nos preocupar do que apenas Jonathan Landers.

Não achei que conseguiria me preocupar com mais do que Jonathan Landers.

Mesmo com Liam vivo e preparado para recuperar o controle da Hourglass, Jack ainda tinha informações suficientes para ser perigoso. Informações sobre mim e minha família. Ele tinha nomes e endereços de pessoas com habilidades especiais. Independentemente de eu ser seu alvo escolhido ou não, eu não duvidava de que ele tentaria explorar cada pessoa na lista.

— Precisamos encontrá-lo. — Kaleb chutou as folhas que tinham acabado de cair e estavam sujando a grama. — Precisamos ir ao loft de Em e puxá-lo para fora da ponte.

— Não acho que ele esteja mais lá. Ele me deu adeus. — Meu olhar foi de Kaleb para seu pai. — Liam, você disse a Cat que o laboratório explodiu. Em um segundo ele estava ali e no próximo não estava. Você viu quem eu vi, parada ali, observando o prédio pegar fogo?

Liam concordou com a cabeça.

— Eu tinha a esperança de que poderia proteger a identidade de uma daquelas pessoas.

— Uma daquelas pessoas? — interrompeu Kaleb. — Landers tinha um cúmplice?

— Não acredito que ela soubesse o que estava fazendo — disse Liam calmamente. — Acho que ela foi usada.

— Ela quem? — perguntou Kaleb com uma voz tensa. Ninguém falou nada, deixando que ele descobrisse sozinho por eliminação. Ele soltou uma série de palavrões que as pessoas não costumavam ouvir em conversas cotidianas, terminando com o particularmente venenoso: — Piranha.

— Filho...

— Ava veio para cá para esconder sua habilidade — argumentou Kaleb com o pai. — Aquilo foi suficientemente suspeito. Mas você vai mesmo defendê-la quando ela usou aquela habilidade para *explodir você?*

— Ela é uma incendiária? — perguntei, a foto de uma pequena Drew Barrymore surgindo em minha mente. De alguma forma a jovem loura com a adorável língua presa não combinava com Ava e sua beleza glamourosa. Kaleb tinha feito referência ao livro errado de Stephen King para dar seu apelido.

— O dom de Ava é estratificado — respondeu Liam. — Achamos que ela pode mover coisas, empurrar objetos através do tempo.

— Vocês acham? Isso quer dizer que não sabem? — perguntei.

— Como Kaleb disse, Ava veio à Hourglass para fazer sua habilidade desaparecer. Nunca discuti, apenas tentei tornar sua vida mais fácil do que era em casa. Parece que Landers teve uma ideia diferente. E uma influência mais forte.

— Onde será que Ava está agora? — perguntei.

Outra chuva de folhas caiu da árvore quando Kaleb produziu um som de frustração e dor.

Landers tinha uma cúmplice, dinheiro e uma lista de pessoas com habilidades.

— Ele disse que queria me proteger. Proteger minha inocência. Quase acreditei nisso. — Recobrando a lembrança da forma como ele olhou para mim naquele dia, fechei os olhos e tentei bloquear a imagem de seu rosto. — Fico imaginando se Ava acreditou.

— Ele é um homem persuasivo — disse Liam.

— Ele estava me seguindo. Agora ele e Ava estão desaparecidos e Michael está morto.

Eles não iam se safar dessa. Eu faria o que fosse preciso para impedi-los. Eu deixaria a vingança me manter viva e, quando eu tivesse conseguido... Bem, eu reconsideraria minha vida. Meu leve contato com a sanidade estava escapando e duvidava que até mesmo Kaleb pudesse me ajudar quando eu enlouquecesse de vez. Eu tinha que ficar sozinha, precisava pensar.

Deixei todos do lado de fora e subi a escada até o quarto de Michael. Alguns segundos depois, Cat colocou a cabeça para dentro.

— Emerson, eu...

Levantei um dedo trêmulo, acenando para que ela ficasse em silêncio.

— Não faça isso. — Ela franziu a testa, rugas fundas se formaram em sua testa. — Você não pode se fechar dessa forma. Não é saudável.

— Você não faz ideia.

Ri com amargura.

— Me conte o que você está sentindo. Converse comigo. — Ela parecia tão preocupada, quase como uma mãe preocupada com a filha. — Por favor.

O "por favor" me convenceu.

— Eu nunca vou vê-lo novamente. Foram tantas coisas que eu não falei e depois que meus pais... Jurei que nunca ia deixar nada por dizer. Mas deixei. Agora ele se foi.

Será que poderíamos ter tido o mesmo tipo de conexão por toda a vida que Grace e Liam tinham? Eu nunca saberia. Eu pensaria nessa possibilidade enquanto vivesse.

Cat se moveu lentamente em minha direção com a mão estendida, como se estivesse se aproximando do local de um acidente.

De alguma forma ela estava.

— Não toque em mim. — Empurrei o corpo para o fundo da cama, para longe do seu alcance, puxando os joelhos até o peito e passando os braços em volta das pernas. Eu balançava para a frente e para trás. — Você sabia que existem sete estágios do luto?

Falei as palavras de forma tão casual que devo ter parecido uma maníaca. Cat se afastou e silenciosamente se sentou na cadeira da escrivaninha.

— Aprendi tudo isso no aconselhamento. Sete estágios. E adivinhe. Quatro deles são uma bosta. Onde está o equilíbrio? Por que não oito? Para dar algum tipo de referência ao meu sofrimento; para que eu saiba quando estiver na metade do caminho.

Uma risada seca escapou e fiz uma pausa para recuperar o controle. Eu precisava me controlar.

Foquei em uma teia de aranha no canto do teto, uma pequena sobra de vida esquecida, balançando em uma brisa errante.

— Mas são apenas sete. Eu deveria ser capaz de falar até passar pelos primeiros. Choque e negação, dor e culpa. Já tenho experiência, então vai ser mais fácil, não vai? Posso dizer a mim mesma todas as coisas certas, me lembrar de todos os mecanismos de defesa.

Resistindo à vontade de me levantar e destruir a frágil teia de aranha, abracei os joelhos com mais força.

— Eu... fiquei presa nesses estágios quando perdi meus pais. Durante meses. Quase desapareci.

A tristeza no olhar de Cat só piorou desde que ela se sentou. Não combinava com seu rosto.

— Quando eu vim do futuro para procurá-lo, por que não lhe disse para sair do prédio antes de explodir? — Não conseguia entender por que eu guardaria uma informação como aquela para mim mesma agora ou a qualquer momento. — Como pude deixá-lo morrer daquela forma? Como ele pôde escolher morrer assim?

— Você não poderia ter dito nada. Existem regras, especialmente se você permanecer conectada à Hourglass no futuro.

Ela estava tentando me confortar, mas a explicação apenas me deixava irritada.

— Quem cria as regras?

— Você vai descobrir logo. — Ela se levantou, falando sério. — Imagino que depois de hoje eles devem fazer uma visita.

Olhei para ela sem nenhuma expressão.

— De que você está falando?

— E se eu lhe dissesse — disse Cat, se inclinando para olhar profundamente em meus olhos — que você pode mudar as coisas?

Olhei para trás, com medo de acreditar, mas desesperada para que fosse possível.

— O fato é que eu já tenho problemas suficientes. — Ela fez uma pausa, apertando os lábios, e quase consegui ver as engrenagens rodando em seu cérebro. — Se Landers tiver sumido... E nós tivermos acesso à Hourglass... Há uma ponte lá. Posso fazer você passar.

— Me fazer passar?

— Para você mudar as coisas.

Ela queria dizer algo.

Salvar Michael. Ela estava falando de salvar Michael. Levantei o corpo e fiquei sobre os joelhos:

— Sim. Ah, sim, por favor...

— Espere. — Ela levantou um dedo. — Isso não é tão simples. Se alguma coisa der errado, você poderia perder a possibilidade de um dia usar seus poderes novamente.

— Não me importo. — Não havia nenhuma regra que eu não violaria ou consequência que eu não aceitaria para trazer Michael de volta. Arrastei o corpo até a pontinha da cama. A esperança se elevou como o sol em meu peito, quente e cheia de possibilidades. — Quando posso ir?

Ela checou seu relógio enquanto se levantava:

— Espere meia hora. Tenho a impressão de que Liam e todo o resto das pessoas vão até sua casa para ver se conseguem achar algum sinal de Landers. Vou lhes dizer que você quer ficar aqui, e que vou ficar com você. E Emerson?

— Sim?

— Você não pode contar a ninguém. Liam nunca viola as regras. Estou até chocada por ele ter voltado com você. O que estamos prestes a fazer é perigoso e muito, muito errado. — Sua boca mostrava seriedade. — Você entendeu?

— Entendi.

Capítulo 50

As cigarras cantavam alegremente enquanto Cat dirigia o carro pelo crepúsculo sombrio a caminho da Hourglass. Aquilo tornava o que eu estava prestes a sentir ainda mais surreal, como se eu devesse estar catando vaga-lumes em um pote de vidro e brincando de pique em vez de estar ressuscitando os mortos.

Cat manobrou o carro pela longa estrada com habilidade, ficando de olho no retrovisor. Satisfeita por ninguém ter nos seguido, ela encostou o automóvel, estacionando perto de um salgueiro. Os galhos caídos escondiam parcialmente o carro.

— Assim que entrarmos, vamos direto ao antigo escritório de Liam na casa. Apenas me siga e aja como se você devesse estar aqui, independentemente de quem nós virmos ou do que eles falarem.

— Entendi.

— Quando eu abrir a ponte, você precisa se concentrar no momento em que você e Michael entraram no laboratório juntos. E tem que tomar cuidado para não ser vista por ninguém. Estou falando de *ninguém mesmo*, Emerson. Não importa quanto você esteja tentada a chamar Michael, não pode fazer isso até *depois* que você e

Liam tinham saído do laboratório. Você vai ter segundos antes da explosão.

Olhei para minha roupa e esperei que ela fosse o suficiente para persuadi-lo de que essa era uma Em "diferente". Tínhamos limpado a jaqueta pesada que eu havia usado para viajar de volta para salvar Liam da melhor maneira possível e eu acrescentei um cachecol verde chamativo. Deixei meu cabelo longo bem solto em vez de preso em um rabo de cavalo. E também tinha colocado o círculo prateado de Kaleb em meu bolso como um amuleto da sorte.

— Você tem que convencê-lo a cooperar. Se ele se recusar, se algo acontecer a você...

Ela não precisou completar a frase. Se algo acontecesse a mim, ninguém ia voltar para nos salvar.

— Você não para de falar "se". Não está ajudando muito a minha confiança.

Ela segurou meu antebraço e apertou:

— Precisa entender o risco que está correndo. Você entende?

Fiz que sim com a cabeça.

Segui seus passos até a casa, tentando não parecer aterrorizada. Cat não bateu ou usou uma chave, apenas abriu a porta da frente e entrou. Tive a rápida visão de espaços abertos e cores quentes enquanto ela me levava a um quarto escuro.

Ela apontou na direção da porta.

— O corredor a leva até uma sala de espera. Lá, há uma série de portas articuladas que levam ao pátio. O pátio tem um muro de pedra que você pode usar como escudo. Quando chegar à grama, vai ter que correr para evitar ser vista.

— O que faço se...

A pergunta foi interrompida pelo som de uma porta abrindo e fechando. Cat me segurou, me empurrando para que eu ficasse abaixada atrás da mesa. Vozes abafadas foram ouvidas e então desapareceram.

— Se você vai mesmo, a hora é agora. — Ela levantou as mãos e a esfera apareceu. Seu rosto brilhava com aquela luz estranha. — Você está pronta?

Levantei e entrei no véu.

Capítulo 51

O longo tubo de luz era iluminado com as mesmas suaves sombras aquosas e prateadas da noite anterior. A sensação era diferente sem Michael ao meu lado, menos emocionante e mais assustadora. Girei o anel e me concentrei na data da morte de Liam, mantendo em minha mente a cena de Michael e eu atravessando a grama até o laboratório. Pensamentos sobre coisas que dissemos e sobre as coisas que não dissemos continuavam tentando se intrometer. Eu me forcei a permanecer focada. Quase podia imaginar a voz de Michael em meu ouvido, me encorajando a fazer isso.

Logo pude ouvir os sons chegando puros e ver o brilho que significavam o fim de minha jornada. Quando tudo ficou silencioso novamente, permaneci dentro da ponte, examinando com calma o aposento, me assegurando de que estava realmente sozinha. Tudo o que eu podia ver era um feixo pálido de luz brilhando em uma estante de livros iluminada.

Aquilo parecia ser uma coleção de ampulhetas, do modelos mais arcaicos até os mais futurísticos. Eu não tinha notado a presença delas ali enquanto estive na sala com Cat.

Passei pelo véu e caminhei nas pontas dos pés até a porta do escritório de Liam, enfiando a cabeça lá dentro exatamente como tinha feito havia 15 minutos, mas em um tempo completamente diferente. A casa parecia tão vazia quanto estava naquela hora. Agora estava tão coberta pela escuridão que me xinguei por não ter trazido uma lanterna. Caminhei nas pontas dos pés até as portas articuladas que levavam ao pátio e empurrei cuidadosamente as maçanetas arredondadas para baixo.

Trancadas.

E então, atrás de mim, o inconfundível som de passos.

O pânico subiu arranhando meu peito. Impedi que o grito que estava em minha garganta saísse e olhei por cima do ombro.

Eu estava sozinha.

Voltando minha atenção novamente para as portas, passei a mão procurando uma trava. Havia apenas uma fechadura — do tipo que precisa ser destrancada com uma chave.

— Certo, pense, pense, pense.

Procurei por um gancho na parede ou uma mesa lateral, esperando encontrar por milagre o que estava procurando. Não tive sorte. Uma lembrança me puxou e levantei os olhos, vendo algo sobre a moldura da porta.

Uma chave.

Exatamente onde meus pais costumavam guardar a chave do banheiro para o caso de eu me trancar do lado de dentro quando era pequena. Estiquei meu corpo o máximo que pude e praguejei para mim mesma. Muito baixa. Eu não ousava pular — se errasse mais de uma vez e fizesse muito barulho, talvez não tivesse tempo de sair.

Grata por minha visão ter se ajustado à luz fraca, olhei em volta do aposento. Um pufe de veludo estava em frente a uma poltrona a 5 metros de distância. Corri até lá, rezando para que ele tivesse rodinhas. Finalmente, sucesso.

Rolando o pufe até a porta, subi nele precariamente e derrubei a chave. Ela fez barulho quando tocou no chão de tábua corrida. Sem me preocupar em devolver nenhum dos itens a seus lugares de origem, coloquei a chave na fechadura.

O ar frio do lado de fora fez meus olhos lacrimejarem. Luzes estavam acesas no laboratório e ninguém ocupava a vastidão congelante do jardim. Cruzei os dedos, desci os degraus do pátio com cuidado e saí correndo.

Cheguei às árvores que margeavam o bosque bem rápido. Desejei ver algo ou alguém que me fizesse saber que eu tinha saído da ponte na hora certa.

Desejo concedido.

Corri para me refugiar rapidamente, entrando no prédio abandonado e de piso apodrecido que Michael me disse para evitar. Apesar de a porta mal estar presa às dobradiças, fechei-a com um suave som dela sendo arrastada — o cheiro de folhas mofadas e gasolina se fazendo presente em minhas narinas. O chão parecia estar em um estado razoável. Mesmo se não estivesse, aquilo não importava.

Eu não tinha nenhuma outra alternativa naquele momento.

Landers e Ava já estavam no bosque, vindo diretamente em minha direção.

Abri uma pequena fresta na porta, deixando espaço suficiente para poder ver o lado de fora.

— *Sinto muito.*

— *Você deveria sentir muito mesmo. Mas eu a perdoo. Faça seu trabalho bem-feito e talvez eu a recompense.*

— *O que você mandar, o que você quiser.*

Se é que aquilo era possível, a conversa foi ainda mais desesperada dessa segunda vez. Pelo menos agora eu sabia que Michael e Liam estavam no laboratório e que eu estava a poucos passos de distância, escondida atrás de uma árvore, escutando a mesma coisa.

Aquilo era esquisito.

Aproximei meu corpo o máximo que tive coragem, olhando pela fresta com um olho.

Jack estava de pé, cruelmente bonito contra a paisagem de inverno, carregando a convicção tranquila de que ele tinha uma justificativa para o que estava prestes a deixar acontecer. Aquilo me fez odiá-lo ainda mais.

— Quanto tempo você acha que vai demorar até nos procurarem? — Algo na voz de Ava estava diferente agora, talvez porque eles estivessem mais perto de mim dessa vez. Ou talvez porque ela parecia amedrontada.

— Eles não vão nos procurar. Não vai haver nenhuma prova de que isso foi causado por uma habilidade relacionada ao tempo. — Ele descartou a preocupação dela como se não tivesse nenhuma importância. E ele estava certo em fazer aquilo. Segundo Kaleb, nenhuma autoridade tradicional ao menos sabia que algo como a Hourglass existia. — Deixe de se preocupar tanto com as repercussões. Você age como se me policiar fosse seu trabalho.

Tentei ver rapidamente o rosto de Ava enquanto eles passavam pelo prédio e entravam no bosque, mas tudo o que vi foi o brilho de um colar comprido e um casaco azul. Então eles se foram.

Um retângulo de luz dourada se formou na grama congelada.

Michael — vivo, inteiro, respirando — saindo do laboratório para buscar o cadáver em seu carro.

Fiquei vendo ele correr até a lateral da casa, mantendo-o em meu campo de visão até desaparecer.

Essa era a pior parte, saber o que estava prestes a acontecer e ser forçada a esperar. Tentei usar o tempo de forma inteligente, testando o piso cautelosamente com meu pé. Michael e eu precisávamos de um abrigo rápido depois que eu o tirasse do prédio para fugir da explosão.

As tábuas de madeira eram mais fortes nas extremidades do prédio e, enquanto eu vasculhava para achar o melhor lugar para nos escondermos, o impensável aconteceu.

Os troncos que formavam a parede interior se transformaram, de ripas simples e decrépitas, em desdobramentos cheios de vida.

Sob a luz de uma lanterna de querosene, as imagens vinham cada vez mais rápido, um cobertor aparecendo sobre uma prateleira ao lado de um fogão à lenha, uma jovem menina — sua pele escura brilhando como ébano — cantando para uma boneca de madeira, uma jovem mãe ninando um bebê no canto do aposento.

— Não, não, não.

Fechei os olhos com força e os abri novamente. As imagens ainda estavam ali, agora com mais detalhes preenchidos. O aposento tinha se transformado completamente. Pensei nas palavras de Liam, que as dobras estavam escapando de sua trama no tempo. Eu tinha passado do estágio de ver uma pessoa de cada vez a um trio de jazz, então uma carruagem puxada por cavalos e agora o interior de uma cabana com os ocupantes intactos. O quão longe aquilo chegaria — qual seria a extensão desses desdobramentos?

Olhei pela janela, agora adornada com cortinas feitas à mão. Do lado de fora, outras pequenas cabanas formavam uma espécie de semicírculo em volta de uma área aberta.

Não havia nenhum laboratório a vista.

Será que eu deveria estourar a pequena menina ou a mãe com o bebê recém-nascido?

Porque uma delas teria que sumir. Tudo precisava desaparecer. E rápido. Eu precisava ver o presente pela janela, não uma cena inteira do passado.

A menininha era quem estava mais perto, então foi ela a vencedora. Ou a perdedora, dependendo do ponto de vista. Estiquei o braço e toquei cautelosamente em seu ombro, em vez de dar o bote nela como se meu braço fosse um florete e ela fosse o alvo.

A dissolução foi diferente de tudo que eu já tinha experimentado.

Em vez de um sumiço instantâneo da menininha, o desbotamento começou no topo da cena e desceu como fios de chuva no vidro.

Algo estava muito, muito errado, mas eu não tinha tempo para pensar naquilo. Como uma mudança de cenário em um filme, o laboratório reapareceu, preenchendo meu campo de visão de cima a baixo. Michael estava andando na direção da porta — arrastando o presunto.

Eu talvez tivesse um minuto. Corri, sem pensar se poderia estar exposta. Jack e Ava estavam escondidos em algum lugar no bosque, preparados para causar sérios estragos, e agora Liam, Michael e eu estávamos ocupados discutindo na porta do laboratório. Quando cheguei à lateral do prédio, encostei meu corpo contra a parede, fechando meus olhos com força. Eu não tinha certeza se podia me ver.

E não tinha certeza de que queria me ver.

— *Não vou deixá-lo aqui.*

— *Vá, Emerson. Fique com elas.*

— *Venha comigo. Você prometeu que íamos ficar seguros.*

Eu parecia desesperada. Naquele momento eu tinha percebido que, de alguma forma, Michael não ia sair daquele prédio vivo. Mas isso foi da outra vez.

Eu não ia permitir que a história se repetisse.

— *Prometi a você que ficaria segura e não a quero em nenhum lugar perto deste laboratório. Vá com Liam até o carro. Por favor! O tempo está se esgotando.*

— *Tenho certeza de que Michael sabe o que está fazendo. Só estamos atrapalhando.*

— *Vá. Fique em segurança. Vou alcançá-la quando puder.*

No segundo em que tive certeza de que o caminho para a porta da frente estava limpo, me afastei da lateral do prédio e corri para o laboratório.

Michael estava congelado; os ombros caídos para a frente, derrotados. Seus dedos segurando o corpo como se fosse um colete salva-vidas.

— Michael!

Ele olhou para cima e seus olhos se arregalaram, se enchendo de medo. Balançando a cabeça violentamente, ele disse:

— Por que você está aqui? Saia, Em, corra!

— Não. — Segurando o pulso de Michael, chutei o cadáver com toda a força que tinha e o corpo caiu no chão. Ele fez barulho ao atingir o solo, um braço saindo do plástico em que estava enrolado. Aquela visão embrulhou meu estômago. — Nós dois vamos correr.

Ainda segurando Michael com firmeza, eu o arrastei para fora e corri como louca, meus pés batendo na grama congelada. Ouvi a respiração pesada dele atrás de mim, enquanto ele me seguia pelo bosque até entrarmos no pequeno barraco.

Dois segundos depois que a porta se fechou atrás de nós, o laboratório estava em chamas.

Capítulo 52

— O que você fez? Emerson, o que você fez?
— Salvei sua vida.
— As regras...
— Não diga nada sobre as regras, ou você estará morto no futuro porque *eu* matei você. Ninguém mais está seguindo as regras além de você e sou em quem vou ficar condenada se seu senso de honra desorientado o obrigar a fazer algo estúpido logo agora.

Meu coração estava em um grande conflito. Uma parte de mim queria envolver meus braços nele e nunca mais soltar. A outra parte queria brigar com ele por saber que ele ia morrer e por ter escolhido fazer isso em vez de impedir que aquilo acontecesse.

— Por que você voltou para me buscar?

A raiva estava claramente na liderança:

— Você ao menos pensou, por um segundo, sobre o que perder você ia fazer a mim? A sua mãe e sua irmã? A Kaleb? A todas as pessoas que se importam com você?

— Isso era *tudo* em que eu conseguia pensar.

— Então por que você fez isso?

— Eu não tinha escolha. Era assim que as coisas deviam acontecer. Assim que soube que você ia conseguir voltar em segurança... — Ele parou. — Eu tive que acreditar que você acabaria ficando bem com a minha escolha. E você ficou.

— Fiquei?

Ele olhou para o teto:

— Quando a vi, você estava sendo cuidada. Você era... amada.

— Quem estava *cuidando* de mim?

Ele olhou para meus olhos:

— Kaleb.

Neguei com a cabeça.

— Então eu soube que você tinha um futuro. Tive que superar o fato que eu não fazia parte dele.

— Talvez eu não queira um futuro sem você. — Passei a língua nos lábios e tentei acalmar meus nervos. Eu estava arrasada. A possibilidade de uma conversa sobre meus sentimentos era mais assustadora que o drama que estava acontecendo do lado de fora da porta. — Você pensou nisso?

— Minha morte estava me encarando. Eu não devia ter sido capaz de pensar em nada, mas lá estava você, no topo da minha lista.

Fiquei imaginando como consegui chegar ao topo da lista.

Outra explosão sacudiu as janelas, dando um susto em nós dois.

— A gente deveria sair daqui — disse ele, apontando na direção da porta.

— Não podemos ainda. Tem muita coisa acontecendo do lado de fora. Temos que esperar até que o tráfego diminua um pouco. Então, como temos que matar algum tempo... — Fiz uma pausa, fazendo uma careta por causa da escolha da palavra. — Tenho algumas coisas para lhe dizer antes de voltarmos. Tantas coisas aconteceram nas últimas 24 horas.

— Você veio me buscar rápido assim?

— Acredite em mim, não pareceu tão rápido. Não sei se devo começar pelas notícias ruins ou pelas notícias ruins. — Suspirei.

— Certo, primeiro: você estava certo sobre Jonathan Landers ser o assassino.

— Sabia.

— Essa não é a pior parte. Ele estava vivendo em meu loft desde o dia em que o conheci. No seu também.

O rosto de Michael ficou confuso.

— Não estou entendendo.

— Ninguém mais entendeu também. De alguma forma ele conseguiu viajar e vinha frequentando a ponte que se estende entre nossos quartos. Achei que ele era uma dobra. Tentei tocá-lo para fazê-lo sumir e acabei com a mão cheia de uma gosma que brilhava no escuro.

O lábio superior de Michael se retesou.

— Por que eu não o vi?

— Acho que porque ele não queria que você o visse. Ele deve ter manipulado a ponte e a usado para se esconder.

Michael virou a cabeça rapidamente na direção da janela, onde Jack podia ser visto claramente no gramado, dando instruções a um caminhão de bombeiros.

— Por que você não me contou sobre ele?

Meu corpo ficou quente por causa da vergonha. Aquela era uma pergunta mais difícil para responder.

Como deveria contar a Michael que eu queria ter Jack só para mim, com sua atenção que me fazia sentir desejada? Eu tinha achado que ele era algum tipo de anjo da guarda e ele não era nada disso. Ele era um assassino e ficara na minha casa. Havia me observado enquanto eu dormia. Eu tinha sido idiota o suficiente para escutar quando ele alegou que queria me proteger.

— Não achei que era nada de mais no começo. E então... Então aquilo começou a parecer uma mentira. Como algo que eu deveria manter em segredo. Eu deveria ter visto que aquilo era errado.

A expressão dele se tornou pensativa.

— Nós dois temos remorsos por coisas que não contamos um ao outro.

— No seu quarto, depois de nos beijarmos... — Minha voz foi desaparecendo. — Você disse que gostaria de me beijar de novo. Mas sabia que não ia voltar. Aquele foi um beijo de despedida?

— Que tipo de beijo você acha que foi?

Sabia que provavelmente ia ficar irritada mais tarde por deixá-lo se safar tão rápido, mas minha tristeza se transformou em algum tipo de alívio, de vertigem, que começou em meus dedos do pé e pulou direto para a boca. Incontrolável e impulsivo.

— Espero que aquele tenha sido um beijo de despedida. Se foi, acho que um beijo de reencontro está se aproximando. — Mexi no nó em meu cachecol, apertando e depois afrouxando. — Quero dizer, eu o trouxe de volta dos mortos. Basicamente.

Michael me encarou por um momento antes de se aproximar e segurar meu rosto em suas mãos. A eletricidade de seu toque quase me derrubou.

— Foi um beijo de despedida. Achei que nunca mais a veria novamente e não queria morrer sem saber como era beijar você. — Ele gemeu. — Isso tudo é tão dramático.

— Foi dramático — falei, lembrando do rasgo em meu coração quando achei que o tinha perdido. — Foi péssimo.

— Desculpe.

— Ainda não perdoei você. — Podia sentir minhas pernas balançando, ouvir as lágrimas em minha voz. — Não sei quanto tempo vai levar para que eu o perdoe, ou se um dia vou perdoar, mas estou tão feliz de você estar aqui neste momento.

— Emerson...

— Não sei o que nada disso significa, mas sei que, quando achei que você tinha partido, eu não conseguia respirar. Parecia que metade de mim estava faltando. — Continuei falando sem parar, meu botão de editar não estava apenas quebrado, havia sido completamente removido. — Tenho 17 anos. Quem se sente assim aos 17 anos?

— Em...

— E no que diz respeito a Ava, ou Kaleb, não quero ninguém no espaço entre nós dois. Eu...

— Emerson!

A voz dele estava carregada de urgência.

— O quê?

— Por favor, pare de falar. — Ele abaixou os lábios, parando logo antes de eles alcançarem os meus. — Não posso beijá-la se estiver falando.

A alegria que correu em minhas veias fez desaparecer a dor de quase perdê-lo. Pensei um segundo na Emerson do lado de fora na grama, a que estava se levantando com tanta tristeza e sofrimento.

Então me deixei levar, me afundando no beijo, em seu corpo, agora inteiro e perfeito. E bem na minha frente.

⁂

Nós nos ajoelhamos, a porta se abriu um pouco, o suficiente para vermos tudo que se passava no jardim. O fogo estava quase apagado. Veículos davam ré, deixando marcas lamacentas e escorregadias na grama. O chefe dos bombeiros estava orientando o trânsito. Fuligem e cinzas cobriam o rosto do homem e sua respiração se cristalizava no ar frio da noite enquanto ele gritava ordens.

— Tudo que precisamos fazer é chegar até o escritório de Liam — falei. — Cat está mantendo a ponte aberta.

— Deixe-me ir na frente.

Levantei uma sobrancelha.

— Sei que você pode cuidar de si mesma. E de mim. — Ele olhou para o lado de fora, se inclinando para a esquerda e para a direita, observando Landers por uma fresta de poucos centímetros. — É uma precaução. Conheço a casa e as pessoas que poderiam estar dentro dela.

— Faz sentido.

Fiquei olhando para a curva de seus lábios, sem pensar na ponte ou nas coisas com as quais teríamos que lidar no outro lado dela. Apenas em Michael, em como eu estava grata por ele estar vivo e no quanto eu queria tocá-lo. No quanto eu queria que ele me tocasse.

Ele prestou atenção no movimento do lado de fora.

— Emerson. Você não pode olhar para mim deste jeito. Não agora.

— Como você sabe o modo como estou olhando para você?

— Posso sentir. — Ele sorriu. Não consegui ver, mas pude ouvir em sua voz. Ele passou um braço em volta do meu pescoço e me puxou para o lado. — Espere. Você só me contou uma das notícias ruins. O que mais estava acontecendo, além do fato de Jonathan Landers estar perseguindo você?

— Os desdobramentos, eles estão mudando. Nós dois vimos um trio de jazz na inauguração do Phone Company, mas vi outras coisas desde então. O pior acabou de acontecer, logo antes de eu sair para salvar você. Este aposento inteiro se transformou. Olhei pela janela e vi uma cena de pelo menos 150 anos atrás.

— O quê?

Ele soltou o ar.

— Não consigo explicar. Foi como se eu tivesse viajado no tempo.

— Está mais como se o *tempo* tivesse viajado até *você*. — Ele fez uma pausa, pensando. — As dobras têm sido mais detalhadas para mim ultimamente, mas nada tão complicado. Você contou a Liam?

Confirmei com a cabeça.

— Ele está preocupado.

— Se ele está preocupado, deve ser sério. Ele tinha alguma explicação?

— Não.

Ele me soltou e empurrou a porta mais um centímetro.

— Parece que todas as figuras mais importantes estão falando com o chefe dos bombeiros.

— Não podemos sair ainda — protestei. — A multidão podia estar se dissipando, mas o campo ainda parecia muito cheio para andarmos sem que nos notassem.

— Não podemos deixar Cat mantendo o buraco de minhoca aberto por muito mais tempo. Ela está em território inimigo partindo do pressuposto de que as pessoas da Hourglass ainda são leais a Landers.

— Só mais alguns minutos.

— Só mais alguns. — Ele se levantou e me ajudou a ficar de pé.

— Como estamos esperando... — Agarrei a gola de sua jaqueta, fiquei nas pontas dos pés e pressionei meus lábios contra os dele. Sua pele estava fria no início, mas o calor começou a se espalhar no momento em que nos tocamos. Aquilo aqueceu até as pontas dos meus dedos dos pés e das mãos e poderia apostar muito dinheiro que meu cabelo estava arrepiado, luz saindo de cada fio dele. Não quis abrir os olhos para checar.

Ele me puxou para mais perto, passando a boca pelo contorno do meu queixo e descendo pelo pescoço. Segurei sua jaqueta com mais força, puxando-o para mais perto ainda.

— Estou pronto para sair daqui — murmurou ele em meu ouvido. — Levar você para algum lugar onde eu possa beijá-la direito.

— Assim não é direito? — Eu estava tremendo novamente. O que esse garoto tinha que me fazia tremer? — Se não for, será que eu *aguento* quando for direito?

— Vou fazer o possível para me assegurar de que você aguente. — Sua boca passou pela minha maçã do rosto indo até meus lábios, as mãos passando por baixo da minha jaqueta, seus dedos queimando contra o algodão de minha camiseta. Não consegui deixar de pensar em como seria a sensação de suas mãos sobre a minha pele nua.

— Ou de que você não aguente. Como preferir.

Eu queria ficar sozinha com ele. Realmente sozinha.

— Talvez nós devêssemos sair daqui para minha casa.

Ele levantou a cabeça para me olhar, uma expressão estranha em seu rosto. Soltei uma risada nervosa:

— Isso soou melhor em pensamento.

— Soou muito bem em palavras.

※

Chegamos à casa principal sem incidentes. Aquilo estava sendo quase fácil demais.

— Eu lhe disse obrigado? — perguntou Michael, enquanto estávamos abaixados no escritório de Liam. — Se não falei, obrigado.

Ele levantou nossas mãos unidas até os lábios e beijou o interior do meu pulso.

— Não consigo me lembrar. — Não conseguia me lembrar de nada. Malditas, ou benditas, zonas erógenas. — E não há de quê.

Ele apenas sorriu.

Ainda de mãos dadas, entramos no véu.

Mantive a concentração em voltar ao escritório de Liam. Os redemoinhos prateados me consumiram novamente e tudo o que eu podia ouvir era a ocasional voz fantasmagórica ou uma música ao fundo.

Quando chegamos ao véu, Michael sussurrou:

— Fique na ponte. Voltarei para buscá-la quando tiver certeza de que estamos a salvo.

— Corra.

Ele apertou minha mão e desapareceu.

Permaneci na ponte sozinha, me concentrando em ficar parada, em vez de me mover para a frente ou para trás. Aquilo parecia tão diferente de viajar. Foi como se eu estivesse sendo empurrada e puxada e minha vida dependesse de eu manter meu equilíbrio. Os aquosos redemoinhos prateados pareciam se mover no sentido horário e anti-horário ao mesmo tempo. Rostos completos, com bocas que se moviam e olhos que piscavam, entravam e saíam de foco.

Eu não estava gostando daquilo.

Onde estava Michael?

Quanto mais eu esperava, mais opressivo aquilo se tornava e os rostos chegavam mais perto da superfície da ponte. Podia ver detalhes agora, cílios, sobrancelhas, covinhas e bigodes. Os rostos eram pressionados contra a barreira em ondas e, apesar de eu não poder escutá-los, parecia que suas bocas estavam formando meu nome em um grito silencioso de aviso.

Fechei os olhos. Mesmo depois de três minutos esperando, ainda podia ver a impressão de seus rostos em minhas pálpebras.

Eu tinha que sair.

Saí da ponte pelo véu e abri os olhos.

E vi Cat.

Ela estava apontando uma arma para Michael.

Capítulo 53

— O que está acontecendo?

Um puxão com apenas uma das mãos me pegou pelas costas. Michael me segurou em seus braços.

Recuperei o equilíbrio e olhei para o rosto de Jack Landers.

Mantendo a arma apontada para nós, Cat andou em linha reta até Jack, com os olhos brilhando. Meu queixo caiu enquanto eu a observava envolver seu corpo no dele e beijá-lo usando mais língua do que eu já tinha desejado ver em toda a minha vida.

Não que eu achasse que ia continuar viva por muito tempo.

— Cat? — Michael me puxou para trás dele para me proteger. Se ser empurrada por Jack tinha tirado meu equilíbrio, a traição de Cat me fez cambalear. — O que você está fazendo?

Ela tocou o rosto de Jack com reverência, se concentrando unicamente nele.

— Achei que você havia morrido.

— Quase morri. A fórmula me manteve vivo. — Jack segurou a mão dela, pressionando os dedos contra o lábio dele. — Acabou tudo na minha última viagem. Pensei que ia ficar preso lá para sempre.

— Foi por isso que eu vim. Torci para que você pudesse pegar carona no gene da Emerson e pudesse fugir quando ela voltasse, especialmente com minha matéria exótica segurando a ponte aberta. Funcionou.

A voz de Landers era reverente:

— Obrigado.

— Cat? — disse Michael novamente, implorando.

Ela o ignorou.

— Mas por quê? Por que você viajou se eu não estava aqui para ajudá-lo? — A voz de Cat falhou e ela repousou a testa contra a de Landers. — Você precisa da fórmula em seu organismo e precisa de mim para ter os melhores resultados. Onde precisou tanto ir para arriscar sua vida assim?

— Não importa. Estou aqui agora.

— Cat — insistiu Michael, interrompendo-os. — *O que* está acontecendo?

— Caramba, Michael. Cale a boca.

Quando ela se virou, nós dois demos um passo para trás. Seu rosto habitualmente sereno tinha se transformado em uma expressão venenosa de asco.

— Esse papo de escoteiro está ficando velho.

— Não posso acreditar no que estou vendo. Você realmente está *com* ele? — perguntou Michael, sua voz carregada de tanto ódio.

— Entendo que você tenha essa coisa jovem e idealista, mas com certeza pode acompanhar o raciocínio. — Ela envolveu o braço na cintura de Jack, encostando a cabeça em seu ombro.

Ele estava me olhando e seus olhos já não pareciam sem pigmentos. Eles tinham um tom azul-claro. E estavam assustadores.

Houve um momento de completo silêncio antes de Michael falar novamente:

— Por quê?

— Porque Jack e eu podemos fazer muito mais juntos do que separados. Porque fiquei cansada de ser deixada de lado por todos esses anos.

Ela parou de olhar para Jack. Quando notou que ele estava me olhando, ela limpou a garganta e seus dedos seguraram a arma com mais firmeza. Envolvi minhas mãos no braço de Michael.

— Você não era deixada de lado — argumentou Michael. — Você é uma parte integral do que fazemos. Não podemos viajar sem você.

— Vocês *não podiam* viajar sem mim — corrigiu ela. — Liam tirou a sorte grande científica. Ele criou matéria exótica só molecular. Que você poderia tomar como um remédio. Infelizmente, a fórmula exata virou fumaça com Liam, quando ele morreu.

Os músculos de Michael ficaram mais tensos entre meus dedos.

— Foi por isso que você nos deixou voltar para salvá-lo? Porque você queria a fórmula.

— Quando você descobriu que não ia conseguir voltar de sua pequena missão de resgate, achei que tinha me livrado de dois problemas. Nunca esperei que Liam fosse voltar por aquela ponte com a Emerson.

— Como você pôde fazer isso? — sussurrou Michael. — Liam e Kaleb a amam. Você é família para eles.

— Não. Não sou família. Nem mesmo uma parente distante.

— Isso não é verdade. — Ele deu um passo na direção dela. — Liam *confiava* em você...

Cat apontou a pistola para a cabeça de Michael e a engatilhou. A bala entrou na câmara, o som ecoando nas paredes do escritório.

— Liam usou uma amostra do meu DNA para fazer aquela fórmula. Ele nem sabia o que tinha descoberto, mas mesmo assim não quis me dar uma cópia. — Nenhuma ponta de culpa por assassinar uma pessoa passava pelos olhos de Cat ou manchava sua voz. — Então eu a usei contra ele. Um mal-entendido me impediu de recuperar a pesquisa antes de nós o matarmos. Como todos nós sabemos, matéria exótica pode causar muita destruição quando se move com a rapidez que Ava consegue arremessá-la.

— Ava? — perguntou Michael.

— O fogo que incinerou o laboratório não era *normal*, Michael — zombou Cat. — Eu realmente tenho que questionar o quão normal você é, depois da forma como obrigamos Ava a tentar distraí-lo. Seduzi-lo. Pobre, pobre garota rejeitada.

— Mas por quê? — perguntei, olhando para cada um deles, meu estômago embrulhando enquanto eu pensava em como Cat e Landers tinham manipulado Ava. Fiquei imaginando se algum de nós realmente a conhecia. — Por que você fez isso?

Jack respondeu:

— Eu queria ter a habilidade de viajar no tempo. Não havia uma "receita" para a fórmula, mas havia um vidro cheio de pílulas. Cat estava disposta a experimentar.

Michael balançou a cabeça com desgosto.

— Vocês dois são loucos.

Jack ficou em silêncio por um minuto, seus olhos calculando.

— Somos mesmo? Será que todos nós não temos coisas que gostaríamos de mudar em nossos passados? Erros transformados em acertos? Por que alguém não mudaria experiências devastadoras, uma história terrível, se tivesse a chance? Você sabe como é isso, não sabe, Emerson?

Não consegui falar. Ele tinha tocado em algo muito pessoal.

O azul dos olhos de Jack tinha desbotado um pouco e parecia que seu cabelo não estava mais apenas louro, mas, de alguma forma, grisalho nas têmporas.

— Sempre achei que poderia convencer Grace a viajar de volta e mudar as coisas para mim, se a oportunidade aparecesse. Kaleb lidou com tanta coisa; certamente ela seria solidária, entenderia meu dilema.

— Mas ela não entendeu — disse Michael.

— Ela discutiu comigo. Então me conectou à morte de Liam. Tive que tomar uma providência.

Meu rosto ficou dormente enquanto eu lutava contra a náusea se elevando em minha garganta.

— Foi você. Ela não tentou cometer suicídio, senão Kaleb teria percebido isso antes. Ele não sentiu nada. Você tentou matá-la.

— Não tentei — protestou ele, educadamente. — Simplesmente usei minha habilidade.

— Sua habilidade? — perguntou Michael. — Você sequer tem uma habilidade?

Jack riu tanto que se dobrou, uma gargalhada barulhenta.

— Não uma habilidade que você já tenha me visto usar. Ou, pelo menos, não uma de que você se lembre. Não *tive permissão* para usá-la desde uma escolha infeliz há muitas luas. Mas eu carrego o mesmo gene de habilidade relacionada a tempo que vocês dois. Só não tenho o gene de viagem.

— Qual você carrega? — perguntei, odiando a fraqueza que ouvi quando minha voz tremeu. — O que você pode fazer?

Seu sorriso de resposta era imenso e as rugas em seu rosto eram mais profundas do que eu me lembrava.

— Eu posso roubar tempo.

Capítulo 54

— Como? — perguntou Michael. — Como você "rouba" tempo?

— Roubando lembranças.

— Não estou entendendo.

— Foi tão fácil fazer Grace passear por suas lembranças. Enquanto ela pensava nelas, eu as levava, mas apenas as que a estavam mantendo viva. Quando ela não tinha mais nenhum motivo para viver, havia muito sonífero *bem ali*. — Ele riu. — Foi bem fácil mantê-la incapacitada. Seria um desperdício de habilidade acabar com a vida dela.

— Você roubou as boas lembranças de Grace. Você roubou as lembranças de Ava também? — Michael apontou para Landers. — Os apagões dela. Você foi responsável por aquilo.

— Sim. — Ele parecia satisfeito, como se seu principal pupilo tivesse resolvido um problema particularmente difícil. — Roubei as lembranças de Grace e as lembranças de Ava. E as suas, Emerson.

Minha náusea se transformou em puro terror subindo pela garganta.

— As minhas? O que minhas lembranças têm a ver com isso?

— Tudo, na verdade. Grace estava fora de alcance. Eu precisava de alguém que pudesse viajar ao passado. Minha busca por informações me levou aos arquivos. Os arquivos me levaram a você.

Olhei para ele sem acreditar. Não falei nada. Não consegui.

— Meu amor, você era uma garota bem diferente quando a vi pela primeira vez. Você existia basicamente para babar e respirar e revivia cada momento daquelas experiências horríveis toda noite em seus sonhos. — A expressão dele ganhou um tom gracioso, como se ele estivesse pronto para aceitar elogios. Ou adoração. — Tomei as memórias do que realmente tinha acontecido e as mantive como garantia.

— Eu não... o que você quer dizer? O que aconteceu *realmente*?

— Você não apenas estava no ônibus que matou seus pais e todas as outras pessoas, como foi a única sobrevivente do acidente.

A sala pareceu se inclinar e o terror em minha garganta desceu até o estômago.

— O pesar e a culpa, sua enormidade de danos físicos graves... Isso quase a arruinou. — Jack balançou a cabeça. — Você nunca se recuperou completamente.

— Não, isso não é verdade — falei, dando um passo para trás e batendo na mesa de Liam.

— Você foi internada por um tempo e então foi morar com seu irmão e sua cunhada. Porque eles se sentiam culpados. Aquilo atrapalhou bastante a vida deles. — Ele me olhou com falsa piedade. — Um grande desperdício para todos os envolvidos. Eu sabia que podia mudar aquilo, então mudei. Encontrei você e levei todas aquelas lembranças terríveis. Você não estava lúcida o suficiente para que alguém notasse e eu sabia que aquelas lembranças seriam úteis.

"Então mudei sua história. Graças àquele único vidro de pílulas, Cat e sua matéria exótica e mais alguns elementos essenciais, viajei de volta no tempo. Encontrei com você no saguão do hotel, impedi que você entrasse no ônibus. Então corri até o alto da montanha para me assegurar de que o ônibus saísse da estrada exatamente no mesmo lugar. Ele precisava ficar submerso no lago para tornar os esforços de resgate mais lentos. Todos tinham que morrer. — Ele disse as palavras de forma tão casual, sem se importar com incontáveis vidas perdidas. — Eu sabia que estava correndo um risco, mas acreditava que se poupasse você do trauma das sequelas e da lembrança do acidente... E ele foi verdadeiramente horrível... Você se recuperaria daquela maldita depressão que a atacava tão completamente.

A respiração de Michael se acelerou. Mas não consegui olhar para ele. Meus olhos estavam grudados em Jack.

— Então fiz questão de guiar seu caminho pelos próximos anos. Inclusive criei uma bolsa de estudos no seu colégio interno para alguém com suas necessidades específicas quando a vida em Ivy Springs ficou muito difícil. Quando achei que você havia se recuperado o suficiente, a bolsa de estudos foi embora. — Ele estava exultante e batia palmas como uma criança. Eu podia quase sentir o cheiro da loucura. — Você voltou. E pensar que, graças a Cat, fiz tudo aquilo. Mudei todos aqueles anos em apenas um dia.

— Não, não, não, não. — Pontos pretos se formaram em frente aos meus olhos enquanto meus pulmões ameaçavam explodir com o esforço de segurar as lágrimas. — Você está dizendo que... *meus pais estão mortos por sua causa.*

— De jeito nenhum. Estou dizendo que você está viva, verdadeiramente viva, por minha causa. Você não está olhando para isso de forma lógica. Foi o destino que reivindicou seus pais, não eu. Você viveu porque eu escolhi que vivesse. Eu simplesmente intervim em suas circunstâncias. Salvei sua vida. — Ele deu um passo na minha direção, esticando o braço. — Isso nos conecta.

— Não estou conectada a você. Minha vida inteira é uma *mentira* por sua causa.

— Mas Emerson, meu amor...

— Pare de me chamar assim.

Um gemido começou a se formar em minha garganta, baixo, porém persistente. Coloquei a mão sobre a boca.

— Cheguei tão perto de convencê-la a confiar em mim. Então eu poderia ter lhe contado nossa história sob circunstâncias muito diferentes. Mas eu estava viajando muito constantemente, usando muito do composto rápido demais. Ele acabou antes de eu conseguir o que queria. Acabei preso na ponte.

Cat finalmente se pronunciou, sua voz falhando por causa da raiva:

— Foi isso que causou o problema? Foi por isso que você acabou preso naquele buraco? Para se assegurar de que a vida de uma garotinha fosse... sombra e água fresca, só para convencê-la a fazer o que você queria?

— Não diria que a vida dela foi essa moleza...

— Mas correr o risco foi desnecessário. Você não precisa dela. Tenho informação sobre outra alternativa — disse Cat enfaticamente. — Estava planejando lhe contar ontem, até que Kaleb entrou por aquela porta e disse que você estava desaparecido. Até eu pensar que estava morto.

Ele ficou olhando para Cat por um longo momento. Notei que já não estava mais ereto, mas levemente encurvado, como se precisasse de apoio.

— Outra alternativa?

Ela fez que sim com a cabeça e a satisfação em seu rosto gelou até minha alma.

— A sessão de perguntas e respostas acabou. — Cat mantinha o cano da arma apontado para mim e Michael. — Você disse que trouxe o CD. Onde ele está?

— Não tenho certeza — falei, enrolando. — Muita coisa aconteceu desde que...

— Não me faça de idiota.

Cat apontou e apertou o gatilho.

As portas de vidro da estante de Liam explodiram em estilhaços enquanto Michael se virava para me proteger. Coloquei as mãos na cintura dele e me preparei para outro tiro, desejando que meu corpo fosse grande o suficiente para protegê-lo e não o contrário.

Quando a arma permaneceu em silêncio, abri os olhos para avaliar o estrago. Tive que engolir o choro. A lateral do pescoço de Michael estava coberta de pequenos cortes, sangue manchando a pele.

— Certamente você entende a gravidade desta situação — disse Cat mais alto que o som dos últimos estilhaços de vidro tilintantes que batiam no chão. — Eu *quero* o CD com a fórmula da matéria exótica, e o quero agora. Onde ele está?

— Catherine. Seja paciente — disse Jack casualmente, como se estivesse discutindo os planos para o jantar. Um sorriso angelical se espalhou por seu rosto como um veneno de ação lenta. — Tenho certeza de que posso convencer Emerson a nos dar essa informação particular.

— Como você planeja fazer isso? — perguntou Cat.

— Deixar Emerson bem novamente tornou melhor a vida de todos nós. Ela sabe disso. E é por isso que ela vai cooperar agora que tem a chance. — Jack estava falando com Cat, mas seus olhos estavam sobre mim. Sua resposta quase parecia sensual enquanto saía de sua boca. — Se ela não cooperar, sempre posso devolver sua dor.

Engoli convulsivamente enquanto a bile se elevava em minha garganta. Ele estava falando do seu adicional.

Michael segurou minha mão.

— Não. — Lutei para não parecer que estava implorando quando na verdade queria apenas cair de joelhos e suplicar. — Não pedi para você fazer o que fez. Não pode me obrigar a ajudá-lo... Por causa de uma... Ideia doentia e deturpada sobre o que lhe devo.

O sorriso de resposta de Jack transmitia sua intolerância, como se eu estivesse simplesmente fazendo pirraça ao lhe negar algo.

— Fiz o que fiz porque era necessário. Que se danem as consequências.

— Consequências — disse Michael baixinho. — Todas essas viagens que você tem feito... mudando coisas. Isso teve um efeito, não teve? O *continuum* espaço-tem...

— Está tudo bem. Estamos falando sobre a fórmula agora. — A voz de Jack era desdenhosa. Ele se afastou de Cat, se aproximando de mim. — Existem lembranças sem as quais você não consegue viver, Emerson? Aquelas de seus pais saudáveis e vivos? De quem você realmente é? Ou você quer que eu lhe devolva algumas das mais... desagradáveis? O tempo no hospital? A agonia, o pesar? Você realmente acreditou que era simplesmente uma questão de manter-se entorpecida?

A ideia de passar por mais dor do que eu já tinha experimentado era quase demais para aguentar. Então Michael apertou minha mão, me lembrando de que, se a dor viesse, eu não teria que lidar com ela sozinha.

— Não importa o que você diga. — Respirei fundo e olhei bem nos olhos de Jack. — Não vou lhe dar o CD. Não posso lhe entregar o poder para ferir mais ninguém.

Tão rápido quanto um relâmpago, Jack estava ao meu lado.

Michael tentou se colocar entre nós e Cat enfiou a arma debaixo de seu queixo. Ele soltou minha mão como se estivesse se preparando para atacar, sua intenção de lutar pelo controle ficando bem clara. Gritei:

— Michael, não faça isso. — Lágrimas escaparam para correr por minhas bochechas. Olhei para seus olhos, implorando: — Preciso de você do outro lado disso.

Se eu sobreviver.

Ele parou na mesma hora. A dor começou.

Guardei a imagem do rosto de Michael em minha mente enquanto meus ouvidos se encheram com o mesmo sopro de vento que me atingiu quando Kaleb tentou tirar minha dor. Dessa vez o som abria caminho na direção do meu cérebro. Gritei, meu corpo caindo no chão em uma agonia desesperadora enquanto as lembranças inundavam a mente.

O deslizamento lento do ônibus que bateu em uma árvore. Fogo, gritos pedindo ajuda, o cheiro de carne queimada e o gosto metálico do sangue em minha boca. Eu sabia que estava gritando; eu podia me ouvir. Não conseguia parar.

As visões continuavam vindo. As barulhentas rodas de metal do carrinho do hospital, trazendo bandejas e mais bandejas de comida que voltava intacta. Meus braços, que davam a impressão de que alguém tinha jogado pele sobre meus ossos. Meu corpo, insignificante sob as cobertas, como se pertencesse a uma criança pequena.

Thomas, o desalento escrito em sua testa.

O som em meu ouvido diminuiu e me encolhi em uma bola. Congelando, enfiei as mãos nos bolsos da jaqueta para que elas me envolvessem. Ouvi Michael implorar calmamente, o som mais doloroso do que se ele estivesse gritando diretamente em meu ouvido. Pedaços e mais pedaços, imagens da minha vida continuavam a aparecer. Eu não tinha nenhuma chance de desviá-las.

Dois caixões. Um carro de funerária preto e comprido. Uma variedade infinita de pílulas, o cheiro clínico de um hospital. Olhar para o mesmo ponto no teto por quatro dias seguidos. Dru chorando. Tratamento de choque. A sensação de centenas de pequenas agulhas enxertando pele nas minhas costas enquanto a anestesia não era suficiente para cobrir a dor. Olhar para o rosto de um psicólogo enquanto ele falava comigo sobre a culpa do sobrevivente. Meus gritos se transformando em gemidos inúteis.

— Pare. — A voz de Michael ficou mais alta. — Eu dou o que você quiser. Por favor, não faça isso a ela. Por favor.

As imagens desapareceram. E, a não ser pelas marteladas dentro de minha cabeça, a sala estava silenciosa.

Antes que as lembranças pudessem criar raízes, o rosto de Jack se agigantou sobre mim com uma expressão caridosa. Fechei os olhos para bloquear sua imagem. O som de ar correndo pelos meus tímpanos voltou, dessa vez em um vácuo. Eu podia sentir as lembranças se esvaindo novamente, deixando nada mais que estática.

Fiquei ali deitada tremendo, meus músculos tão cansados quanto se eu estivesse correndo há dias.

— Viu, meu amor — disse Jack, com uma voz delicada —, posso dar e posso levar embora. A escolha é sua. — Suas próximas palavras foram em um sussurro: — *Nunca* se esqueça do que você me deve.

Meu rosto estava encostado no chão de madeira, a única coisa entre eles eram as lágrimas. Minha cabeça estava muito pesada para levantar, os olhos muito cansados para ficarem abertos. A invasão de Jack à minha mente me deixou arruinada e encolhida como uma bola no chão. Destruída.

— Agora — disse Cat —, diga onde está o CD.

Virei o corpo levemente e algo bateu em minhas costelas.

Cat queria o CD. E ele estava comigo.

— Não. — Usei os braços para me sentar enquanto minha força voltava em um ímpeto esperançoso.

— Emerson, conte a eles — pediu Michael. — Conte a eles onde o CD está. Não o deixe machucá-la mais.

— Acho que devíamos matá-los bem aqui — disse Cat, toda a feiura de sua alma manifestada no rosto. — Podemos achá-lo sem vocês. Não podem existir muitos lugares para procurar.

Eu estava achando quase impossível raciocinar com as marteladas em minha cabeça.

— Se eu lhes disser... Onde ele está... O que vai impedi-los de me matar?

Cat levantou as sobrancelhas e se virou para Jack, agora parado ao seu lado.

— Por que eu descartaria uma ferramenta útil apesar de ter outras opções? — disse Jack, passando o dedo na corrente de seu relógio. Seu cabelo parecia prateado sob a luz da lua que entrava pela janela. — Ela aprendeu sua lição. Se precisarmos dela novamente, tenho bastante certeza de que ela vai cooperar.

Cat balançou a cabeça.

— Mas...

— Chega. — Foi apenas uma palavra, mas teve o efeito de milhares. Cat podia estar controlando a arma, mas Jack era claramente quem controlava a parceria. — Temos coisas a fazer. Não precisamos de mais complicações no caminho.

Ele se virou para longe dela e colocou a mão nas costas do sofá. Parecia que estava usando o móvel para se manter ereto.

— Emerson. Onde está o CD?

Mordi meu lábio inferior, hesitante, apesar de já estar decidida. A adoração que tinha tomado conta do rosto de Jack cedeu.

— Entenda. Não estou fazendo isso por você — falei com a voz mais forte que consegui reunir enquanto me levantava. — Estou fazendo isso por mim.

Ele sorriu.

Abri o zíper de minha jaqueta de forma nervosa:

— O que você vai fazer com isso?

Cat começou a rir. Jack a silenciou com um olhar.

— Tenho planos.

Abrindo o zíper do bolso interno e enfiando minha mão dentro dele, tirei o CD. Segurei esperando que fosse o certo.

— Bem aqui, o tempo todo? — perguntou Jack, agora descansando a maior parte de seu peso nas costas do sofá.

Fiz que sim com a cabeça.

— Muito inteligente. Traga-o aqui, Emerson. Como uma boa menina.

Ele levantou a mão com a palma para cima.

Meu pulso acelerava enquanto me aproximava dele, totalmente ciente de que o CD poderia não ser a única coisa para a qual ele tinha planos. Eu estava segurando a caixa de acrílico com tanta força que cortei a mão.

Os olhos de Jack tinham um tom azul-acinzentado agora. Mais frios do que já tinham estado antes. Olhando diretamente para minha alma.

Ele segurou minha mão e pegou a caixinha.

— Eu a verei em breve.

Agora que eu estava perto dele, vi que seu cabelo tinha ficado quase completamente branco. Ele deu um passo para a frente e tropeçou. Cat correu para seu lado, puxou seu braço sobre o ombro e o ajudou a andar na direção da porta.

Sem outra palavra, eles desapareceram.

No segundo em que a porta da frente se fechou, Michael correu em minha direção e me tomou nos braços.

— Achei que ele ia querer levá-la com ele. — Cobriu meu rosto de beijos. — Fiquei mais aterrorizado com aquilo do que quando Cat encostou a arma na minha garganta. Você está bem?

Eu não conseguia me lembrar do que Jack tinha me mostrado.

Enterrei a cabeça no peito de Michael e a balancei. Segurando firme. Apenas segurando firme.

— Michael, você tem que ir a um hospital. Esses cortes...

— Está tudo bem. — Ele me abraçou mais apertado. — Eles são pequenos, já pararam de sangrar. Mas precisamos sair daqui. Precisamos contar a Liam que Jack saiu da ponte. E que ele está com o CD que contém a fórmula.

— Ele não está.

— O quê?

Afastei meu corpo para olhá-lo, tremendo em triunfo.

— Se fiz tudo certo, eles não estão com a fórmula da matéria exótica. Eles estão com a fórmula dos medicamentos de controle de emoções de Kaleb.

Capítulo 55

No momento em que Thomas colocou os olhos em mim, ele me botou de castigo indefinidamente.

Isso não é verdade, exatamente. Ele me abraçou primeiro. Mas o castigo veio logo em seguida.

O sofá se tornou minha nova base de operações. Eu ainda usava o anel de durônio de Grace e podia ver o véu para a ponte com clareza demais para me sentir confortável em meu quarto. Dormir nele, nem pensar. Eu também tinha empurrado uma estante na frente da porta e proibido qualquer um de entrar. Thomas não falou uma palavra.

Mas ele começou a examinar a parte de imóveis dos classificados.

Os pesadelos começaram no sexto dia do meu castigo.

Chamas. Brilhantes e quentes, me lambiam enquanto eu ficava caída impotente, forçada a olhar. Meus pais com os olhos abertos. Eles não piscavam, gelados e mortos.

Naquela noite acordei gritando. Thomas veio até mim e ficou sentado ao meu lado, segurando minha mão até que eu me acalmasse. Mas não voltei a dormir.

No dia seguinte assisti a uma maratona de filmes de animação, precisando de uma dose de finais de contos de fada. Os personagens dos filmes da Disney, na maioria das vezes, começam exatamente como eu — órfãos, derrotados, solitários —, e todos eles triunfam no fim.

Infelizmente, peguei no sono em algum momento logo depois de Ariel não reconhecer um garfo.

Dessa vez meu sonho foi mais que imagens. Senti o cheiro de carne queimada, o perfume doce enjoativo de uma grande quantidade de flores cobrindo dois caixões, o cheiro azedo de desinfetantes de hospital. Senti tratamentos de choque viajando pelo meu sistema nervoso até meu cérebro, um solavanco quando um ônibus de hotel bateu em uma árvore. Escutei o barulho do metal enquanto o ônibus se soltava e descia a encosta da montanha coberta de gelo.

Eu não me lembrava de nenhuma dessas coisas realmente acontecendo, mas sabia, no meu âmago, que tinham sido reais.

Bebi duas xícaras de café naquela noite.

Quando Dru acordou na manhã seguinte e me pegou tentando ficar acordada balançando para a frente e para trás em uma cadeira e recitando um poema épico sobre beisebol de cor — e de trás para a frente —, ela decidiu tomar uma atitude. Eu podia ouvi-la discutindo com Thomas no quarto deles.

— Você não pode mantê-la isolada agora, Thomas. Ela pode ter nos contado por alto o que aconteceu, mas não nos contou tudo. Ela está escondendo algo. Pelo menos deixe que ela ligue para Lily. Até mesmo prisioneiros...

— Prisioneiros estão na prisão porque fizeram escolhas ruins. Estou orgulhoso dela por salvar Liam Ballard, mas, caramba! Será que realmente valeu a pena, se foi *naquilo* que ela se transformou? — Ele abaixou a voz, mas eu havia parado de balançar e tinha me aproximado nas pontas dos pés para colar meu ouvido na porta do quarto deles. — Não posso ficar vendo ela se reduzir a uma... Casca de si mesma. Ela acabou de voltar para cá.

— Então deixe que ela faça contato com alguém — pediu Dru.
— Alguém com quem ela se sinta confortável para conversar sobre o que quer que tenha acontecido a ela.

Ele ficou em silêncio por alguns segundos antes de dizer:

— Você realmente acha que isso vai ajudar?

— Vale a pena tentar. — Mais silêncio. — Tenho o número do Michael no meu telefone. Posso ligar e pedir para ele vir aqui.

Falar com Lily teria sido espetacular — eu só havia sido capaz de contatá-la para avisá-la de que não ia mais trabalhar —, mas falar com Michael seria o paraíso.

Thomas e Dru não tinham permitido que eu o visse ou falasse com ele desde o dia em que ele buscou suas coisas no loft e devolveu a chave para Dru. Mesmo dessa vez, eu só ganhara um abraço rápido e um beijo na testa e conversa suficiente para saber que todas as partes interessadas estavam agora de volta à Hourglass, tentando descobrir como recomeçar.

Até mesmo Ava.

Meu coração dava pulos só de pensar na possibilidade de vê-lo agora. Meus pés também. Thomas entrou na sala e me viu encolhida com um cobertor e recitando o alfabeto automaticamente.

Eu faria o que fosse preciso para falar com Michael. Se aquilo incluía me apresentar como completamente pirada, era isso que eu faria.

— Amor? — Ele chamou Dru por cima do ombro, me observando com olhos arregalados enquanto eu continuava recitando, enrolando meu cabelo em meu dedo. — Que tal ir logo?

❦

No milésimo de segundo em que o conversível de Michael virou a esquina, desci correndo a escada da frente do prédio. Antes que ele tivesse colocado o carro em ponto morto, eu já tinha aberto a porta e me jogado por cima do banco em seus braços.

Nunca achei que me sentiria tranquila por causa da presença de uma pessoa, simplesmente por conhecer e ser conhecida. Quando olhei para os olhos de Michael, eu me concentrei. Ele segurou meu rosto entre as mãos e levantou minha boca para encontrar a dele. O beijo consumiu cada respiração, cada pensamento, queimando meu medo indomável até ele se tornar uma brasa.

Ele moveu os lábios para o espaço logo abaixo de meu ouvido e sua boca tomou a forma de um sorriso contra minha pele.

— Senti sua falta.

Quase ri quando percebi que o ponteiro do parquímetro na calçada estava rodando como a haste de um ventilador na velocidade máxima.

— Senti sua falta também. Mas minha liberdade só vai durar duas horas.

— Vou aproveitar cada segundo delas que puder. — Ele se ajeitou no banco do carro e passou os braços ao meu redor, apoiando minha cabeça em seu ombro. — Infringi pelo menos dez leis de trânsito no caminho.

— Não consigo parar de me preocupar com o que está acontecendo, com o modo como todos estão lidando com os efeitos colaterais. Alguma notícia de Cat ou Jack?

Dizer o nome dele fazia meu peito doer.

— Não. Dune entrou em seus e-mails e contas de banco. Jack fez uma grande retirada em Nova York. Ele comprou duas passagens de avião para Heathrow com um cartão de crédito, mas perdemos o rastro depois disso. Liam mandou pessoas atrás deles, mas os dois não foram vistos.

Jack e Cat estavam soltos pelo mundo. A informação atingiu meu inconsciente e começou a preparar meus pesadelos.

— E os Ballard?

— Liam só sai de seu escritório para passar um tempo com Kaleb. E para se sentar ao lado de Grace.

Uma ruga se formou entre as sobrancelhas dele. Estiquei o dedo para fazê-la desaparecer.

— Nenhuma mudança?

Ele balançou a cabeça.

— Nós todos tínhamos esperança de que trazê-la para casa, deixá-la ouvir a voz de Liam, mudaria as coisas. Não sei como ele está fazendo isso. Não consigo imaginar como eu lidaria se fosse com você. E, como se isso não fosse o suficiente para ele se preocupar, parece que a Hourglass vai ser responsabilizada pelos atos de Jack e Cat.

— Por quem?

— Os infames donos do poder.

— Cat mencionou essas pessoas. — Coloquei os braços sobre os dele e os apertei mais à minha volta. — Mas por quê? Nada daquilo foi culpa do Liam. Ele nem mesmo estava *vivo*.

— Não sei de todos os detalhes, mas as coisas estão indo muito mal. — Michael me abraçou mais apertado. — Liam está com uma aparência de quem não dorme desde a noite em que o salvamos e Kaleb está realmente se comportando.

— Como ele está? — Parecia estranho perguntar, mas eu queria saber. Precisava saber.

— Ele está passando por uma fase difícil. Não consegue entender por que não conseguiu sentir o que Cat e Jack estavam tramando.

Levantei meu queixo para olhar para ele.

— Como está Ava?

— Levando. Dune encontrou e-mails e mensagens de texto entre Jack e Cat que confirmaram o que Liam suspeitava. Eles usaram Ava de formas terríveis, a pior delas foi forçá-la a fazer coisas contra sua vontade com mentiras e ameaças e depois apagar aquilo de sua memória. — A expressão de Michael estava séria e irritada. — Ela não tinha ideia de que tinha explodido o laboratório.

Meu estômago se embrulhou. Fiquei imaginando como deveriam ser os sonhos de Ava.

— E você, Em? — perguntou ele, levantando o braço para acariciar minha bochecha com as costas de sua mão. — Nós não conseguimos um encontro de duas horas para falar sobre todas as outras pessoas. Dru me contou que você não está dormindo. Por quê?

— Bem. — Fiquei olhando para o painel do carro e me lembrei de que eu *queria* falar com ele sobre o que estava acontecendo. — Quando durmo, eu sonho.

— Com Jack?

— Com todas as coisas que ele me mostrou. — As coisas com as quais me torturou. — Acho que minhas realidades estão se misturando, Michael. Metade do tempo eu não sei qual delas é real.

— Dê mais detalhes sobre isso.

— Algumas vezes sonho com coisas que tenho certeza que aconteceram, mas que não me lembro exatamente. Elas são tão reais. Posso sentir cheiro das coisas. Senti-las. Só podem ser da realidade que ele me mostrou. Como se ele tivesse deixado traços delas para se alastrarem como veneno.

— As lembranças alguma vez voltam quando você está acordada?

— Não.

— Bom. — Michael balançou a cabeça, mas a preocupação em seus olhos não diminuiu.

— Tirando uma... De um pesadelo recorrente. É sobre Jack e no sonho ele sussurra sem parar que... Que eu devo a ele.

— Você não deve *nada* a ele.

— Não devo? — Afastei o corpo do dele e me ajeitei no banco. — Por mais que Jack seja doente e um monstro, se ele não tivesse interferido na minha vida, eu não teria uma vida.

— Isso não é...

— E se ele conseguir encontrar outra forma de manipular nossas circunstâncias? Ele tem os arquivos de Liam. E se ele achar um viajante que não tenha ideia do que ele ou ela podem fazer? Alguém que ele e Cat possam manipular. — Tentei controlar minha ansiedade, mas agora que eu estava colocando para fora todas as coisas que vinham me assombrando silenciosamente, eu não conseguia parar.

— Nós não sabemos o que ele fez ao *continuum*. Não sabemos o que ou quem ele mudou. Somos todos balões equilibrados na ponta de uma agulha. Existirão consequências para o que eu fiz... Dar a ele a fórmula errada. Ele vai voltar.

— Você viu em que estado ele estava fisicamente. Ele pode estar morto a essa altura — argumentou Michael. — Ele não pode mais machucá-la.

— Você sabe que isso não é verdade. Ele já causou tanto estrago. Ava, Grace... — Finalmente confessei a coisa que estava me deixando mais preocupada. — Michael, e se ele descobrir uma forma de me devolver todas aquelas lembranças terríveis, não apenas em meus sonhos, e não as levar embora?

— Em...

— E você... nós. Eu sei que você ficaria com alguém com quem estivesse comprometido, não importando o que isso custasse. Mesmo se essa pessoa fosse...

Parei antes que a palavra saísse.

O rosto de Michael, tão cheio de compaixão, enrijeceu.

— Por que você não fala?

— Você não gosta quando me refiro a mim mesma como maluca.

Fechei os olhos.

— Porque você não é maluca. Depois de tudo que aprendeu sobre si mesma, não acredito que você quase disse isso.

Encostei o corpo à porta do carona.

— Mas você não sabe como foi, mesmo depois que Jack mudou minha realidade verdadeira para uma que era um pouco melhor. Como as coisas foram ruins... Como fiquei doente. E se eu acabar com as memórias das duas realidades?

— Isso não mudaria a forma como me sinto. Caramba, olhe para mim. — Ele passou as mãos em volta de meus braços e me puxou em sua direção. Meus olhos se abriram rapidamente. — Eu te amo. Em pedaços, inteira, de qualquer jeito. Não importa o que o futuro nos traga. Não importa como foi o passado.

— Estou com medo. Não quero ficar, mas estou.

— Está tudo bem.

— Está? Eu não devia ser corajosa e destemida? Não é isso o que o mundo espera de mim? — Eu não estava me sentindo como uma heroína ou a estrela de um filme de ação. Eu me sentia desequilibrada e aterrorizada.

— Que se dane o que o mundo espera. Pense sobre todas as coisas que enfrentou. Você rachou, mas não quebrou. Ainda está de pé. Eu chamaria isso de ser destemida. Você já conquistou tanta coisa.

— Isso tudo depende da realidade a que você está se referindo. A original ou a versão de Jack Landers? — perguntei sarcasticamente. — Porque existe uma diferença que envolve lucidez e funções básicas do organismo.

— Escolha uma. — Michael encostou a testa na minha e abaixou o tom de voz. — Não importa como seja sua realidade, você é a garota por quem sou apaixonado hoje e a mesma garota por quem estarei apaixonado amanhã e todos os dias depois deste. Não só por quem você *é*, mas por quem você *foi*.

As lágrimas que eu estava evitando finalmente escaparam.

— É tudo parte de sua história, Em. E eu quero ser parte dela também.

Senti então a esperança ressurgindo.

— É normal ficar com medo, mas você não tem que se entregar. Você tem o que é necessário para lutar contra isso.

— Tem certeza?

— Sim. — Ele apontou para meu coração. — Está bem aqui. E bem aqui — continuou ele, tocando em minha cabeça. — E você tem pessoas para apoiá-la quando precisar.

Ele estava certo.

Eu tinha a determinação para vencer meus medos.

Eu tinha a Hourglass, todo mundo ligado a ela — Kaleb, Liam, Nate, Dune —, pessoas que entendiam minha vida e minhas habilidades. Eu tinha Lily, que havia ficado ao meu lado durante tudo isso... Eu tinha amigos.

Eu tinha Thomas e Dru, uma sobrinha ou um sobrinho a caminho... Eu tinha uma família.

E tinha Michael, que queria ser parte da minha história... Eu tinha amor.

Não importava o que Landers havia feito no passado e naquele momento não importava o que ele poderia fazer no futuro. Não importava quem eu tinha sido ou quem me tornaria.

Eu tinha tudo de que precisava.

Capítulo 56

Nós nos sentamos juntos em uma cadeira de ferro forjado no pátio, envoltos nos braços um do outro, vendo o sol se pôr atrás dos prédios de tijolos vermelhos da praça. O relógio da torre soou oito vezes, ecoando pelo ar frio do começo do outono. O som era a expressão do conforto.

— Antes que eu me esqueça, quero lhe dar isso. — Ele se recostou para tirar algo do bolso da calça jeans. — Estique a mão, por favor. Ah, e feche os olhos.

Obedeci. Ele tirou o anel de Grace do meu dedo, apenas para substituí-lo por outro. Esse parecia mais pesado e era um pouco mais largo.

— Abra.

Abri os olhos e vi um anel de durônio brilhante com uma fileira de símbolos do infinito interligados e gravados à mão em volta dele.

— Michael, é lindo. Amei o anel. — Coloquei as mãos em suas bochechas e a réplica da lamparina a gás tremeluziu sobre nós. Sussurrei as próximas palavras, aproveitando ao máximo a primeira vez que as falava em voz alta. — E eu te amo.

— Você se lembra da noite em que estávamos sentados aqui e eu lhe contei todas as pistas que a Em do futuro tinha me dado para convencê-la de que eu era confiável? Bluegrass, o piercing no umbigo...

— O rebatedor designado?

— Sim. — Ele sorriu.

— Humpf.

— O que mais eu lhe contei?

— Que você tinha um urso de pelúcia chamado Rupert.

Ele revirou os olhos:

— Sobre você e a primeira vez que a vi.

Responder aquilo me deixou tímida, mas ainda assim respondi:

— Que eu disse que o deixaria sem fôlego na primeira vez que você me visse. — Eu ainda estava segurando seu rosto e ele esticou os braços para colocar as mãos no meu.

— Você conseguiu naquele dia. E acabou de conseguir novamente.

Seu beijo foi doce, suave e calmo no começo. Senti a urgência crescer, mas me recusei a deixar o desejo de apressar as coisas interferir no momento. Eu queria aproveitar cada segundo.

Nós tínhamos todo o tempo do mundo.

A voz de meu irmão veio flutuando da janela aberta:

— Emerson!

Bem, assim que meu castigo acabasse, teríamos todo o tempo do mundo.

— Já estou subindo!

Roubei mais um beijo antes de acompanhar Michael até o carro. Depois de vê-lo se afastar, eu me aproximei da escada que levava à porta da frente com as pontas dos dedos em minha boca, perdida em meus pensamentos sobre ele.

Olhei para cima bem a tempo de evitar esbarrar na aspirante a Scarlett O'Hara com sua saia armada e o guarda-sol de seda.

Acho que poderia ter passado por dentro dela.

Mas dessa vez passei ao seu lado.

Agradecimentos

Estava dizendo a Ethan (conhecido como O Marido) outro dia desses que minha cabeça é tão cheia de histórias que não consigo lembrar o que tem no cardápio de entrega em domicílio do restaurante chinês. Se me esqueci de agradecer a você, não é sua culpa, é minha. Provavelmente.

Obrigada a:

Minha agente, Holly Root. As palavras *lava derretida gatos sagrados* mudaram o jogo. Você mudou minha vida. Sou grata para sempre.

Minha editora, Regina Griffin. Sempre me lembrarei de nossa primeira conversa ao telefone, quando percebi que você amava meu pessoal como eu e que pensávamos exatamente da mesma forma a respeito deste livro. Sou muito mais do que afortunada por ter você — sou abençoada.

Todos na Egmont USA. Alison Weiss, Katie Halata, Nico Medina, Mary Albi, Elizabeth Law, Greg Ferguson, Rob Guzman e Doug Pocock. Sou a garota mais sortuda do mundo por ter vocês como meus editores. Sua paixão por histórias excelentes e por seus autores os diferenciam dos demais. Obrigada.

Minha revisora, Nora Reichard. Sinto que devo oferecer uma desculpa por todos os meus erros em vez de um agradecimento pelo seu trabalho meticuloso. (Obrigada também pelos "LOLs" nos comentários. Eram a minha parte favorita.)

Acho que nunca vou parar de olhar para a capa de *Hourglass* e é tudo por causa da designer Alison Chamberlain e o mestre da perfeição, Greg Ferguson. (Eu ia acrescentar que beijo a capa do livro todos os dias, mas isso seria inapropriado.)

Existem representantes de vendas, coagentes e editores por aí que jamais conheci. Obrigada pelo trabalho de vocês e por acreditarem em *Hourglass*. Obrigada a todos na Waxman Literary, especialmente Lindsey Kennedy, por ser tão doce quando telefono e por me orientar entre tantos formulários malucos!

Há leitores e leitores que são torcedores e amigos. C.J. Redwine, Kimberly Pauley, M.G. Buehrlen e Bente Gallagher foram alguns dos primeiros e alguns dos melhores. Agradecimento especial a C.J. por não fugir quando a segui no corredor naquele domingo para perguntar se ela realmente era uma escritora e pela recomendação do Ninja Root.

Katie Bartow, Sophie Riggsby, Saundra Mitchell e Jen Lamoureux. Seus e-mails e amizades me fazem seguir em frente. *dou a todas vocês um clone do BinBons* *e um abraço*

Rachel Hawkins e Victoria Schwab. O que eu faria sem vocês? Nem sei.

Beth Revis. Você é realmente importante. E não só para mim.

Jessica Katina, LeeAnne Blair e Amelia Moore. Vocês me conhecem e mesmo assim ainda me amam. Como sou abençoada! (E o sorriso na minha foto é graças a essas três.)

Se eu listasse as razões para agradecer às seguintes pessoas, ficaríamos aqui até a sequência ser lançada. Mas devo muito a Sally Peterson, Sam Pullara, Leigh Menninger, Kate Hart, Shannon Messenger, Lori Joffs, Coryell Opdahl, Tammy Jones, Jen Corum, Jen Root, Jen Phillips, Jody Boyer, Chad e Meghan Stout, Tracy Carter, Laine e Brian Bennet, Karen Gudgen, Jessica Sendewicz e Dian Bellbeck.

Existem algumas professoras que sempre acreditaram, mesmo quando eu não acreditei. Dra. Sandra Ballard, espero que você tenha gostado dos seus xarás. Sra. Peggy Crabtree, você suportou duas vezes mais do que eu com um sorriso em seu rosto. Ou seria uma careta? Treinador Aubrey, Oh Capitão! Meu Capitão! Sra. GeeGee Hillman, você viu algo em uma menina de 8 anos que ela não podia ver em si mesma. Sua pequena tartaruga finalmente cruzou a linha de chegada.

Keith e Deborrah McEntire. Este livro não existiria se não fosse por vocês e pelas suas habilidades de arrebanhar netos. Obrigada por terem me dado seu garoto e por amarem meus garotos. Também a Elton e Mandy McEntire, por serem os melhores tios do mundo.

Wayne e Martha Simmons. Obrigada por tornarem os livros de Trixie Belden a minha recompensa por aprender a tabuada (apesar de não conseguir multiplicar por mais de três hoje sem ajuda), por me levarem à livraria toda sexta-feira à noite, por me deixarem ser como sou com minha imaginação e, acima de tudo, por me amarem.

Andrew e Charlie. Amo vocês até as profundezas de minha alma. Nenhum contrato de publicação no mundo valeria a pena se eu não pudesse compartilhá-lo com meus garotos.

Finalmente, Ethan. Que jornada e como estou feliz de tê-la feito ao seu lado. Eu te amo, Mackydoodle. (Nem vem. Você sabe que eu tinha que falar isso.)

Este livro foi composto na tipologia Bell MT Std,
em corpo 10,5/14,1, e impresso em papel off-white,
no Sistema Cameron da Divisão Gráfica
da Distribuidora Record.